ユダヤ神州日本への帰還

受天夢 jutenmu

風詠社

目次

長い、長い、おそろしく長い……夢を見た。
明晰夢というものを初めて経験した。だがこれは、夢というものとはどうやら違うらしい。

違和感

その日の私はいつもと変わらぬ時間に、いつもと同じく仕事に向かっていた。職場のある駅に着き、地上二階の改札を出て階段を降り、駅の敷地から一歩、街の歩道へと踏み出した時だ。違和感を覚えた。いつもと空気が違う気がする。別にイヤな臭いがする訳ではない。しかし何と言えば良いのか……「大気の成分が間違っている」という表現が中《あた》っているだろうか、そんな違いだ。私は妙に鼻が敏感な所がある。

街の臭いに違いがあるなどよくある事だ。普段なら気にも留めない所だ。だがその日の違和感は私に足を止めさせた。

周囲を見渡してみる。うっすらと、街の景色に黄色味と言うか、薄茶色と言うのか、淡い紗が掛かっているように見える。

『何だ、今どき光化学スモッグでもあるまいに……』

夜の店に勤める私は気になりつつも夕方の街並みを抜けて店へ向かった。

駅からほど近いビルに勤務先の店は入居している。

エレベーターに乗り込み十階まで昇った。

「おはようございます」

夜の世界では何時であっても最初の挨拶はこの言葉だ。

「ああ、おはようございます」

普段はタメぐち、友達言葉で話す間柄でも、挨拶だけは丁寧語で交わすのが私の流儀であり、皆もそれに合わせてくれている。

「何かさぁ、今日、ヘンじゃなかった？」

「ええ？　ヘンって何が？」

「イヤ、何か、空気がさ……」

「どうかしたの？」

「う〜ん、何か違う星に来たみたいな、異世界とかさ」

「またまたぁ、でもタッちゃん変に勘がいいからな、何か起きなきゃいいけどさぁ、脅かすなよぉ」

そう言って同僚のサトシが笑った。「タッちゃん」とは私の愛称だ。サトシの本名は今でも知らない。

その後、何事もなく勤務を終えた私はいつものように店長の車で家まで送って貰った。仕事が終るのは深夜だ。終電の時間は過ぎている。

「あ、今日はここでいいです」

自宅のアパート近くのラーメン屋の前で降ろして貰う。ここは朝までやっている昔ながらの食堂風のラーメン屋だ。こだわりなど無い。

前日に献血していた私はレバニラ炒め定食を食べるつもりでいた。近くに人気のラーメン店もあるのだがレバニラ定食は扱っていない。

「いらっしゃいませ」

ホール担当のお爺ちゃんが力なく迎える。

カウンター越しに中華鍋を振っている大将は私を一瞥しただけで挨拶などしない。だから普段、私がこの店に来る事はない。

「カウンターでよろしいですか」

恐らく単なるアルバイトのお爺ちゃんが訊いた。

「ええ、構いませんよ」

お一人様の私はそれぐらい心得ている。

カウンター越しに不愛想な大将を見るのも面白くないので、店内にある古びたテレビに目を遣った。

ニュースが流れていた。

米国でアジア人女性が通りすがりの男にいきなり撲《なぐ》られたというニュースだ。問題になっている流行り病のトバッチリらしい。

『こんなもの本当なら何の問題でもないものを、何で皆分からんのかねぇ』

扇動に簡単に乗せられてしまう庶民にこそ苛立ちを覚えながら、忌々《いまいま》しいマスクを外す。ここらで一服したい所だが、最早どこの店もタバコは御法度だ。世知辛い。

五分ほど待っていると定食が運ばれて来た。

「すいません、あと、餃子を一枚、追加で下さい」

何とか食費を抑えようとは思うのだが、旺盛な食欲にいつも負けてしまう。背こそ小さいが、細身に見えて筋肉質な体軀は代謝が良い。

テレビで流れているニュースを聞くともなしに定食に向かっていると「ウオォォン」……どこからともなく犬の遠吠えが聞こえた。

「ん?」

最初は気のせいかと思った。最近は歳のせいか周波数の高い音はとんと聞こえない。犬の遠吠えの周波数が高いわけではないが、いよいよ耳鳴りも始まったのかと思ったのだった。

「ウオォォン」

自虐に落ち込む私に、また、遠吠えが微かに響く。

私は周りの客を見廻してみた。誰も意に介した様子もなく酒や食事や会話に興じている。

『おかしいな、誰も気付かないのか』

テレビの音もあれば相手の話に傾けた耳には届く事もないのだろうと、別段、気にも止めず次に到着した餃子を平らげた。

ラーメン屋を出て深夜とも早朝ともつかぬ街並みを、風呂もない安アパートへの家路に就いた。静かだ。

都内の田舎とも言えるこの辺りの静けさに、私は先ほどの犬の遠吠えが聞こえないかと耳を澄ましていた。今の時代、野良犬は勿論、外飼いの犬も珍しい筈だ。犬の遠吠えなどここ何年も聞いた事がない。

思い起こせば妙な一日だった。出勤時の駅を一歩出た時の妙な違和感に加え、普段は私に目もくれない客からテーブルに呼ばれ、両肩に手を置かれて守護霊が云々とレクチャーされた。

どうせ何かの受け売りを店のキャスト（女の子）の前で披露したいだけなのは分かっている。だが疑問はそこではない。他に数人の男性スタッフがおり、その客と仲の良い者もいる。それをわざわざ私を呼び、貶すのならともかく、妙に持ち上げて見せた。私の他に呼ばれた男性スタッフもいなかった。狐につままれたような……と、よく言うが、五十年以上も生きて来てこの言葉を実感したのは今日が初めてだった。そしてその一連の妙な流れのシメが犬の遠吠えだ。本当に異世界に紛れ込んだ様に、何かが少しずつ違う。気味が悪い。

守護霊が云々と言っていた客の最後の言葉も気になった。

「頑張って下さいね。貴方はこれから始まるんです」

すっかり禿げ上がった頭部を光らせながらニッコリと笑った目が逆に、この違和感に不気味さを添える。こんな状態がこれから始まり、ずっと続くのかと思うと、今後の進展が恐怖でしかない。

そうこう思う内にアパートに着いた。犬の遠吠えはあれきり聞こえる事は無かった。自転車の鍵とさほど変わらないチャチな鍵で部屋へと入る。

スーツは丁寧にハンガーに掛ける。皺になればクリーニング代が掛かる。なるべく汗もかかない様に気をつけている。貧しい自分に笑みが浮かぶ。この生活が結構楽しい。最近は買物をする時にも、値段を見る様になった。以前なら値段など見ずに必要だと思えば買い込んでいた。スーパーの食パンコーナーで二十円違いのパンの、どちらを買おうかと暫く悩んでいる自分が可愛らしく思える。

風呂があるでもなし、部屋着に着替えた私は、物忘れ防止の為の日記を書き始めた。守護霊爺さんのテーブルで少し酒を飲んだせいか、鉛筆を持ったまま、いつしか眠ってしまっていた。

そして、長い長い、おそろしく長い明晰夢を見てしまう。

若き祖母

古めかしい風情のどこかの待合い室。人々の装いから察するに、昭和の中期頃であろうか、多くの人がざわめいている。

薄い半袖のシャツ一枚に、団扇や扇子で汗ばんだ顔を扇いでいるところを見ると、どうやら季節は真夏だろう。軍人の姿も多くある。まだ対米戦争の前の様子だ。

壁に貼られたポスターや周囲の状況から、どうやらここは旅客船の待ち合い所のようだ。

一人の若い娘が木製の長椅子に座っている。現代に較べれば随分と小柄な女性は乗船を待つ身らしい。奥から声がした。

「オガミサオリさぁん、オガミサオリさぁん」

その声にその若い娘が反応して立ち上がる。

奥の受付のような木枠の小窓に向けて「はい」と声を掛けた。

「あ、はい、オノウエサオリです」

「あ、オノウエさんですね、失礼しました。間もなく乗船が開始されます。この票を持って列にお並び下さい」

「はい、分かりました。有難うございます」

ここでこの女性の身許が判明した。私の祖母である。

若く、小柄な私の祖母・紗織が、待合所を出た。外は暗い。

埠頭を明るく照らす電灯の連なりに向かうと、船が係留されていた。「黒瀬丸《くろせまる》」とある。

現代の感覚でいう旅客船とは、かなり趣が異なっている。貨物船ではない、という程度のものでしかない貨客船だ。

軍人を先頭にした乗客の列に、紗織の他の一般人は五十人ほどであろうか、並んでいる。その他の者も入れて総勢で百人ほどが乗り込むようである。

既に貨物は積み込みが終わっている。客が乗り込んだ後は、早々に黒潮丸は離岸した。

乗船後に見送り人に挨拶を終え、上階へと向かう軍人達を余所に、紗織達一般客は階段を降りていく。船底に近い二等船室が彼女達の部屋だ。部屋と言っても、通路のほかは一面になった寄り合い場だ。棚も無く間仕切りなど当然に無い。

紗織は適当な場所に居場所を確保すると、首に掛けた風呂敷の荷物と、西洋風の旅行鞄を纏め、船の壁面にもたれて息をついた。取り出し易いようにと風呂敷包みの一番上に据え置いた本を取り出す。「八丈島の風土」と題されている。

栞を挟んである頁を読み始めるが、何度も読み返した跡がある。一つの頁を摘んで裏表と前後を見ている様子から、何やら興味のある部分を確認しているようだ。するとまた別の本を取り出した。頁を開けたままに床に伏せ置いた最初の本の裏側に、「尾上紗織《おのうえさおり》」の名が書いてある。なるほど「オガミ」と読み間違えるのも無理はない。だが、そうであるなら、この本は紗織の私物であり、ここまでくたびれているのなら、随分と繰り返し読み込んだ事が見て取れる。紗織が次に取り出したのは「初心者の為の文化人類学」という本だ。暫く読んだ後に、八丈島の本と何やら見比べている。どうもただの観光旅行という訳ではなさそうである。

そうする内に様子がおかしくなって来た。ひどく顔が歪んでいく。口を押さえ立ち上がった紗織は広間から一段低い通路へ降りると靴も履かずに駆け出した。だが、間に合わなかった。狭い通路に吐瀉物を盛大に撒き散らしてしまった。

暗い明かりの下、じっと座って小さな文字を追っていれば、この揺れの中では当然の帰結である。船酔いだ。

ひとしきり思いの丈を吐き出した紗織だったが、自分の仕出かした事態を眺め呆然とした。

「どうすんのコレ」

暫し立ち竦んではいたが、やるべき事は一つしかない。

拭き取るのだ。

この旅行の為に買った新品のタオルを鞄から取り出し、己の吐瀉物の上に……なかなか掛ける事が出来ない。無理もない。随分と上等なものに見える。

意を決して泣きそうな顔で、饐《す》えたその流動体の上を覆った。気持ち悪そうに見ていた周囲の目も、今は同情の視線に変わっている。

上階に行って船員からバケツを貸して貰う紗織。

「あの、お水はどこで」

と訊く。

一瞬、きょとんとした顔になる船員。

「いや、お嬢ちゃん海水でいいだろ。ここは海の上だ。真水はもう貴重品になっているんだよ」

船員はこの世間知らずの若い女性に半ば呆れながら笑って教えてやった。「板子一枚」と言うが、何かあれば真水は命を繋ぐ為の、なるほど貴重品であった。

「ああ、そうですね、ごめんなさい」

「甲板に行けば潮溜がある。そこから汲んで来な。半分までの量にしときなよ、甲板から二等までは結構あるぞ?」

海の男は若い娘に、いや「誰にでも」優しい。だが手伝う気は毛頭なさそうだ。無理もない。海の男は忙しい。

「はい、ありがとうございます」

紗織は甲板に出て教わった場所から海水を汲むと、潮に濡れた床に滑らぬように慎重に階段に向かった。

船内に入る扉も、若い娘が片手で開けるには、強い海風に押さえつけられかなり重たくなっている。

体を使えれば押し開けるのは楽なのだが、船体の構造上、外からは手前に引くしかない。右に左にバケツを持ち替えながら四苦八苦していた紗織だが、突如、妙案が浮かんだ。一旦、バケツを置けば良い。

船員の言った通り、甲板から二等船室までの道のりは長かった。次第に増してくるバケツの重みに加え、船の揺れにバランスが崩れる。船底近くの船室に着く頃にはクタクタになっていた。吐瀉物の掛けられた上質のタオルなど、最早何の感慨も湧かなかった。

漸うに始末を終えたが、紗織はここで重大な事実に気づく。

「次は登りだ」

あれほど大変だった甲板からの道のりを、今度は汚水を抱えて登っていかねばならない。しかもだ、船の揺れに合わせて、バケツの水面もかなり揺らぐ。降りて来る時もピチャピチャと跳ねて幾らか床に落ちていた。自分のパンツ、いやこの時代では「ズボン」と呼ぶ……も、少し濡れた。そして今バケツの中にあるのは、数時間前に食べた物の溶解物である。考えただけでももう一度溶解物を体内生産しそうになった。

いつの間にか「この状況を眺めているだけの立場」から、紗織の感情まで理解出来る存在になっていた。所詮は夢だ。都合が良く出来ている。

「しょうがない。行くべえか」

東京生まれ東京育ちの紗織が、どことも知れぬ方言を呟き覚悟を決めた。

やっとの思いで甲板まで辿り着いた紗織は、先ほどの船員に言われた通りに香わしい水溶液を海へとブチ撒けた。

潮溜でバケツに海水を掬っては海に捨て、きれいに洗って船員に返した。

「おお、すっかり痩せちゃったねぇ、大丈夫かい、ははは」

「ありがとう……ございました」

船員のからかいにも、何の反応も出来ないほどに紗織は疲れ切っていた。紗織には分からないだろうが、げっそりとした青白い顔が、傍観する私からは確認出来る。

何だか守護霊にでもなった気分だ。ひょっとして、あの禿げた客が言っていたのはこの事なのだろうか。いや、私の側が守護霊になるような話ではなかった筈だ。

バケツの世話から解放された両手で、片手にはタオルを持ち、もう片方で今度はしっかり手摺りに掴まって階段を降りていく。

船室へ辿り着き、ぐったりと風呂敷の包みに突っ伏した紗織の変わり果てた姿に、周囲の乗客も思わず失笑している。

疲れ切った紗織はいつしか眠りに落ちていたが、紗織の試練はまだ終わっていなかった。

やっとのことで安寧を得た紗織ではあったがその未明、何かが紗織にぶつかった。あまりの衝撃に飛び起きた紗織の目の前には壁が立ちはだかっていた。無論、ぶつかって来たのは壁ではなく、紗織の方だ。船名の由来になっている「黒瀬川《くろせがわ》」、大海原を川の様に流れる速い潮流、黒潮に入ったのだ。あまりの船の揺れに、眠っていた紗織の体はゴロゴロと転がり、反対側の壁に激突したのだった。ここへ来て、島へ帰る島民であろう他の乗客も、何人か胃の中のものを戻している。吐き戻す専用の袋を準備しているのは流石に渡航に慣れている。と、感心している間に紗織の体はまた反対側まで転がっていった。

『これって、船室にも手摺りが必要なんじゃないの？』

心の中で不満を上げている紗織はまた、反対側へと転がっていった。

激流を越え、静かな（といっても、黒潮に較べれば、であるが）海へ出た頃には夜が明けていた。

落ち着いた所で甲板に上がった紗織の目に、美しい海と海猫、船に伴走（伴泳か？）するイルカ、そして遠くに小さく、常春の島、八丈島の島影が見えている。

「とうとう来たか、迷の島、八丈島」

別に迷でも何でもない島なのだが、紗織だけはそう思っている。

女学校の卒業の論文には、この島の言語を土台にすると既に決めていた。

早朝の八丈島の港に着くが、接岸は出来ない。ここから艀《はしけ》に乗り移るのだ。島の港の職員が迎えに来て手助けをしながら、次々と乗客が飛び移っていく。体の小さな子供には自力での移動は難しい。船員から職員へと、まるで荷物の様に受け渡されている。紗織も乗り移ろうとするのだが、その時ガッシリと両脇を支えられ艀《はしけ》の職員へと「受け渡され」た。

『何よ、私は子供でもないし荷物でもない！』

紗織の心の声は今日一日、文句で溢れかえっていた。

だが実際には貨客船と艀の間は結構距離が空いている。

波の上げ下げによってかなり幅が広くなる。慣れない紗織には当然の扱いであった。

『鳥も通わぬ八丈島か、江戸時代によくこんな所まで来られたものだわ』

艀の縁にしがみついて座って感心している紗織だが、実は縄文時代からこの島と本州とは往来があった事を、この時代の人達はまだ知らずにいる。それが知られるのはこの頃から二十年も後の事だ。

艀が八重根港《やえねこう》の埠頭へ接岸する。こちらには梯子が掛けてあるので比較的楽ではあるのだが、それでも年に何回かは海に落ちる人もいるらしい。油断は厳禁である。

やっとの思いで紗織は八丈島へと上陸を果たした。

陸《おか》に上がった紗織を噎《む》せ返る夏の草木の匂いが包む。土の匂いの上に立てば、潮の香りが際立った。すぐ近くまで迫る緑に蔽われた小さな山を見上げた彼女の髪を、海風が吹き流していた。

島の女

南国の島の夏の風景に魅了されている紗織に、割烹着姿の島の婦人が声を掛けて来た。

「紗織ちゃん？」

「あ、はい、そうです」

「ああ、どうも唐須《からす》です、お迎えに来ました」

「有難うございます。お世話になります」

お互いに何度もお辞儀をし合ってケラケラと笑いながら、婦人が乗って来た迎えの車へと向かった。

「素敵な所ですねぇ」

辺りの景色にすっかり感動している紗織が言った。

「いえいえ、田舎ですから。ああ、この車です。荷物は後ろの荷台に乗せて下さい」

婦人が示した車は小さな三輪トラックだった。

「分かりました」

荷台の横から荷物を乗せようとする紗織だが、洋風の旅行鞄は結構な大きさと重さがある。容易に持ち上げる事が出来ない。小柄な紗織には尚のことであった。

「ばあばあ、紗織ちゃん、こっちこっち」

婦人がトラックの後方へ回り留め金を外すと、荷台を囲んだ枠が倒れ、荷台の台座部分が見えた。腰の辺りの高さだ。これなら鞄を横にすれば小柄な女性でも難なく乗せる事が出来る。

「ああ、そうなんですね、ワタシ、何にも知らなくて」

親子ほどの齢は離れているが、「現代っ子」の女性同士、気が合うらしく、キャッキャッと笑いながら運転席に乗り込んだ。中央に据えられた運転席はまるでバイクの様である。

小さな補助椅子に収まった紗織にはさっきから気になっている事がある。

「あのう、唐須さん、さっき『ばーばー』って仰有っていましたけど、あれは方言なんですか?」

これにはウッカリしたという表情を浮かべた唐須夫人が申し訳なさそうに答える。

「いけない、ごめんなさいね、ウッカリ島弁が出ちゃったわね。あれは『あらあら』とか、そんな意味ね」

「やっぱりそうですよね。流れからそんな感じだろうとは思ったんですが、最初は私の事をババアって言われたのかと思っちゃいました」

「まさかあ!　大事なお客さんにそんな事、言う訳ないじゃないのぉ」

「ですよねぇ、ワタシ、大学で文学を勉強していて、古文が好きなんです。八丈島の言葉って、古い言語が残っているんですよね?　それで私、興味が湧いて八丈島まで来ちゃったんですよぉ。八丈言葉、最初の遭遇ですぅ」

「ばあばあ、何か大袈裟ねぇ」

「それそれ、あははは」

現代っ子二人を乗せた三輪トラックは賑やかに海沿いの道を上がって行った。

港から町なかへと入ったかと思うと、すぐに人家は疎らになって来た。

長い坂を登り切って右折し、少し走らせた所で夫人が車を停めた。

「この辺りは大里《おおざと》と言ってね、昔の島の中心部よ？　代官所があった所。玉石を組んだ玉石垣が名所になっているから、ちょっと寄って行きましょう。江戸時代の流人が浜から運び上げて造ったものだそうよ」

「江戸時代の石垣ですか、見てみたいです」

「じゃあ、ここから上がって行くわね」

車は島の幹線道路から左に折れ山の中へと入ってゆく。急な斜面を登ってゆく為にエンジンがウンウンと唸りを上げている。一帯をクルリと周回して今度は坂を下りて行く。海に向かって真っ直ぐに延びる道の向こうに、キラキラと陽の光を反ねる波に囲まれた八丈小島が見えた。

「昔の流人はこうして、江戸からの御赦免舟がやって来るのを待ち侘びていたのよね」

周囲の落ち着いた美しい景色に呟かれた夫人の言葉が、紗織の脳裡に鮮やかにその情景を浮かび上がらせた。

目に映るその風景に口を噤んだまま、でこぼこの道に体を左右に揺らしながら車は幹線道路へと戻った。

　左には山、右には海を望みながら車が進む。

「ほら、ここの海岸、見て」

　言われるままに紗織が右側の崖下の海岸を覗き込む。

「あの海岸、全部玉石なのよ。長い間、波と岩に削られて丸くなっちゃったのね。人間も同じよ。揉まれて、削られて、転がり続けて、丸くなるんだわ。でも、転がり続けているうちは苔が付かないわよ？　それが私の若さの秘密ね、お～ほっほ」

「何だ唐須さん、折角良い話をしていると感心していたのに、そっちへ持っていっちゃうんですか。確かにお若いですけど！」

　少しの間続いた沈黙が、これで解消された。

「でも大変だったでしょうね、あの玉石垣ね、この山の頂上付近にもあるのよ？　重労働なんてものじゃないわよね？　どうやって運んだのかしら。昔の人は凄いわよねぇ」

「そうですよねぇ。江戸の飛脚だって、人間技とは思えない走りっぷりですもんね」

「そうね、何か私達、段々と退化しているんじゃない？」

「はい、便利になるのも良し悪しかも知れませんね」

　二十一世紀から眺めている私には、何とも耳が痛い話である。

　車は山道へと入り、随分と長い時間を走っている。時速四十キロほどのスピードしか出さない為、尚更のことだ。

　しかし初対面であっても気の合う二人には話題は尽きない。

ふと思い立って紗織が何か訊こうとした。

「あの……」

それと同時に唐須夫人が口を開いた。

「あ、私ね、トヨって言うの。よろしくね。下の名前で呼んで？　ウチ、家族が多いから名前じゃなきゃ分からないからね」

「あ、私今訊こうと思ったんです、お名前」

「あらそう、偶然ね」

トヨがくすりと笑った。

「字はどんな字を書くんですか？」

「字？　字はカタカナよ？　田舎じゃそんなものよ、アハハハハ」

「そうなんですか。でも苗字の方は珍しいですよね？　唐須さんなんて私初めて聞きました」

「う～ん、そうね、珍しいかもね、島でもウチ一軒だけだわ？　他はみんな同じ様な名前が多いわね。狭い島だから」

「そうですか。分かりました、トヨさんですね、改めてよろしくお願いします」

トヨが言う様に確かに狭い島かも知れないが、実際に降りたってみると結構な大きさである。もうかれこれ三十分は車で走っている、と紗織は思っていた。「小さな島」と言っても、自分は、人間なんて、もっともっと小さいのだと、思い知らされていた。

そんな時、チラホラと人家が見え始めた。

商店や事業所らしき建物もある。集落に入ったようだ。

「ここまで来たらもうすぐだから」

そう言うとトヨは左側の山間《やまあい》に向けてハンドルを切り、また幹線道路を外れ坂道を登っていく。島を二つに分ける大きな山の内の一つ、東山に付随する小高い山、どうやらここがトヨの住む場所のようだ。

例によってウンウンとエンジンが唸りを上げながら登っていくと、開けた土地に大きな家が建っていた。……古い。古いが並みの古さではない。一体何百年の時を経たのかと思うほどに古めかしく威厳を具《そな》えた趣《おもむき》である。建築様式も他の民家とは違うようだ。と、言うより、日本の建築様式全般と少し違っている感じがする。

「面白いでしょ？　ここよ、ここが私の一族の家」

紗織の不思議そうな表情を見てとったのか、或いは今までにも散々言われてきたのだろうか、何も言われぬ内に当然のようにトヨが言った。しかし「私の家」ではなく「一族の家」と言う所に、やはり何かの歴史を臭わせる雰囲気がある。紗織の求めるのはまさにそこにあった。この時点で紗織の高揚感は絶頂に達している。

大きな家のその周りには様々な作物が植えられ、畑のようになっているが、玄関の前の辺りは広く開いている。そこに無造作に停められた車から降り、トヨに導かれて脇の台所の側から家に入った。台所は所謂「土間」であるのだが、これがかなり広く取られている。二畳ほどの水を張ったプールの様なものが二つ並び、木の枝が大量に挿し込まれている。平たい大きな花瓶の様な役割なのだろう。

部屋に上がる段差の脇には石と言うより「岩」の竈が三つも並んでいるが、どうも今でもたまに使っている痕跡がある。「スゴイ」紗織の興味は煽られるばかりだ。

地面と同じ高さの板の上で靴を脱いで向きを揃え、屋《おく》に上がる。今で言う処のダイニングキッチンなのだが、板の間の部屋は座敷とは言わないそうだ。

部屋の中央部にある囲炉裏の縁に案内され腰を据えると、部屋を仕切る引き戸が開いて奥から年配の女性が現れた。

「ばあばあ、勘弁勘弁、まん、ちぃとよぉたしいしたぁろおだら、おんよい！　よけこどぉことお、でえじけめならべどおじゃ」

襖ならぬ堅牢な木製の引き戸を後ろ手に閉めながら、その年配の女性が一気に捲し立てた。

唖然とした紗織だったが、一応、取り敢えずの挨拶をした。

「この度、お世話になりますオノウエサオリです。宜しくお願い致します」

突然のことに慌てたもので、立ち上がる動作の途中に挨拶の言葉が終わってしまった。それでも立ち姿勢を正すと、綺麗な一礼を捧げた。

「ハッタキヌです」

年配の女性もまた割烹着姿であったが、先ほどの気さくで可愛らしい様子とは別人の様な厳かな態度で立礼《りつれい》を返した。

「キヌさん、島弁でいったらぁてぇくにがひとげぇへはわかりんなっきゃ」（訳・島の方言で

言っても内地の人には分からないよ）

「あい！　そごんだ。あはははは」（訳・あらら、そうだわ）

二人して大笑いをした後で、キョトンとする紗織にトヨが促した。

「紗織さん、どうぞ座って？　キヌさんが、ちょっと用足しをしてたから出迎えが出来ずにごめんなさい。あれまぁ、素敵な人、美しい女の子だねぇ、と褒めていたわよ？」

「そうなんですか？　全然分かりませんでした。まるで外国語みたいです」

「一週間もすれば何となく分かる様になるわよ。同じ日本語だし、古文が好きな紗織ちゃんなら尚更に直ぐ理解出来るわ」

「八丈言葉に第二次遭遇ですね、スゴイわ」

八田《はった》キヌがお茶を運んで来た。この囲炉裏のある部屋には土間とは別に近代的な厨房設備が整っている。とは言ってもこの時代、まだ冷蔵庫も瞬間湯沸し機もない。冷蔵庫といえば、木箱内の上部に氷の塊を置き、庫内温度を冷やす冷蔵庫の元祖ぐらいしか庶民には手に入らない時代だ。それでもあればまだ良い方だ。僻地である八丈島ならば尚更なのだが、この家にはそれがある。かなり裕福である事が見て取れる。

「はいどうぞ、召し上がれ。これは明日葉《あしたば》という野草から作ったお茶なのよ、少しクセがあるけど体にいいのよ？」

これまた先ほどとは打って変わり、綺麗な標準語でキヌが説明を加えた。

この豹変ぶりに些か、紗織は面喰らっていた。

「頂きます」

そう言ってこの夏の暑い最中《さなか》、温かいお茶を口にした。

「おいしいです」

「あらそう、お口に合って良かったわぁ」

若いとはいえ、裕福な家で育った紗織の舌は肥えていた。

そして歴史好きの紗織には、このお茶の温度がかつて秀吉を饗した、小坊主時代の石田三成、佐吉の逸話を思い起こさずにはいられなかった。事情は全く異なるが、この暑さの中、絶妙の「ぬるさ」でこの明日葉茶なるものが振る舞われたのだ。

『ここの人達は随分と洗練されているわ。島流しにされたお武家さんの家系なのかしら』

トヨといいキヌといい、飾らない人懐っこさがあるものの、時折人が変わった様な表情と物言いを見せる。紗織も礼儀作法を厳しく仕付けられたが、キヌの立礼《りつれい》はとても美しかった。田舎の庶民のおばさんのそれではない。

お茶を飲みながら明日葉の話、島の言葉の説明など、トヨと歓談するうちに、キヌが朝食を持って来た。そう言えばまだ今日は食事をしていない。庭で採れたトマトやきゅうり、放し飼いの鶏からの朝採れの卵、明日葉の御浸しに島で獲れた鯵の開きの焼物、そして自家製の米と味噌汁。都会育ちの紗織にはこの上なく贅沢な食事だった。もぎたての完熟トマトなど、都会では決して味わえない逸品である。

きゃあきゃあと喜びの雄叫びを上げながら食べる紗織を笑いながら三人で朝食を摂る。

ケラケラと笑いながらトヨが言った。

「何よ紗織ちゃん、まるで狼の遠吠えみたいじゃない、あははは」

思い出した様に紗織が応じた。

「そう言えばワタシ、このあいだ狼の遠吠えを聞いたんです」

「狼？」

トヨとキヌが顔を見合わせる。

「はい、狼です。あれは狼です。それに合わせて町の犬達も一斉に遠吠えを始めたんですが、その最初の遠吠えは他の犬達とは全然違ったんです。太く物憂げで、月まで届きそうな、そんな遠吠えでした。あれは、狼です」

「そうなの」クスリと笑いながらトヨが答えた。

それに続いてキヌが茶化しに入った。

「あらぁ、華の東京の真ん中で狼が遠吠えするなんて、狼は狼でも、尻尾じゃなくて違う所を勃てた、紗織ちゃん目当ての若い狼なんじゃないの～？」

「キヌさん、若い娘さんに何てこと言うのよ」

キヌを制止しながらも、トヨも笑いが止まらない。

「違います！　本当に本当なんです。あれは飼い犬の声じゃありませんでした」

女性だけの会話は結構エグいとは聞いていたが、傍観者として納得する事頻《しき》りであった。

トヨが収拾を付けようと纏めに入る。

「そうね、そういう事ってあるのよ。人間には分からない、何か不思議な事って実はいつも起きているものよ。人間が気付かないだけなんだわ。でも紗織ちゃん、サスガ文学少女だけあるわね。『月まで届きそうな』なんて表現、ロマンチックだわぁ」

　それをまたキヌが茶化す。

「そこへいくと、私、エロチックだわぁ」

　右手を頭の後ろに当て、左手で乳房を持ち上げて体を揺らすキヌに、紗織は自分の記憶に疑いを持ち始めた。

『この人、本当にさっきのキヌさんと同じ人だわよね』

　すかさずキヌが言葉を繋いだ。

「アタシってこういうひと～」

　キャッキャと笑うキヌとトヨを前に、バカらしくなった紗織も一緒になって大笑いを始めた。


　食事が終わってトヨが紗織をこれから寝泊りする部屋へと案内した。

　濡れ縁の回り廊下を歩いていく。田舎の古民家であり、しかも相当に裕福であろうこの家はかなり広い。広大な庭には様々なものが植えてある。家の裏手には一反ほどの田んぼまであると言う。海のもの以外はほぼ自給自足出来るであろう様相だ。

　回り廊下の途中の部屋に、例の堅牢な引き戸がある。普通なら障子戸であるところだ。

「ああ、それ？　お蚕様の部屋よ。ウチは養蚕業なのよ」

トヨが立ち止まった。

「見てみる？」

「是非、ぜひぜひ」

農家と言っても養蚕農家など滅多にお目に掛かれるものではない。紗織は得した気分になった。

「メエェ」

庭の奥から山羊が鳴いた。二頭いる。

『何よ、この家。ワンダーランドじゃない。牛は……』

どうやら牛はいない様だ。

「反対側に牛もいるわよ」

軽く笑いながらトヨが重たい木の引き戸を横に滑らせた。

「牛もいるんですか？」

どれもこれも見てみたい紗織だが、全て見透かされて恥かしい思いがしていた。

お蚕様の部屋に入ると薄暗い部屋に独得の臭いが充ちていた。

生臭いと言うのか小便臭いと言うのか、何しろ独得だ。

広い部屋一面に五、六段の棚が並んでいる。トヨがすぐに戸を閉めた。

静まりかえる部屋で棚の中を覗いてみた。大量のお蚕様達がモゾモゾとお食事中にあそばされた。

「紗織ちゃんは虫とかイヤじゃないの？」

「いえ、あまり得意ではないけど、飼っているものなら大丈夫です」

「あらそうなの、良かったわ」

そう言ったのも束の間、紗織の顔のすぐ脇を蛾がかすめて飛んだ。

「きゃあ。うわ、びっくりした」

「あははは、親（成虫）の方も歓迎してくれたみたいね」

しかしこれは嘘だ。蚕の成虫は飛べない。飛んで来たのは今入って来たただの蛾だ。

蚕部屋を後にして、紗織にあてがわれた部屋へと案内された。

「この部屋を使ってね、あまりキレイじゃないけど」

「いえ、そんな、こんな立派な部屋を有難うございます」

六畳間の掃除のいき届いた部屋に紗織は漸く腰を落ち着ける事が出来た。

ほぼ何も無いこの部屋に、鏡台と竹製の衣紋掛け、そして机だけが置かれていた。若い娘に対する唐須家の配慮は行き届いていた。

取り敢えず荷物を部屋の隅に固めて置いて、畳の上に寝ころんだ紗織は大きく伸びをした。高い天井の板に、年輪の木目が美しく浮かんでいた。

海の波に翻弄され、昨夜はあまり寝ていない。温《ぬく》んだ腹が紗織を眠りへと誘った。ウトウトと、紗織はいつしか眠りに落ちていた。

ほんの二、三分、動きもせずに眠っていた紗織だが、いきなり飛び起きた。額に手を当てて深く項垂れた後、大きく息を吐いた。

何か恐い夢でも見た様だ。

一息ついて紗織は立ち上がり、縁側とは反対側の襖を開けてみた。

板張りの廊下になっている。

庭に面した縁側の方は障子の戸で、逆側は紙の襖戸だ。重々しい木の引き戸はどうやら蚕部屋だけのものらしい。

板張りの廊下を台所の方へと進んだ。トヨとキヌが方言で賑やかに喋りながら何かの準備をしている。

「あの、すみません」

「あら紗織ちゃん、どうしたの」

トヨが応えた。

「ちょっと、お庭とか、家の周りを見てみたいのですが宜しいですか」

「ああ、どうぞどうぞ、でも草藪や森には入らないでね。蝮《マムシ》が出たら困るからね」

「マ、マムシ？　分かりました。気をつけます」

流石に目を丸くして驚いた。この頃の八丈島では年に何人か蝮に咬まれ、死人も出ていた。事前調査で知ってはいたものの、すっかり舞い上がっていた紗織は忘れていた。

土間へ降りて外へ出ると、眩しい太陽が照りつけた。

「うわぁ、南国の太陽だ」

まだ庶民には海外旅行など叶わない時代、八丈島は最も手短かな南の島だった。小笠原など殆ど船便もない、ほぼ外国である。

台所の入口から左側へと回って行くと、玄関……の様な場所がある。

戸がある訳でもなく、大きな平たい玉石が敷かれた所に二段の段差があり、回り廊下の濡れ縁の一部が二段目となって家の入口となる障子が立っている。大きな平たい玉石が靴脱ぎ場の役割を果たし、向かって右側に濡れ縁の回り廊下、反対の左側には雨戸を収める戸袋が設けてある。

正面の障子を開ければいきなり座敷である。冬場の外気との温度の遮断が障子と雨戸だけだとは、暖かい島であればこそ、何の問題も生じないのであろう。だがこれでは土間の入口の方がよほど玄関らしく見える。後で知るのだが、昔は玄関など身分のある家だけが持てるものだったらしい。

家屋の脇、裏庭の方に体を向けると、右側に三段ほど上がって便所があり、その隣には鶏小屋、そして牛舎が並んでいた。

鶏は放し飼いで小屋は空だったが、牛は二頭が繋がれていた。

「うわぁ」

本物の牛を間近に見るのは初めての紗織は小走りに牛舎に近付いた。牛が尻尾で蠅を追っている。牛種はホルスタインだ。小柄な紗織には一際《ひときわ》大きく写る。

牛舎には扉はなく左右が開放され真ん中の部分だけに牛を繋ぐ為の「井」型の木枠が拵えてある。

流石に中に入るのは怖いので木枠の外から牛に挨拶を試みる。

見掛けぬ不審者の接近に顔を上げた牛の大きな黒目が、紗織の顔をギロリと見下ろした。

「こ、こんにちは。あなたが太郎くん？」

愛らしく小首を傾げ、勝手に名前を創作して親しみを演出しながらスキンシップを図ろうと勇気を出して恐る恐る伸ばした紗織の手に「ブフォッ」と、情熱の吐息が吹き掛けられた。

プロボクサーのジャブよりも速く引き戻された紗織の右手を、左手が迎えて包んだ。

牛が草食動物で助かったな、紗織。

心臓の鼓動が高まる中、牛舎の左側に、或る気配を感じた。

恐らく牛舎の中に伏せていたのであろう、大きな犬が紗織を凝視している。この家の番犬なのだろうが、鎖には繋がれていない。これは危機だ。犬は肉食である。

「あ、あら、ジョンくん、そこにいたの」

己を検分する相手（犬）にまた勝手に命名権を行使し、その場をやり過ごそうとする紗織だが、検察犬（？）に愛想は通じない。

「私は怪しくないわよ？　そう、決して怪しくない。ガードワンのお仕事大変ね、ご苦労様」

読書家の紗織は犬の習性を心得ている。落ち着いてゆっくりと牛舎から離れ家屋の傍まで戻った。走って逃げれば犬は追って来る。

自分の祖母が動物と会話出来るなど聞いた事は無かったが、どうやら番犬には通じたらしい。まだジッと見つめてはいるものの、敵愾心は向けて来ない。しかし番犬に「ガードワン」とはちょっと面白くもあった。

裏庭の方までぐるりと見て回るが植えられたものは殆どが野菜である。

「そうか、この家は小さな城塞なんだ」

家屋を取り囲む畑の向こうには田んぼがあり、その奥には小さな山まであった。小山の奥はそのまま大山へと繋がっている様だ。

もうすぐ収穫を迎える田んぼの上を渡ってくる風が、暑い夏に一服の清涼を添える。

自分に宛われた部屋の辺りを過ぎると山羊のケン太とメイがいた。勿論、今勝手に紗織が命名した。

「ケンタ、また会った……」

紗織がそこまで言い掛けた時、仮称ケンタが突進して来た。

「ヒア！」

声ともつかぬ声を上げて仰け反った。危うく腰を抜かしそうになる。

「何よ、びっくりするじゃない。名前が気に入らないのかしら。あなたがメェメェ、メェメェとおネダリするから命名してあげたのに」

今の時代の若い娘からオヤジギャグ認定必至の独り言を放ち続ける我がバアちゃんが、可愛くて仕方がない。

幸い、ケンタは確《しっか》りと地面に打ち込まれた杭に繋がれているので紗織は事無きを得た。メイの方は名前を気に入ってくれたのか大人しくしている。

「うん、メイちゃんの方は女の子だからかな、名前の割にはサツキが無くて、オトメェしい」

したり顔で言った。

どうやら「メイ」を「皐月」から「殺気」、「大人しい」を「乙女の山羊（メェ）」と掛けたようだ。

誰も聞いていないのに、天晴れだ、バアちゃん。


ひと通り家屋の周囲の見学を終えると台所の土間の入口に戻って来た。

トヨとキヌはまだ忙しく動いている。

「戻りました。凄いですね、お庭。面白かったです」

靴を脱ぎながら感想を述べる紗織に、キヌが応じる。

「ケンタは名前が気に入らなかったようね、アッハッハ」

キヌの耳がよほど良いのか、それとも自分の声がそんなに大きかったのかと紗織は驚いたが、一部始終を知られている事に恥ずかしさを抑え切れなかった。確かに山羊の居る場所と台所は距離が近い。楽しさに舞い上がった紗織の声は相当に大きくなっていたのだろう。

「は、はい。え、聞こえていたんですか？　ヤダ、恥ずかしい」

頬を紅《あか》らめる紗織に今度はトヨが応えた。

「紗織ちゃん、今夜はお祭りだからゆっくり休んでいてね。あとで連れて行ってあげるから」

「そうなんですか、有難うございます。タイミングが良かったですね、楽しみです」

トヨとキヌは祭りの準備をしていた様だ。

『それで忙しそうにしていたのね』

案内された時と同じ順路で自分の部屋に戻る途中、ケンタがまだ睨みつけていた。

『いけない、ちゃんとケンタの本名を訊いておかなきゃ』

ケンタに愛想笑いを向けつつ部屋に着くと障子も襖も開け放たれていた。蚕部屋の戸以外は全てが開いている。

大山の中腹ほどにあるこの家は、屋内に風が抜けると夏の暑さをそれほどには感じぬ快適さがあった。

トヨとキヌの他は家人も出払っているようだ。開いた障子をそのままに、Tシャツと短パンに着替えた紗織は畳の上にバスタオルを敷くと、そのままゴロリと寝ころんだ。ハァと息を吐いたかと思うと、一瞬で眠りに落ちて行った。

長老

その夜、トヨに連れられ祭りに出掛けた。家から道へ出て坂を下って行くと広く開けた場所がある。どうやら小学校のようだ。華やいだ提灯が連なり、皆が集まり賑やかに宴が開かれていた。各家庭から料理や酒が持ち寄られ、飲んだり歌ったり楽しげである。

だが夢の中のその場面は一瞬で過ぎてしまう。これは夢なのだ。脈絡など無くてもおかしくはない。

唐須家の者達と伴に帰宅した紗織は改めて一族の紹介を受けていた。だが誰が誰だか分からない。子供や赤ん坊まで入れれば二十人近くいる大家族である。とても覚え切れるものではない。

取り敢えずトヨの夫とキヌの夫、そして唐須家の当主であるトヨの父親の名前だけは押さえておいた。ケンタの本名を訊くのはすっかり忘れていた。

「あらそう、オノウエさんのお嬢さん。お父様は何をしていらっしゃるのかしら」

紗織よりも更に小柄なトヨの母、サヨが訊ねた。

「中学校の教師をしています」

この頃の中学校とは、現代の高等学校の事である。

「まぁ、立派になって、潔《きよし》ちゃんは利発な子だったから。ねえ爺ちゃん」

「うん、あぁ、そうだな。あぁ、何だ、目から耳に抜ける子だった」

「それを言うなら『目から鼻に抜ける』でしょ？　何を言ってるの。アナタはハナからマが抜けてるわ」

「あ〜、毛も歯も抜けとるがな、ワッハッハ。マナから棒を突き出したわい。ワァッハッハ」

この訳の分からない事を言っているのがトヨの父、伝治朗《でんじろう》である。

「スゴイスゴイスゴイ。お二人とも凄いです！」

何だか紗織が騒いでいる。

「目から鼻へというのを『端《ハナ》から目《マ》が抜ける』と逆転させて、お爺ちゃんの方は『藪から棒』に引っ掛けて『目《マナ》から棒を突き出したら耳という字になるというシャレですね？　スゴイです！』

そういう事だったのか。確かに凄いが、一瞬にしてそこまで読み解く紗織の能力こそが凄い。

「え？　はぁ、そう……なのかしら」

「ん？　は？」

サヨと伝治朗がキョトンとしている。どうやらそこまでの意味は無かったようだ。ドンマイ、バアちゃん。


この島へ来て初日から大きな収穫があった。祭りの宴の中、島の方言を存分に堪能出来た。口語の会話は言い争っている様にも聞こえるのだが、その後に大笑いが湧くので妙な感じがする。だが丁寧語らしき言葉の会話に於いては、古文を修めた紗織にはとても雅に響いた。この、黒潮に隔てられた島では、万葉の言葉の趣を色濃く遺していた。島の人達は紗織には標準語を使ってくれたものの、やはり訛りというか、イントネーションがかなり違う。しかしこの家の者達は完璧な美しい標準語を操っていた。特に島の中で傑出した家格という訳でも無さそうなのだが、何かが違っていた。

そして紗織の父親は何故この島に来ていたのだろう。話の内容から察すると、子供の頃に親に連れられ、一夏だけの滞在だったようだ。

そしてその娘である紗織もまた、こうしてこの島を訪れている。

この島に引き寄せられる、奇妙な縁を紗織は感じていた。

そしてその「引き寄せられる」感覚が、今この時も感じられている。

キヌの家族、八田家が道を挟んだ向かいの家宅へ戻ると言うので、それに合わせて紗織も表へ出た。

この人数全員が唐須宅で寝起きしているのかと心配していた紗織だったが、これで安堵した。広い家とは言え、お蚕様の部屋もあるのに、自分が一人で一部屋を独占するとなれば気が引けていたのだ。

八田一家にお礼とオヤスミの挨拶を終えると、トヨに夜の庭を散歩すると告げて紗織は一人で外を歩き出した。

田んぼに引いた水路に蛍が舞っている。八丈島は日本有数の年間降水量があり、東京では一位に君臨している。山に濾過された雨水はとても綺麗で、飲み水も美味しい。

ふと目を遣ると、二面に別れた田んぼの真ん中にある畦道の奥、昼間見た小山の入口に灯りが見える。

ゆらゆらと見えるのは炎だからではなく、木の枝が微かに風に揺れ灯りが見え隠れしているせいだ。

小山の方へ紗織が向かう。

山の暗さに夜空は星で埋め尽くされてはいるが、月明かりは充分にある。畦道を進むと、庭から眺めた時には気付かなかった小径が、小山の中へと続いていた。少し坂を上がればそこは石で枠組みされた階段になっていた。

一段一段は幅が広く、緩やかな傾斜を十段ほど上がると視界が開けた。

鳥居が立っている。

境内には幾つかの灯籠に火が入れられ、程よく明るい。

色が褪せた赤い鳥居に一礼して境内へと入った。

こんな所に神社があるのか、と紗織は思った。

ここは唐須家の私有地ではないのだろうか。

それともこの小山は神社のものなのか。だが明らかにこの神社に詣でるには唐須家の庭を抜ける必要がある。

少し気を付けて見回してみると、他にも気になる点があった。

手水舎《ちょうずや》があり、拝殿には本坪鈴《ほんつぼすず》も祀られているが、賽銭箱がない。替わりに何かをお供えする様な台座が据えられている。

『やっぱりここは普通の神社とは違うものだ』

紗織が口をひん曲げて首を傾げている所に、後ろから声を掛けられた。

「こんばんは」

穏やかな柔らかいその声は、紗織を驚かせない為の気配りだろう。

ハッとして振り返った。

若い男性が立っている。

「あ、すいません。勝手に入って来てしまって。私、あの……」

「紗織さんですよね。伺っております。私はカグラと申します。どうぞこちらへ」

当時としては背の高いスラリとした体型が、背筋の伸びた姿勢の為か余計に大きく見える若者に導かれ紗織が後に続いた。

拝殿の脇から裏手奥へ進むと、古めかしい民家があった。唐須家の家屋も古いが、こちらは更に古い。屋は茅葺きだ。正面の木戸を開けると土間になっている。

「紗織さん、どうぞ」

促されるままに紗織が敷居を越える。

「失礼します」

土間に入ると、思いの外《ほか》、中は暗かった。今時……と言っても「その当時」ではあるが……屋内はランプが灯されている。要所要所にランプが掛けられているので作業や生活に支障のない明るさは保たれている。

土間では三人の女性が片付け仕事をしており、それぞれがニコやかにお辞儀で挨拶をしてくれた。紗織もお辞儀で返す。

土間の右手に一段高くなって板間がある。上から板を嵌め、蓋をされた囲炉裏の上座に、初老の男性が座っていた。一見してこの家の主と知れる。

紗織は主に向き直り、深いお辞儀をした。主も軽く頭を下げた。

「どうぞお上がり下さい」と、カグラが勧める。

靴を脱ぎ向きを揃えて主の前に出た紗織は正座して改めて両手を着いて挨拶をした。

「夜分にお邪魔を致します。私は一週間ほど唐須様の所にお世話になります尾上紗織と申します。宜しくお願い致します」

「おやおやこれは、とても丁寧なご挨拶ですな、立派なものだ」

朗らかに声を上げて笑いながら主が言葉を継いだ。

「私はこの家の主《あるじ》、シノビゼンタツです。オゾクノオサヲツトメテおります」

縄で荒く編まれた丸い敷物に安座のままに、両膝の脇に握った拳の親指を立てた姿勢で主が一礼した。

この様な座礼の型を紗織は見た事が無かった。そして主の言っている言葉の解読に苦心していた。

どうやら主の名は『シノビゼンタツ』であるらしい事は分かったのだが、『オゾクノオサヲツトメテ』の部分が解らない。年齢がいっている為にウッカリ島の方言が出てしまったのかとも思ったが、最後の部分は『長を務めて』だと取れる。だがそれでは『オゾクノ』の部分と意味が繋がらない。

「ハハハハ」と、少し上体を反らして笑った後に「方言ではありませんよ」と主が言った。紗織の、目をパチパチと瞬《またた》かせ、顔を前に突き出した仕草で状況を理解したらしい。

「私の苗字は『志能備』と書きます。そして『尾』の付く一族の長だという意味です」

紗織はハッとした。そして何故父親が八丈島との繋がりを得ているのかを理解した。

「そうです。貴女のお父上は我が一族の一人です。そして貴女もね」

「なるほど、これで腑に落ちました。私の祖父の時代に、何故、どうやってこの島に来たのか不思議だったのです。察する処、行政に何か太い伝《つ》てがあるのですね？」

主の善達《ゼンタツ》が「ふむ」という顔をして、カグラを見遣った。カグラも微笑みながら頷いた。

「それであの、色々とお訊きしたい事が一気に押し寄せて来ている状況なんですが」

「はい、はい、そうでしょうね、どうぞご遠慮なく」

嬉しそうに善達が応じた。

「先ずあの……えっと、苗字が、いえあの、そもそも志能備が……あぁ、もう、どこから訊けばいいんだろう。私、歴史が好きで文学というか言語というか、日本語の美しさが好きで、古代との繋がりから八丈島の方言との関わりを知って、つまり八丈の方言が古い万葉語の名残を有している事から私、八丈島に興味を持った訳なんですが……あ、いえ、何故『尾』一族の長なのにこの家には尾の字がつかないのか、それと志能備という苗字は本当に存在するのかと……」

質問の多さと関係性に頭の中の整理がつかない紗織がここまで言った時点で善達が言葉を制した。

「分かりました。一つずつ簡潔にお答えしましょう。先ず、『志能備』とは本名ではありません。我らの集団名だと思って下さい。結論から明かしますと、私達には苗字がありません。戸籍も有しておりません」

ここまで聞いて目を見開いて口を半ば開けたまま驚く紗織を余所に善達が続けた。

「明治から百年、私達はこの状態を続けて来ましたが、時代を経るに連れ、色々と不都合が生じて来ました。そこで私達の支族が、それまで通名であった『尾』を冠する家名を、日本各地で戸籍登録してきた訳です。一族の中には長い歴史の中で、居住地や職能に因んだ通名を得て、明治期にそれをそのまま戸籍に載せた家もあります。しかしその家長達は、己が『森の一族』であり『狼の血族』である事を伝承しています」

「狼……」

ピクリと紗織が反応した。

「そうです。私が貴女をこの島に呼び寄せました」

充分な明るさがあるとはいえ、部屋のあちらこちらで揺らぐランプの焔《ほむら》が幻想的な雰囲気を醸し出している。良く見ると、この部屋には電気照明器具もある。それなのにわざわざランプを使ってこの話をしている事に違和感がある。何かおかしい。

『これは危ない。催眠状態に誘導されている』

夏の夜の暑さと緊張、そしてこの危機意識から紗織の額に汗が滲む。

その時、部屋の中に外気が流れ込んで来た。

「大丈夫ですよ。入口の戸は開けておきましょう」

苦笑混じりにカグラが言って、土間の木戸を開け放ったのだった。

仕事の手を停め立って様子を見守っていた女達がにこにこと笑いながら板間に上がって来た。その内の一人が「どうぞ、お当て下さい」と、紗織の傍らに置いてある座ぶとんを勧めた。紗織は遠慮をして座ぶとんを使っていなかった。

女達は紗織の右手側の奥に並んで座り、続いて上がって来たカグラは善達の左後方へと座した。

紗織と土間の入口の間には紗織の『脱出』を妨げる障害は全く無い。

「これなら安心でしょう」

善達を始め、そこに居る皆がクスクスと笑っている。

「え、いや、あの……」

この家の人達は何かおかしいと、イザとなった時の脱出方法を案じていた紗織だったが、全て見透かされているようでバツが悪い。

『何よ、ここの人達、まるで人の心が読めるみたいじゃない』

顔を紅らめ、体を小さくしながら恐縮している紗織に衝撃の言葉が投げ掛けられた。

「そうです。私達は人の心が読めるのです」

「え？」

驚きの剰《あま》りに紗織の体が固まった。

「どうぞ」

いつの間に動いていたのか、女の一人が氷の浮いた明日葉茶のグラスを紗織の目の前に供した。

「はい、有難うございます……えぇ？」

茶の礼を言いながら、この女性がいつの間に動き茶の準備をし、今自分の横に座っているのか紗織には皆目見当がついていない。

驚くと同時に紗織の脳裡にもう一つのキーワードが浮かぶ。

『志能備……やっぱり忍者？』

女達がクスクスと笑い、カグラは下を向いて笑いを堪《こら》えている。

「さあ、座ぶとんをお当て下さい」

紗織はまだ板敷きに直に正座していた。

「有難うございます」

皆の雰囲気から危険は無いだろうと判断した紗織が座ぶとんに座り直し、茶を飲んだ瞬間、先ほどの女が自分達の場所に戻りしなにトントンとバク転を繰り出した。

「……」

唖然とする紗織を尻目に女はその並びに静かに正座した。

両手で持ったグラスを胸の前に止めたまま、紗織の動きがまた硬直する。目を大きく見開き、その口はやはりまた、空いたままだ。

「これ、サクヤ、いい加減げぇせぇ」（訳・いい加減にしろ）

「だって、だって、紗織さんがあんまり可愛いんだもん」

咲夜の言葉に皆が吹き出してしまっている。

「すいません紗織さん、どうも我が一族はこういう冗談好きが特徴のようで」

そう言うと善達は「お前ら、このめならべは客どおだあよお。ビックリすろじゃ、大人しくしたあれ！」と窘めた。

透かさずカグヤが通訳する。

「お前達、この若い女性は客なのだぞ、驚くだろう、大人しくしていろと言っております」

「あ……はい、びっくりしました」

紗織は苦い明日葉茶を飲み乾すと、また一気に質問を始めた。

「やはり『志能備』が集団名であるという事は、それはやはりこの家は忍者の家系なのでしょうか。そしてやはり『志能備』の文字を使うとなれば、やはり聖徳太子の頃にまで先祖は遡るのでしょうか。そしてこのサクヤさん……でしょうか……を始め他の皆さんもやはり私の心を読んでいるという事なのでしょうか。そしてやはり……えっと……」

ここでまた、この紗織の状況に皆が吹き出してしまう。特に咲夜が声を上げて笑っている。

「こら、咲夜！　失礼どおじゃ！」

「ごめんなさい。でもでも、紗織さん、ごめんなさい、貴女をバカにしているのではないんです。ただ、あまりにも可愛らしくて、ごめんなさい」

押し寄せる疑問の波に頭の中を整理出来ないままに言葉にしてしまった自分に恥ずかしさを覚える紗織ではあったが、見た所、同年代の咲夜に子供扱いされた様な感じの方が寧ろ恥ずかしかった。

善達が言葉を継いだ。

「我らは貴女が思う様な所謂忍者ではありません。しかしこの家《や》の宗家、唐須家とその分家である八田家は、真の意味での忍びの家系です」

「え？　善達様が一族の長《おさ》なのでは」

「私は『尾』族の長であり唐須家は志能備を束ねる一族です。またこの家屋は唐須家の敷地内でもあり、その意味でも唐須が宗家になりますね。紗織さん、話は長くなります。貴女が尋ねたい内容はこちらで『読み』ます。そして、貴女の疑問に関わらず、貴女には伝えねばならない事があるのです。それはとても長く、そして貴女には信じられないであろう物語になります。お聞き下さい」

何かとんでもない事になってしまったが、先ほどから身の周りで起きている不可思議な状況が、これが起こるべくして起きている事である事を紗織に示していた。これは聞くしかないだろう。

「分かりました。お聞かせ下さい」

紗織がそう言った時、カグラが立ち上がり紗織の後ろから周り善達から離れた右側へと座を移した。善達も座を左へと退いて紗織の正面の位置を空けると、女達の一番年配であろう者が空いた席へ座ぶとんを敷いた。そして皆が頭を下げる。

いつの間にかトヨが立っていた。

志能備

トヨは無言で歩を進めると、紗織の正面に着座した。

善達からカグラ、そして女達と皆が順に頭を上げる。その様子が、まるで波のように美しく流れた。

思わず紗織もトヨに平伏した。

昼間見たトヨとはまるで別人の雰囲気を纏っている。服装は上はブラウスに、下はモンペで昼間の姿から割烹着を脱いだだけの格好なのだが、その立ち居振る舞いや表情から滲む高貴さに圧倒された。

「あら、紗織ちゃん、いいのよ、そんな堅苦しくしないで？　貴女はお客様なのだから」

そう言われて改めて気付くのだが、紗織も「尾族」の一員であるのなら、トヨは自分にとっても宗家に当たる。

「トヨ様、存ぜぬ事とは申せ不遜な物言い、失礼致しました」

場の雰囲気に呑まれ、言葉遣いが妙な事になっている。

「紗織殿、やむごとなきお方におわしませれども、心安らかに侍り候うて苦しう無しと仰《おお》せられまするぞ」

ハッとして声の主の方を見ると、いつの間にかキヌが女達の列の上座に座っていた。キヌの顔つきもさっきとは全然違っている。

「キヌ、からかうのは止めなさい。紗織ちゃん、びっくりしているじゃないの」

トヨが窘めるが、またその場の全員が苦笑している。

「ごめんごめん紗織ちゃん、アタシってこういうヒト～」

キヌのこの一言で皆の苦笑は爆笑に変わった。

「紗織ちゃん、いいのよ、普通にしていて。全く、キヌも咲夜も困った母子《おやこ》だわ」

「何だ、キヌさん冗談だったんですか？　驚かせないで下さいよ、私、何か凄い世界に来ちゃったと思って焦りましたよぉ」

皆で笑い、場の空気は和んだが、十ほどは年上であろうキヌをトヨが呼び捨てにしている事で、トヨの立場が鮮明に理解出来た。そして咲夜がキヌの娘であり、似た者母子である事、この一族が冗談が好きだと言う善達の言葉にも納得がいった。そしてこの一族が島の方言ではない古語を自在に操る事の出来る教養を身に着けている事も察した。やはりこの一族は普通ではないのだ。

そして昼間のトヨの言葉を思い出した。

――『ここよ、ここが私の一族の家』

これは歴史を臭わせる言葉でも、島特有の表現でもなく、正しく「トヨの一族」という意味だった。そして何か見透かされているという感覚はそのままその通り、心を読まれ、見透かされていた。そして唐須家の当主はトヨの父親ではなかった。何故なのか、それが紗織には不思議だった。

ここで善達が話に戻った。

「ははは、紗織さん、それも追い追い説明しますが、どうもすいません。驚かせてしまいました。あの八田の母子は一族の中でも特にイタズラ好きで、全く困ったものです。はっはっは」

そうだった。紗織の心は全て読まれているのだった。

善達が続ける。

「では改めて。こちらが志能備の当主、トヨ様……トヨさんです。堅苦しくなるといけないので今は通常に話しましょう。そちらにいるのは私の息子カグラ、神楽舞いの神楽《かぐら》です。それではお話ししましょう。長い……長い話になります。その前に、私達には苗字がありません。それはトヨさんもキヌさんも、そこに並ぶ三人、美月《みづき》、灯《あかり》、咲夜《さくや》もです。そして私達には戸籍も無い。私達はこの世に存在しない筈の人間なのです。唐須家も八田家も存在するが、ここに居る者は誰一人存在しない。特に、私と神楽には唐須や八田など社会活動の母体となる仮の家名すらありません。私達は志能備なのです。この国を支える為に働いていますが、政府も私達の存在を知りません。私や神楽は世間に出る際は『オノウエ』を名乗ります」

「え？」

　思わず紗織が声に出した。

「そうです、貴女の苗字と同じです。『尾上』はオガミ、オオカミの転化です。古くはそのまま『狼』を名乗っていましたが、現代はこの名では目立ってしまうので、字を変え、音も変えました。だが我々は狼の一族・ベニヤミン族、フェニキア人の末裔、ユダヤの民、原日本人、ムーの住人、前地球文明の生き残りなのです」

「え？　え？　え？　何を言っているのか、ちょっと分かりません」

「そうでしょうね。順を追って説明しましょう」

と、一旦話を区切って、善達は話を続けた。

「現在の人類、ホモ・サピエンスが創り出したこの地球文明の前、彼らが地球上に現れる遥か遠い昔に、別の人類が既に高度な文明を築いていました。まだ大陸が今の配置になっていない頃の事です。その時の人類は二つの別の系統の進化の過程を経た、全く別種の二つの人類がいたのです。一つは私達、現在の人類と何ら変わらない、哺乳類から進化した人類、もう一つは爬虫類から人型に進化した人類です。この二つの人類は現世人類とは違って、共に精神伝達能力を有していました。能力に多少の違いはありますが、両人類とも音声を用いずとも、意志の疎通が出来ました。それが、私達が貴女の……いえ、他者の心を読む事が出来る理由に繋がります。そしてそれはまた、現代日本人の『空気を読む力』、『相手の気持ちを察する能力』にも、ね」

これは些か紗織の理解を超えていた。

「何か、SFのお話みたいで、さっぱり意味が分からないのですが、貴方達は私達とは別の人類なのですか?」

「いいえ、今は殆ど同じですよ。しかし紗織さん、貴女も私達と同じ一族ですからね」

「あ、そう言えばそうでした」

どうも紗織はおっちょこちょいな所がある。

「二つの人類は共に、現代より遥かに高度な発展を遂げ、上手く棲み別けを行なっていました」

「それは……」

「勿論、伝え聞いた話です。私がその頃から生きている訳ないではありませんか」

「そ、そうですね」

紗織バァちゃん、しっかりしてくれ。

「紗織さん、貴女、動物の気持ちが理解出来るでしょう?」

「はい。父から他の人には言うなと止められておりますが、小さい頃から何故かイメージが伝わって来るんです」

バァちゃん、あんたマジで動物と会話出来ていたのか。

「前人類もそうでした。だから動植物の命を奪う事を止めました。動物達の心の叫びに堪え切れなかったのです。そして化学的に栄養価を摂取する方式に切り替えました。当時は両人類共に体長三メートル、体重も二百キロはあったので、両人類が捕食を放棄した後は、動植物は爆発的に繁栄しました。それから両人類は地上を動物達に明け渡し、卵から産まれる爬虫類人類『卵人』と、母乳で育てる『乳人』とで、地球の裏表に居住区を別け、完全な棲み別けを行ないました。私達乳人は南側で分離を始めた大陸に八千万人の全乳人が集結し、そこで全乳人は混血が進み人種が統合されました。それが日本人の容姿になります。人口が三千万人ほどしかいなかった卵人達は人工大陸を造り上げそこに移住しました」

紗織の目が輝く。

「人工大陸?　ひょっとして」

「そうです。アトランティス大陸です。まぁ、現代の規定から言えば、大陸に相当しない大きさですがね。他の動物が侵入しない様にデザインされた、とても美しい大陸だったそうです」

「やっぱり。アトランティスは、どこにあったんですか?」

「北極海です」

「北極？　あんな寒い所に？」

「いや、当時は温暖だったのです。乳人が集結したというのも、南極大陸です。地球の表裏でしょう？」

「南極大陸。それからどうなったんですか？」

「地軸が急激に傾いたのです。天体を初め、様々な知識や技術を保有していた人類も、足下の事を解明していませんでした。恐らくは各方面に分裂し移動を始めた大陸や、それに伴う海水の比重が原因だと言われてますが、理屈にも合わず伝承もそこには触れていません」

「そうだったのですか……それから……」

「地軸の傾きは全球規模で多大な影響を及ぼしましたが、我々人類にとって、特に卵人にとって致命的だったのは気温の変化でした。彼らの大陸は北の極地へと北上してしまったのです。彼らの身体は外気温に大きく影響される特徴を備えていました。そこで彼らは新たに大西洋に新大陸を建設しました。乳人は気温の変動には堪えられましたが、その後の大陸移動に問題が生じます。大陸で栄華を極めていた乳人文明でしたが、その大陸もやがて南の極地へと移動する事は分かっていました。そこで乳人もまた、新たな大陸へと移り住んだのです。それがムー大陸と呼ばれるものです」

「その、そのムー大陸は、どこにあったのですか？」

「太平洋のどまんなかですね。だがこれには少し説明が必要です。ムーは『海洋大陸』でした。つまり他の大陸とは違い、地殻があった訳ではありません」

「つまり、一つの文明海域を『大陸』に見做したと」

「いえ、それも違います。ムー大陸とは、巨大な珊瑚礁の上に形成された、紛いなき『大陸』だったのです。今でも珊瑚礁の島というのがありますが、あれの大陸版だと思って下さい」

「なるほど、そういう事ですか」

「ムー大陸に移動した乳人達は科学こそ継承しましたが、所謂、物質文明とは縁を切りました。精神文明へと上昇したのです。しかし卵人はそうはならなかった様です。共に知的生命体ではあったものの、そもそもの種の本質が違った為でしょう。それが彼らの人口の増大を妨げ、また後世の悲劇にも繋がります」

「後世の悲劇とは？」

「順を追って説明します」

紗織は自分が知りたかった事を遥かに超える、この壮大なストーリーに我を忘れて没入していた。

「両人類がムー大陸と新アトランティス大陸に定住したのは、明らかな年代は伝承されていませんが、恐らくは一億年ほど前だったと推定されています。それから五千万年から六千万年の間、穏やかな時が流れたが、或る時に天の啓示が降りた」

「天の啓示？」

「そう……天の啓示です。その頃の乳人は精神文明の発達に伴い、意識の伝授に特異な能力を得る者達が現れていたのです。後に述べますが、唐須や八田はその末裔になります」

驚きの表情で紗織はトヨを見つめた。そしてその名前の意味を理解した。

『日巫女《ひみこ》……。全て、全てを見透かされていたのか』

トヨが微かに、そして優しく笑みを浮かべ紗織を見つめ返した。

善達は続ける。

「それは巨大隕石衝突のイメージでした。貴女も動物の気持ちを、イメージで受け取るでしょう？　それと同じです。天の、宇宙の理《ことわり》をイメージとして受け取るのです。時期は迫っていました。乳人達は取るものも取り敢えず、ムー大陸から北へ、島伝いに移動を開始しました。そして辿り着いたのが、葦原の地、日本です」

「あ、あ、あ……」

紗織はおっちょこちょいだがバカではない。ようやく話の筋が結び付いて来た。だが剰《あま》りの事に言葉にはならず総身の毛が立っている。

「そして啓示に従い、隕石衝突の被害から逃れる為に日本海側まで進み、中央連山を盾にすべく、その陰に潜みました。そしてその時が訪れます。言葉にならぬほどの衝撃だったようです。爆風と火災、広大な範囲での海水の蒸発、地震、火山噴火、そして津波……多くの種が絶滅しました。ムー大陸に築いた乳人文明は津波と火山の噴火で消し飛び、珊瑚大陸そのものも死滅しました。卵人達の運命は更に悲惨でした。隕石は新アトランティス大陸の間近に落下したのです。直撃されたも同然の影響を受けました。卵人は乳人とは違い、階層社会を構築しており、巨大隕石の地球衝突を検知していた様ですが、それは乳人達が啓示を受けた時期より随分と遅く、全卵人の救済に間に合いませんでした。そして隕石衝突の情報を伏せ、一部の上層部だけが、現在のアフリカ大陸に建設された地下都市へと避難しました。急造された地下都市が賄える人口は一万人程度でしかありませんでした。

卵人達には乳人の様な『天の声』を受け留める能力が備わらなかったのです。乳人と卵人は『種』の本質が違ったのです。それが後に彼らの運命にもまた、関わって来ます」

ここでトヨが口を開いた。

「紗織さん、喉を潤しなさいな。そろそろ貴女の興味の湧くお話に移ってきますよ。辛ければ膝もお崩しになって構いませんよ」

そうだった。紗織の喉はカラカラで、足も痺れ始めていた。だが全てを見透かされている事には、もう驚くことはなかった。

「有難うございます。大丈夫です。私もオノウエの家の娘です。これしきの正座ではビクともしません」

内心、紗織は父の厳しい躾に感謝していた。この場に居る者達の凛とした居住まいに、自分だけが着いていけない無様を晒すのは恥ずかしかった。

「皆様もどうか、何かお召し上がりに……」

紗織がそこまで言った時には既に、皆に明日葉茶が配られていた。紗織の前に、先ほどよりも大きなグラスで氷入りの明日葉茶を据えたのは、あの咲夜だった。ついさっきまでの御転婆娘とは思えぬ、お姫様のような気品と、それとは真逆の妖艶さを漂わせている。これが同じ人物とは思えない。

『そうか、これも志能備の心得、くの一の術という訳か』

紗織がそう心の中で思った時『そうよ、これが女の武器』という声が、紗織の頭の中に響いた。

咲夜の声だ。

剰りにも明瞭な声なき声に紗織が驚いていると、

「これ、咲夜、止めなさい。まだ早い」

と、善達が咲夜を窘めた。

「紗織さん、すいません。どうも咲夜は悪戯好きで手に負えぬ」

「今のは」

「咲夜が貴女に念を送ったのです」

——咲夜はやっぱり御転婆だった。

善達が説明を続ける。

「私達は念も意識も飛ばす事が出来るのですよ。そして動物の意識に入り込む事も出来る。貴女が聞いた狼の遠吠え……あれは神楽が狼の意識に入り込み、狼の中から念を送ったものです」

「神楽さんが」

紗織が神楽を見ると、神楽がニコリと微笑み頷いた。

「私も目の前にいる相手にならば、念の強さはまだまだ若い者には負けないが、流石に百歳を超えると日本全国に向けて広く念を散らすのは体にキツい。はっはっは」

「百歳？　善達様は百歳を超えていらっしゃるのですか？」

「はい。天保年間の生まれ、まだ江戸時代ですね。途中から齢を数えるのが面倒になりましたが、多分、百二歳だと思います。周りからはハタチぐらいにしか見えないと良く言われますが、はっはっは」

「え……」

「紗織さん、ここ、笑う所ですよ」

「は、はあ……」

爺さん、笑えねえよ……と、心を読まれる心配の無い私がバァちゃんのかわりに盛大にツッこんでおいた。

三秒間の静寂の後、『場の空気を読んだ』善達が、何事も無かったかの様に語り始めた。すっとぼけた爺さんだ。

原日本人

善達が語る。

「そこから現代に至る文明が始まったのです。全ての文明はこの地、日本から始まったのですよ。故にこの地を文明の夜明け『日の本』と称するのです」

紗織が呟く。

「全てがこの地から……」

「はい。しかし乳人は全てを棄てこの列島にやって来た。それまで築き上げた文明の全てをムー大陸に置いて来ました。そして、乳人のそれまでの平和な時代は長過ぎた。乳人達の文明は全てが機械化され、乳人達は知識はあっても、誰もそれを製作する技術を持っていませんでした。紗織さんが今すぐ自動車を造れないのと同じ状況です」

「なるほど」

「乳人達は原始時代からやり直すしかありませんでした。紗織さん……動物と人間の決定的な違いは何だと思いますか？」

「動物と人間の違い……」

紗織はこの質問の答えが通り一遍のものでは無い事ぐらい解る。智慧、火の使用、言語、社会性、宗教……どれもありきたりだ。当て嵌まるとすれば火の使用と宗教ぐらいだろうかと、考えている。そして急に閃いた。

「衣服だ！」

善達が嬉しそうに微笑んだ。

「その通り。衣服です。紗織さん、貴女の名は？」

「紗織……あっ」

流石に文学少女である。一瞬で察した。

「キヌさんは『絹』」

「そうです」

「では、トヨさんは」

この疑問にはトヨが答えた。

「糸と申します」

からかう様に笑っている。

「トヨさんは一族の長《オサ》なのです。唐須や八田、そして我らを束ねる全世界に散らばる『八咫烏《やたがらす》』本家の当主です」

「ぜ、全世界？」

「そうですよ？　びっくりするでしょう？　こんな田舎の小さな島に、そんなお方がいらっしゃるとは、あ、お釈迦様でもぉ…気がぁつく……」

「善達！」

「あ、いや……これは失礼した」

鋭い目付きのトヨにピシャリと制止され、善達が恐れ入っている。

この『長老』も八田母子《おやこ》の事をとやかく言えた義理ではない。

紗織が解説する。

「ハッタがヤタ、唐須は鳥の烏で、ヤタガラスという事ですね」

「そういう事です。唐須家の当主は表向きはトヨさんの父親という体裁になっていますが、実際には代々、女系の家なのです。その当主となった者が『トヨ』の名を受け継ぎます」

「台与という事ですか」

「いいえ、貴女が思い浮かべている文字ではありません」

……そうだった。ここの連中は、心が読めるのだった。

トヨが答える。

「貴女が私の名前の漢字を訊ねた時、説明が大変なのでね、片仮名だと誤魔化したのよ、ご免なさいね。台の本字体の『臺』に与えるの本字体の『與』よ？　貴女なら分かるわよね？　それに、こんな名前、変に思われるし、糸と言えば呼び名と違うので貴女が混乱すると思ったのよ」

「なるほど、そういう事情だったのですね。確かに臺與という名を説明されたら訝かりますね」

ここからまた善達が話を引き取る。

「天からの啓示は女性の方が感応し易いのです。故に倭国も治まったのでしょう」

「分かります」

「さて、ここからが面白くなりますよ？　日本列島に渡った『原始人』、乳人は、人工栄養素を入手出来なくなりました。また……動物の命を奪う獣に成り下がったのです。それは全く……乳人達にとっては極悪の所業に思えました。唯一の救いは、乳人の人口が激減した事です。隕石の衝突の衝撃の被害、その後に訪れた氷期の気候の影響、そして獲物を狩る能力など持たぬ、文明に甘やかされた原始人は、三メートルの体軀を養い切れませんでした」

「あの、先程から聞き流していましたが、三メートルですか？　そんなに大きかったのですか？」

「そんなに大きかったのです。恐竜だってあれほど大きいではありませんか」

「な……なるほど」

「それから気の遠くなる程の時が過ぎました。物質文明と縁を切っていた乳人には不便さは堪えられても食べない訳にはいきませんでした。しかし食糧は少ない。人口は激減し、生き残る為には体軀も小さくならざるを得ませんでした。そして食糧となる動物達の断末魔の狂気に、乳人達の神経は堪え切れず、その声を聞く能力は次第に退化していきました。やがて氷期が終りに近付きます。そこから乳人達の一部が日本列島から外部に進出を始めます。暫くすると氷期が終り地球は温暖化し始めました。すると、新たな人類が出現したのです。時期を同じくして世界中に現れました」

「はい」

紗織が身を乗り出して聞いている。

「今回は卵人の様な種は現れなかった様です。しかし、『理《ことわり》』というのは不変の様だ。乳人と変わらぬ進化を遂げた新たな人類の中に、卵人の性格を宿す一派がいたのです。姿は乳人だが、中身は卵人……それがホモ・サピエンスでした」

「そ……そんな」

「ホモ・サピエンスはアフリカで生まれましたが、互いに殺し合い、破れた一派がアフリカ大陸を追われた。そして世界に広がったホモ・サピエンスは、次々と他の異種人類を滅ぼし、或いは取り込んでいったのです。これが現在、地球上に一種類の人類しか残っていない理由です」

身を乗り出して聞いていた紗織の体が、今は俯き、その身を縮めている。

「ホモ・サピエンスが未だ『人類』とは言えない程の段階にある時、前世人類である乳人達とも遭遇しています。その頃にはまだ体躯が三メートルに近い乳人も少しは残っていましたので、世界各地に残る『智慧を授けた巨人伝説』は、乳人を指していると思います」

「そんな伝説があるのですか？」

この頃の当たり前の日本人にはこういう常識は無い。

「はい。しかし、それだけではありません。ヨーロッパには巨人の化け物の伝説もあります」

「化け物？　それも乳人なのですか？」

「いいえ、卵人です」

「卵人？」

「はい、彼らも生き残っていたのですよ。時を経て、暖かくなった地上に、彼らは戻って来たのです。彼らは乳人と違い、地下都市へ文明を持ち込んでいました。その為に地下で繁栄したものの、それが却って仇となりました。限られた空間で限られた食料生産装置の能力では人口の増加を支え切れません。彼らは争いを始め、本来の彼らの特質が発現しました。……殺し合いを始めたのです。これが先程述べた、彼らの『後世の悲劇』です」

この善達の言葉に、紗織は絶望した様に呟いた。

「あぁ……それが、殺し合うのがサピエンスの特質だと……」

「残念ながら……。そして卵人の一部が地上へと進出し、傍若無人に振る舞いました。とは言ってもそれは彼らにとっては当然の事でした。現世人類など、卵人から見ればただの動物、そして食料でしかありません」

「人間を食べていたのですか？」

「現代人の感覚で考えてはいけません。私達も鶏や豚、牛や馬までも食べています。そして彼らは爬虫類の種族です。鰐が猿を捕食するのと何ら変わりません」

「なるほど、言われてみればそういう関係性になりますね」

「しかし現世人類には恐怖そのものだったでしょう。三メートルの大きさがある人型の蜥蜴が、自分達と同じ様に動き、自分達より高度な武器を用いて自分達を狩っていくのですからね」

「三メートル？　卵人は小型化しなかったのですか？」

「はい。そこは種の違いなのか、はたまた食料生産装置を保有していたからなのか、定かではありませんがね。だが乳人にもまだ三メートルの個体はいましたから、不思議ではありません。そして彼らは後に現世人類を使役しながら、エジプト文明を築き上げるのですが、それはまた後ほどお話致します」

「いよいよ、文明の話になって来ましたね。続けて下さい」

　何だかバァちゃんも戦闘モードに入って来た様だ。

「乳人の話に戻ります。氷期が終わる頃になると、他の動物達も一気に活気を取り戻します。進化も急激に加速し始め、乳人は外界の様子を観察し始めます。日本は勿論、遠く地球上のあちらこちらへと『気』を飛ばし、世界の変容を見て回りました。そして見つけたのですよ、乳人に替わる新しい人類『達』を」

「はい」

「乳人は先ず、中央連山の陰からその周囲へと生活範囲を広げていきました。一面、氷の世界から新たに開けた台地に移り住んでいきました。先ずは念を飛ばして環境を把握しますが、実体を伴わない念だけでは、現地の事物に触れる事は出来ません。そこで利用したのが知能の高い狼や烏、梟などの動物です。彼らの意識に入り込み、その地の物を直接、五感で感じ取りました。まだ二メートルから三メートルもある乳人が、自分達自身で未知の地を歩き回るのは些か非効率でもありました。


やがて日本各地が緑に覆われる頃、世界各地の赤道付近で次々と新たな人類が出現しました。その様子は乳人の中でも強い念を持つ者が観察を続けていました。それらの新たな原始人類が道具を使い始め、乳人達はやがて遭遇するであろう『新』人類に接触を図った。そこら中に生い茂る葦を用いて大型船を造り、まだ氷期の名残りで低かった海面に頭を出していた多くの島々を伝って世界中へと散らばっていった。そしてまだ動物と然程《さほど》変わらぬ彼らを導いた。乳人の助けもあり、彼ら新人類の進化は目覚ましかった。しかしまた残念な事態が起きるのです」

「残念な事態？　それは」

「貴女も聞いた事があるでしょう、大洪水です」

「ノアの方舟の……」

「そうです。氷期が終り、溶け出した氷は蒸発し、大気中に酸素量が増えた事で一気に温暖化が加速し世界上で洪水が発生したのですよ。この時も地上の多くの種が絶滅しました。その中には幾つかの原生人類が含まれます。恐るべき量の氷解に因り、それは海面の上昇をも引き起こし、日本も完全に大陸と隔絶し、列島となりました。そして地上は現在とほぼ同じの地形になります」

「はあ」

「それからが我々現生人類が知る歴史となるのです」

「え？　いえ、でも、私達は恐竜の存在も知っているではありませんか」

「それは歴史とは言いませんよ、考古学です。そしてそれは飽くまでも考察、推察……いえ、推測にしか過ぎません。歴史とは文字によって記された『事跡』を言うのですよ」

「定義づけの問題ですね？」

「そうです。温暖化した地球では生命が満ち溢れました。暫くすると生き残った新人類達も繁殖を始めやがて拡散し、異人類間での交配も起きていました。そして彼らは乳人を真似て身体を毛皮で包み、『ヒト』となったのです」

「被服によって『動物』から決別した事になるのですね」

「そうです。被服こそが人類の『証』なのです」

「ここで先程の話と繋がりましたね」

「はい。乳人達も同じ進化の過程を経たのですが、新たな人類も被服によって寒さを凌ぎ、寒冷地での活動が容易くなると共に、肉体の損傷も著しく軽減し、狩りの能率も上がり、余暇も生まれて来ます。そこに、文化が生まれます」

「文化……洞窟壁画や宗教儀礼ですね」

「ふふ……流石ですね、そういう事です」

紗織も知識が追いついて来たので口数が増えて来る。

「衣服は寒さを凌ぐものから肉体を護るものへとその意味合いが変化し、温度に関係なく常用化します。すると、二足歩行の消費熱量も相まって体毛が失われていき、徐々に『人間』らしくなって来ます。

その頃の事……日本列島が大陸から孤立する前後の時期に南洋から大陸から複数の異人類が日本に流入して来ました。

彼ら新人類は異人類間で交配出来ていたので、乳人も交配を試みたところ、何と……交配が可能だったのです。同じ星の同じ分子構造で同じ過程を経た同種の生命体ではあるものの、これは驚きでした。日本列島の乳人・原日本人には、既に滅びた古《いにしえ》の新人類のＤＮＡが僅かながら受け継がれています」

「ちょっと待って下さい、それでは私達日本人は現生人類とは少し種が違うという事になりませんか？」

「ええ、まぁそういう事になりますが、そもそも乳人は現生人類が現れる一億年も前の別の人類です。それに比べればそれほど大きな違いではありませんよ」

「そう言われればそうではありますが」

「しかしそんな試みも束の間、アフリカで生まれた人類が特異な動きを見せ始めました。異様な繁殖力と攻撃性を以て瞬く間に勢力を拡めていったのです。ホモ・サピエンスです。彼らはまるでかつての卵人の様な凶暴性を備えていました。ホモ・サピエンスは異様な早さで各地を侵蝕し、大洪水に生き残った異人類を次々と滅ぼしてしまいました。彼らはあっという間に世界中に拡散し、日本列島にも到達しましたが、乳人は彼らとの共生は望めませんでした。そこで乳人の遺伝子を彼らに組み込む計画に着手したのです」

「な……何という事を……それは神の領域に立ち入る事ではありませんか。そんな事をするなど、卵人と変わらない蛮行ではありませんか」

「いやいや、落ち着いて下さい。要は、ホモ・サピエンスとの交配、生殖ですよ、すみません、ちょっとカッコ良く言い過ぎましたな、はっはっは」

「ああ、そういう事ですか。善達様も咲夜さんとあまり変わらないではありませんか」

紗織は少しむくれているが、それを聞いていた咲夜は激しく頭を縦に振って同意している。

咲夜のその様子をチラリと横目で見て顔を顰めた善達が面白くなさそうに話を続けた。

「ううむ、おほん……まぁ、ここからが本題になります。乳人は世界各地に散らばってホモ・サピエンスと同化を始めました。そしてその拠点として、現在のイラク、メソポタミア地方に大量移住をしました。アフリカから新たに世界に進出していくホモ・サピエンスを、そこで一旦、足止めをする為です。エジプトやエチオピアからアフリカを出ても彼らはどうしてもこの地を通りますからね」

「メソポタミア？　ではひょっとして」

「そうです。メソポタミア文明は乳人、縄文時代の原日本人が移住して築き上げたスメル（シュメール）文明が基礎となったものなのです。最初に言いましたよね？　全ての文明は、この日本から始まっているのだと」

「そういう事だったのですか。それであの……スメル文明って何なのですか？」

紗織の時代にはまだあまり、スメル文明について多くは語られる事はなかった様だ。

「そういうものを造り上げたのですよ。それがやがてメソポタミア文明として大成するのです」

「スメル文明についてては知りませんでした。でも何故、直接アフリカの現地に移住しなかったのですか？」

「それほどホモ・サピエンスは凶暴だったのですよ。知恵のある野獣の様なものです。大量の移住と言っても当初は数百人程のものです。ホモ・サピエンスの群れの中に飛び込むのは危険過ぎたのです。だがそれが却って仇になりました」

「また何か起きたのですか？」

「忘れていますか？　卵人ですよ。彼らが生き残っていたのです。新アトランティスからモロッコの地下に都市を築き息を潜めていた卵人が、殺し合いの争いに破れ地上に追放された荒くれ者の卵人達が、ホモ・サピエンスと出逢ってしまったのです。いくらホモ・サピエンスが凶暴だと言っても、卵人に敵う筈がありません。卵人は三メートルの巨体を有し鋭い牙とか、固い皮膚、文明の武器を擁していいます。そして、今まで詳述して来ませんでしたが、彼らには乳人とは別種の精神能力があるのです。『幻術』です」

「幻術？」

「はい。催眠術と言った方が解り易いと思いますが、彼らの目を見ると、他の動物は意識が朦朧とし、そこに何らかの念を送り込む様です。すると、念を送り込まれた動物は、卵人が見せたい風景に取り込まれます。その力は卵人の視界全域に及びます。念を送り込まれた相手には卵人の姿が別のものに映るのですよ。周囲の景色も卵人の思いのままに見せる事が出来ます。何を取っても、卵人の餌食になるより他はありません。

乳人達もかつては彼らの食料でした。しかし彼らの視界から逃れ逆に彼らの意識に入り込む事によって何とか被害を食い止めていました。やがてお互いに文明を築き上げる事によって食料生産装置も開発し、互いの居住区も地球の裏表に別け、接触も避けたのです。そして動物達の命を奪う事を共に辞したのです。しかしあの巨大隕石の衝突が全てを狂わせてしまいました。

地下都市から追放された卵人達はホモ・サピエンスの集団に君臨し、品種改良を始めました。より優秀な雄と雌を掛け合わせ、より強靱な肉体と優秀な頭脳を持つサピエンスを造り上げたのです。その情報はやがて地下都市の住人の知る所になります。そして、いよいよ地下都市の卵人達が温暖化した地上に復活する事になるのです」

「うえっ……卵人達が地上に……」

「そしてあぶれ者卵人をそこからも追放し、一万人もの卵人がナイル川を拠点に定め、神としてサピエンスを従え、サピエンスを使役してエジプト文明を築き上げるのです」

「なるほど、先程の話に繋がりました」

バァちゃん、同じセリフ二回目だ。

「そしてそこでも追放されたあぶれ者卵人達が欧州各地で暴れ回り、欧州の怪物伝説として伝わっている訳です」

「なるほど、なるほど」

「この間の経緯は全て、本国日本に報告されています。その報告の任務を担っていたのが、乳人の中でも特に念の強さを有していた一族、通称八咫烏です」

「八咫烏とは……一体何なのですか？」

「あぁ……何か、八咫烏という特別な組織がある訳ではありません。例の、隕石衝突の際に神からの啓示を受けた者の一族です。彼らはその後にも、その能力を研き上げていったのです。その伝達能力の秀逸さ故に、世界の情勢を本国日本に伝える役割を担い、世界各地に渡り新人類を導く中心的勢力ともなっていました。彼らが各地の調査をする時に、媒体としてよく烏を使っていたので『烏使いの一族』と見做され、その活動範囲の広さと情報量の多さから『八咫』の語が冠されたのでしょう。誰が彼らを八咫烏と呼び始めたのかは……謎ですね」

「謎なんですか？」

「謎です。はっはっは」

愉快そうに笑う善達だが、その〝通り名〟に周囲の畏敬の念が籠められている事が感じ取れる事への悦びが見て取れる。だが言っておくが善達さん、貴方は八咫烏の一族ではないだろう。この場に発言権が無い自分の立場がもどかしかったが、後から思えば自分の夢の中のストーリーだと分かっていながら、真正面から向き合ってムキになる自分も滑稽である。

また、紗織はと言えば、これだけの歴史の裏側を語る善達にも分からない事があるのかと、不思議に思っている。私はと言えば他者の心の中、紗織の意識の中に入り込むという理解不能な現象を今、自分が身を以て体感していた。

善達が続けた。

「その八咫烏が交代で日本に戻り世界の情勢を伝えていたのですが、メソポタミアからの連絡員は葦の船を使って戻っていました。

台湾を超えた辺りからは黒潮に乗るのですが、本来日本海側が本拠地であるものの、太平洋側を回る事もありました。その時の中継地がここ、八丈島だったのです」

「あぁ、それで」

「縄文の初期には乳人のコロニーは日本海側が主流でしたが気候が温暖化してからは太平洋側にも進出し始め、南洋やアメリカ大陸との往来は太平洋側の乳人が担当していました」

「ア……アメリカ大陸？　そんな所まで到達していたのですか？」

「当時は現在では消えてしまった島々が多く連なっていたのですよ。後にはかつての『大陸』ではないにしろ、珊瑚礁の島々から成る『新ムー島嶼《とうしょ》圏』まで出来上がりました。後に環境の変化で、これもまた失われてしまいますが……」

「随分と目まぐるしいですね」

「はっはっは、これは数万年単位の話ですよ。現代文明など、たかだかここ、二、三千年の出来事です」

「話のスパンが大き過ぎて感覚が追いつきません」

紗織が話の壮大さに呆れ果てている。

「まぁ、この後は徐々に百年単位になっていきますよ、はっはっは」

「……」

とは言っても、数百年単位だろうと、紗織は心の中で思っている。

それを口には出すまいとも思っているが……バァちゃん、アンタの心は読まれているのを忘れているぞ。

「その新ムー島嶼圏の入口が小笠原諸島です。ムー島嶼圏の東端からアメリカ大陸までは、目と鼻の先ですよ。そしてそのアメリカ大陸には赤人と青人の人類がいました」

「赤人と青人？」

「はい。現代では失われた人類ですが、赤人の方は北アメリカの先住民族にその人類の名残りを遺しています」

「インディアンですか」

「そうです。彼らは赤い皮膚の人々と呼ばれていますね」

この頃にはまだネイティブ・アメリカンなどという呼称は存在していない。

「そして青人に関してですが、ここにもまた、生命の神秘が現れます」

「と言うと」

紗織の知識が追い付いて来ると、最早、黙って聞いているだけでは済まなくなって来る。食い気味に質問を投げ掛ける。

「ホモ・サピエンスに卵人の性格が現れたとすれば、青人には乳人の能力が発現していました」

「乳人の能力……」

「はい。青人は意志伝達能力を有していました。音声を用いず念のやりとりで通じ合えたのです。これは卵人にも備わる能力ではありますが、乳人のそれはより強く明確で繊細です。そうであればこそ、乳人は卵人に対抗できたのです」

「なるほど、多少の能力の違い……の、他の側面ですね」

「飲み込みが良くて助かります。はっはっは」

褒められたものだから、紗織は三歳児のような顔でニヤニヤしている。

「ところが、この青人は他の新人類とは全く異質の種でした。彼らの肌は太陽光線に堪えられませんでした」

「え？　いや、でもそれは生物としておかしいのではないでしょうか」

「勿論そうですね。しかし彼らは完全な夜行性であり、別に太陽光線が害であるわけではなく、長時間の強い陽差しの下では皮膚が火膨れを起こしてしまうのです。大きな日傘の下では大丈夫だと考えれば分かり易いと思います」

「そうですか……しかし、変わった特性ですね」

「そうですね。現在でもその様な特性の方がいますが、青人の遺伝子を受け継ぐ方なのかも知れません」

「では、青人とも混血が行なわれたのですか？」

「はい、全ての人類と……この日本の地を主体に、行なわれました」

「ふむ……」

紗織の頭の中で様々の思いが飛び交っている。

「乳人は世界の各地からそれぞれの人類を年に一度、この日本に集め会合を開いていました。そして或る者は日本に残り、他の者達はそれぞれの地に戻っていきました。それを五色人会議と呼びます」

「もう、日本が世界の中心ではありませんか」

「そうですよ、日本が世界の中心だったのです。だがその青人は種を繋ぐ事が出来ませんでした。現代社会にその影はありません」

「絶滅……ですか」

「恐らくは」

「恐らくとは？　その後の様子を観察していなかったのですか？」

「徐々に生態数を減らしているのは把握していたのですが、ある日突然消えてしまったのです。赤人達の証言によれば、彼ら青人達は地下に移住してしまったと言うのですが、足取りは摑めぬままです」

「地下に……」

「世界各地に地下世界の伝承がありますが、それは実在するのかも知れませんね」

「乳人達でも分からなかったのでしょうか」

「分かりません。ただ、その世界は乳人達よりも古い人類、或いは未来人達の世界かも知れませんね」

「未来人？　時空間移動は可能だという事ですか？」

「可能だという事です」

善達がチラリとトヨに目を遣った。

「紗織さん」

トヨが声を掛ける。

「この世は一つではないのですよ」

「え？」

また話がややこしくなって来た。

「難しい話になるのですが、私達がいるこの世界の過去の歴史は一つですが、過去の或る時点から分岐した世界が無限に存在するのです。それは、今日、この時点からも分岐しています。そしてその世界は今、この瞬間、この空間に同時に存在しているのです。過去も未来も、今、ここに在るのです」

「……」

紗織の頭の周りに無数の『?』マークが飛び回っているのが目に見えるようだ。無論、この場にいる筈もない私も同様であった。

「まぁ、その話はまた改めてご説明致しましょう」

善達が話を引き取る。

「トヨさん達、八咫烏の上位の者達は宇宙の真理と繋がっているのです。その切っ掛けとなったのもまた、この八丈島なんです。奇遇と言うのか理《ことわり》と言うのか……不思議なものですね」

「宇宙の真理……それは一体何なのです？　切っ掛けとは？」

「宇宙の真理。それを言葉で説明するのは難しい。理屈ではなく、感じ取る方が正確に理解できます。紗織さん、貴女は……その為にこの島に来ました」

「え？」

「貴女も尾族の一員です。しかし貴女のお母上はどうでしょう」

「私の母……、母の旧姓は『八重垣』ですが……はっ、八重根港？」

善達の目が鋭く紗織を見据えた。

「貴女は八咫烏と呼ばれる一族の末裔でもあります。つまりトヨさんと同族です」

「えっえっえっ？」

またまた話が急転回だ。

「日本神話にはあまり興味が無さそうですが、貴女の祖先は事代主《ことしろぬし》と呼ばれる神です。まぁ、神ではないのですが、神話では神とされています。『コトシロ』とは『言代』、天の言葉を預かる者の意です。紗織が固まった表情のままの笑顔で応える。

「え？　ワタシ、カミサマのシソン？」

その目が点になった顔とカタコトと化した日本語が、また周囲の失笑を誘う。だが善達の表情は真剣である。

「そうです。……出雲の国譲りの際、この日本の地で統治者を補佐していた『託宣の一族』の統領が事代主です。また時系列で説明しますが、西日本一帯を支配していた出雲族の前に日向族が現れ、西日本の支配権を譲り受けますが、その新たな局面に際し、事代主一族は立ち位置を改め『青柴垣《あおふしがき》』の陰、闇の世界へと潜みました。その一族は世界中に情報連絡網を構築し、サピエンスの指導に当たっていたのも彼らですが、その中で日本にいたのが事代主の一族であり、彼らが後の八咫烏となるのです。そして彼らの在り方が世界にも拡がり、八咫烏は闇の存在としての立場を確立していきます。

闇の世界……それが『根の国』と呼ばれ、『死後の世界』に喩え、現実社会から八咫烏は隠されました。かつてムー大陸で天の啓示を受けた者達が彼らの祖先でありますが、彼らがその能力を確定的にしたのが、この地、八丈島でした」

「この島で何があったのですか？」

「ムー大陸から、まだ完全には『列島』にはなっていない日本地域に移動する際、託宣の一族が休憩地として立ち寄ったのがこの島でした。

この島で一夜を過ごしたのですが、運悪く、一人の娘が蝮に咬まれてしまいます」

「ま……マムシ。そう言えば昼間……」

紗織がそわそわと辺りを見回す。

またここで一斉に苦笑が洩れるが、その中で咲夜だけは背中を屈め握り拳を膝に打ちつけながら声にもならず笑っている。微かに「ヒィヒィ」という息だけが漏れて聞こえて来る。

「大丈夫です。この部屋にはいません」

この時ばかりは善達も呆れた様子だったが、トヨまでが下を向いて肩を震わせていた。

「そ、そうですよね、大丈夫ですよね」

とは言ったものの、それでも紗織はまだ心配そうにしながら崩れた膝を直した。

気を取り直して善達が続ける。

「蝮には猛毒がありますからね。その娘、ヒムカは高熱に見舞われ生死の境をさ迷いました」

「ヒムカ。それが日向族の語源になったと」

「いえ、単なる偶然です」

偶然かい。もっとこう……ドラマチックな話かと……と、傍観者の私が思う間もなく善達の言葉が続く。

「彼女が生死の狭間を彷徨う間、その意識は肉体を離れ空に昇り、やがて地球を見下ろし宇宙の彼方まで飛ばされたかと思うと……ふと、漂う静寂の中で全てを見渡し、この宇宙の理《ことわり》が、その仕組みが、彼女の中に流れ込んで来たと言います。その時、彼女は『智慧』を授けられたのです。

二日目の朝、彼女は嘘の様に何事も無く目を覚ましました。

だが、目を覚ました彼女はまるで別人でした。その後の日本への移動に関する手順を素早く示し、中央連山の陰に隠れる事を指示したのもこの時の彼女でした。乳人達はそれより、蛇を知恵の象徴として崇めるようになりました。この島は、その後も色々と因縁深い地となります」

「まだ何かあるのですか」

「まだまだあります。そうして日本に渡って来た乳人達が、時を経て新たな人類の出現を見て託宣の一族がその指導の為に世界中に散らばっていく様子を十六条の光に見立てましたが、アジアからヨーロッパまでの北のルートは陸路で、太平洋からアメリカ大陸方面は海路で赴きました。その十六条の半分、八条はこの島が基点となったので、八条ヶ島と呼ばれたのです」

「そんな事情があったのですか」

「また、託宣の一族がその特殊能力を得たのがこの島です。後に八咫烏となる一族へと変わった島、『八咫《やた》化《け》の島』が『八丈《やたけ》の島』の語源でもあります」

「な……何と……」

「本当は江戸時代に年貢として収めていた絹織物の長さが一疋《ぴき》、つまり八丈《はちじょう》の長さだったから……ですけどね、はっはっは」

「善達さん、ワタシ、真面目に聞いているんですよ⁉　何なんですか」

からかわれた事に気付いた紗織が肩を怒らせて抗議している。

すっかり氷の溶けた明日葉茶をぐいと一気に飲み干した。

「善達……、お前が是非やらせてくれと言うからこの役、任せたのですが、私を怒らせるつもりかえ?」

恐い……トヨさんが怒っている。気のせいか、トヨさんの背中から青白い炎が揺らいで見える。恐過ぎる。

こんな時には決まって良い反応を示してくれる咲夜に目を遣るが、あの咲夜までが固くなっている。トヨさんは本気だ。

「え〜と、それでは、個別の注釈を施し話が散逸しているので、時系列で纏めましょう」

この情況を難なく善達が躱《かわ》す。惚《とぼ》けて見えて、やはりこの爺さんも一角《ひとかど》の人物である。

夜も更けて来た。夏の暑さも和らいで来る。戸が開け放たれているのに、不思議と蚊に刺される様子がない。部屋の数箇所に灯されたランプの炎に誘われるのだろうか。お蚕様とは扱いが違う一般の蛾が、大きめのランプの炎に飛び込みその生涯を終えた。

大和の成立

空になった紗織のグラスが、氷の入っていない明日葉茶と差し替えられた。例によって音も無く咲夜が手配する。

この家では緑茶などは飲まないのだろうか。この家に着いてから明日葉茶しか飲んでいない。

「いずれ分かります」神楽が言った。

そうだった。この家の者は心を読めるのだった。

しかしこの場に神楽がいる事を忘れてしまうほどに全く気配を感じていなかった。流石に志能備の者である。

「さて」

善達が場を改める。

「ムー大陸から日本へやって来た乳人達は、全ての文明をムー大陸に置いて来ました。それが天の意志だったからです。しかしその為に乳人達は無力な原始人に成り下がってしまいます。それを嫌った半数以上の乳人達はムー大陸と運命を共にしました。三千万人の乳人が日本に渡りましたが、食料を得られず、人口はすぐに一千万人を切ってしまいます。そこに氷期が追い打ちを掛け、とうとう百万人を割り込みます。幾度かの氷期を乗り越え気候が安定し穏やかになると乳人達は日本全土に生活の場を拡げ、日本以外の地にも進出して行きました。その頃に世界中で新たな人類が生まれます。世界は日本の乳人達、黄人の他、赤人、青人、白人、黒人の部類に大別されました。新人類達は託宣の一族に導かれ『ヒト』となり、やがて日本に流入し土着し、混血を進め、日本民族を形成して行きました。乳人が『前文明地球人』から『原日本人』へと立場が変わって行く過程です。そして件《くだん》のホモ・サピエンスの出現です。瞬く間に勢力を拡げ他の人類を滅ぼしていく彼らを止める為、原日本人となった我々の祖先がメソポタミアに拠点を構えました。しかしそこに現れたのがモロッコの地下都市で生き長らえていた卵人達でした。卵人達は幻惑術を使いサピエンスを使って地上の支配に乗り出しました。卵人にはもう一つ、乳人には無い特異能力があります。念動力です。彼らはエネルギー増幅装置であるピラミッドを建造し、徐々にその規模を大きくしてとてつもないパワーを得ようとしました。そこで乳人改め『原日本人』はエジプトに乗り込む事にしたのです。最早、『危険』の度合いが違います。危険の因子はサピエンスではなく卵人なのです。世界中に散らばっていた託宣の一族が結集してエジプトに浸透しました。卵人達には原日本人の姿がかつての乳人であるとは看破する事は出来ませんでした。原日本人達は『スメル人』として遮光器……サングラスみたいなものです……を装着して卵人と接しました。これで卵人の幻惑術から逃れる事が出来るのですが、他のサピエンスと態度が変わらないスメル人の正体が、まさかかつての乳人であるとは卵人達は思いも寄らず、ただの猿だと思っていた様です。しかしスメル人には卵人達の本来の蜥蜴の姿が丸見えでした。そうしている内にスメル人こと原日本人達は卵人の意識内に入り込み、彼らの幻術の仕組みを解明する事に成功します。やはり恐ろしいほどに強力な催眠術の類でした。卵人も念を使えますので、脳に直接作用させる幻惑術だったのです。しかしその力が乳人とは比べものにならない強さでした。その術式の体系を把握したからには、それを破るのは容易です。念の細やかさではかつての乳人である原日本人の方が上です。しかもスメル人として浸透しているのは、乳人の能力を色濃く受継ぎ、その中でも突出した一族です。二千年以上の月日と膨大な犠牲を払いながら徐々に卵人の個体数を削いでいきました。彼らに計画がバレてしまえば、こちらに勝ち目はありません。自然に、ごく自然に、一人ずつ滅ぼしていったのです。その間、エジプトの地で原日本人の血は薄まってしまいましたが、託宣の一族の血統を一部の家族の中に残す事には成功しています。それが、後にイスラエルの民の中で『レビ族』と呼ばれる祭司の一族になります。

「レビ族……」

「この間、日本では日本民族が形成されていきます。既に日本は大陸から離れ列島になっていますが、北から南から大陸から、様々な人類、また、民族が流入し、それぞれの集団は和合し、婚姻関係を通じて混血しながら合議制の日本社会を造り上げます。その中心となったのが、中央連山の陰、現在の北陸地方を拠点に、濃尾平野から近畿、東海地方までを勢力範囲とした元乳人である『原日本人』です。彼らは富士山を中心とした王朝を建て、そこを日本の政府と定め、争いのない社会を築き上げました。しかし七千年前、九州南部で海底火山の爆発があり、西日本の縄文文化は壊滅します。暫くの間、日本列島の文化は東日本に偏ります。

一方、卵人の駆逐に成功したエジプトは栄華を極めます。

スメル人はその優秀さ故にエジプトでの立場を確立して行きますが、やがて確執が起こります。物質文明と縁を切った筈の乳人の精神性は、遠い異国でのサピエンス達との繰り返される混血の中で、失なわれていったのでしょう。エジプトではヨソ者であるスメル人の優位性はエジプト人の不興を買い、排斥運動となって現れます。

スメル人は一時期、奴隷の地位にまで落とされ、民族浄化の危機にまで見舞われます」

いや、ちょっと待て、それはおかしくないか？　私が思うと同時に紗織が口を挟んだ。

「ちょっと待って下さい。それはおかしくありませんか？」

バァちゃん、ナイスだ。

「卵人達を駆逐できるほどの乳人由来の能力を持つスメル人達が、何故、そうも容易く身分落ちしてしまったのですか？」

「エジプトの王に、スメル人の血が、しかも託宣の一族の血が入った者が現れたのです。先ほども説明しましたが、スメル人は二千年の歳月を経て混血も進み、原日本人の能力も精神性も失なわれていきました。その能力は弱まっていました。しかしその時の王には先祖返りが起きていました。サピエンスの精神性のままに託宣族の能力が発現したのです。しかもそれは強力でした。日本の例でも分かる様に、原日本人の施政は合議制が基本です。故にエジプトでも卵人無き後は強権政治などありませんでした。だが卵人を駆逐した後、暫く経つとサピエンスの本性が現れ始めたのです。そこに乳人の能力を持つ王が即位したのです。彼は全ての富を手中に収めようとしました。無論、託宣の一族の血統を受け継ぐ僅かな数の能力者達は抵抗を試みますが、王の能力は強力な上に、圧倒的な数の軍隊の前に為す術もありませんでした。この時、スメル人は卵人達から継承した幻惑術も使ったのですが、王のそれは託宣の一族の術を凌ぐものでした。そこでその時に現れたスメル側の能力者、モーセがスメルの民を率いエジプトから脱出します」

「モーセは知っています。海を割ったという伝説の人物ですね？」

「はい。それも幻術です。海が割れる訳がありません」

「はぁ……幻術ですか……潮の満ち干きではないのですか？」

「あの辺りにそんな場所はありません」

「はぁ」

紗織がガッカリしている。

「この話の背景を説明しておきましょう。モーセとその兄アロンは物欲にまみれたエジプト王を倒す事は諦めましたが、神の啓示により奴隷状態にあるスメルの民の救出に尽力します。この時も卵人由来の幻術を使い、非合法な手段を用いてエジプト王ファラオの治世を乱し、それをスメル人への迫害に対する神の怒りだとする演出に成功します。そして遂にスメル人達は奴隷の身分から解放され故地であるイスラエル、カナンの地へ帰還する事になります。

しかしモーセ達が旅立った後に、ファラオは今までの数々の災厄がモーセ達のまやかしであった事に気付き、スメル人に追討の軍を立てました。それを予想していたモーセ達は敢えて迂回路を取っていましたが、とうとう足取りを摑まれ追い詰められます。そこで使ったのが海が割れるという幻術だったのです。モーセ達が恰《あたか》も潮の退いた海底を渡ったかの様な集団催眠を追討軍に仕掛けます。するとエジプト軍はそこに海底が見えているものと思い込み、次々と海の中へと飛び込み全滅しました。その後にモーセ達は悠々と舟で海を渡り、エジプト軍の追撃を躱《かわ》し切ったのです」

「何かイメージが随分と違いますね」

「現実はそんなものです。とは言っても、この話自体が現実離れしていますけどね。しかし昔は確かにその様な能力が備わっていたのです。まぁ……トヨさんなどは今でも使えますが」

「ええっ？　今でもそんな事が出来るのですか？」

「出来ますよ？　だから世界中の八咫烏の頂点なのです」

「という事は、トヨさんはモーセの子孫？」

「あ、いえ、直接の子孫ではありません。同族ではありますがね」

「えっと……繋がりが今一つピンと来ません」

「託宣の一族は他の原日本人と伴に世界上に散らばりましたが、日本にもいたのですよ。そして頻繁に、密に連絡を取り合っていたのです。今まで話した経緯も全て、本国日本に伝えられています。原日本人のコロニーはシルクロードの各地、アラビア海からインド洋、太平洋の各所に建設され中継地となっていました。欧州やアメリカ大陸までもね」

「それは凄いですね」

「ですから縄文時代の日本の人口は少ない時には三十万人ぐらいにまで減少したくらいです。相当数が海外に出ていましたから。

まぁ、気候変動で壊滅的になった時には十万人を切った時もある様ですが、それは日本に残っている原日本人の人口ですね」

「三千万人が渡って来てそれほどまでに減ってしまうのですね」

「そりゃあ、今の日本人が何の道具も持たずに氷河期に放り出されたら、どれぐらい生き残れるか想像してみれば分かるでしょう」

「た……確かに。食べる物も無いんですものね」

「そうですね。話を戻しますが、モーセ達が目指したのは原日本人達が最初に入殖した土地ではなく、モーセ達の祖であるアブラハムという男が神から与えられたという土地です。それが『カナン』と呼ばれる地中海沿岸部の地です」

この頃には未だ、イスラエルという国家は無い。

「アブラハムは神の啓示を受け、そこから一神教の歴史が始まります」

「原日本人の宗教観が変容したのですね？」

「後にも述べますが、漠然としたものは掴み所が無く、人は不安になるのですよ。豊かに暮らしている分には全てに感謝するという概念で足りるのですが、苦境に立たされれば『絶対的な保証』に縋りたくなるのが人情です。そこで『天』という漠然とした形の無いものから『神』という形あるものを信仰の対象に据えたのです。それでもモーセは偶像の作成を禁じました。モーセ達がエジプト軍から逃れカナンの地に向かう途中、モーセはシナイ半島の南にあるシナイ山で神から十戒を授かります。これはスメルの民が苦難の旅に疲れ果て、豊かなエジプトに戻りたがる者が増えた為、彼らを鼓舞する事が目的でした。しかし四十日の間モーセが戻って来ない為に、スメルの民は不安になり、モーセと共に指導的役割を担っていた兄のアロンに彼らの心の拠り所を求めました。彼らの集団は精神的に瓦解の危機にありました。アロンはエジプトに流入していた他民族の神を真似、子牛の像を造り上げます。これは農業の神であり、食料の安定を示唆するものです。ここで重要なのは、エジプトで二千年を過ごしたスメル人達は、既に原日本人の性質を失なっていたという事です。彼らは漠然とした天の意志よりも、縋り易い『神』の形を欲したのです。それほどに彼らの歩む道は苛酷だったのです。そこへモーセが戻って来ますが、偶像を拝む彼らの姿を見てモーセは怒り狂います。唯一神と契約を交わした筈のアブラハムの子孫が、他民族の神を崇めていたのですからね」

「モーセでも怒り狂うのですか?」

「聖人というのは後の世の脚色、彼も生身の人間です。しかも民を救うのに必死の彼を、民は易々と裏切っていたのですからね」

「そ、それでどうなったのですか」

「彼は四十日間、必死に作成した十戒の石板を叩き壊しました」

「ええ?」

「岩から削り出し、薄い石板にまで加工し、そこに一文字ずつ文字を間違える事なく刻み込んでいったのです。その作業をたった一人でやり遂げたのです。それも二枚もです。全ては民を救う為です。しかしようやくその難業を仕上げ山を下りてみれば、その民は異教の神を、しかも偶像を造って縋っていたのです。モーセはやり切れなかったでしょうね。自分は何をしているのか、意味を見失ったでしょう」

「……」紗織にも言葉がない。

「そして、その異教の神を崇めていた者達を、全て殺しました」

「ええ? そんな事を?」

「食料の問題もあったのでしょう。移動するにも、人数が多過ぎました。そして神が救えと命じたのは、己を信奉する契約の民であって、異教の神に心を移す裏切り者ではありません。これもモーセに対する神の救いだったのかも知れません」

「全員を殺してしまったのですか？　全員を？」

「異教の神の偶像を拝んでいた者達だけ……ですが、全員です」

「でもそれでも相当の数になったのではありませんか？」

「四千人ほどですね」

「やはり……。それは脚色ではないでしょうか。それだけの人数を殺害するのは現代の軍隊でも難しいと思います」

「その殺害の実行者はモーセと同じ一族、レビ族だとされています。つまり神託の一族です。エジプトからの追討軍を全滅させたのと、同じ手法を採ればどうでしょう。遺体を処理する手間も要りません。魚や鳥や動物がキレイに片付けてくれます」

「なるほど、その手がありましたか。しかし、四千人と言うと、モーセの一行は全部でどれぐらいの人数がいたのでしょうか」

「モーセと伴にエジプトを出たのは一万人ほどです。成人男子だけで六十万人とも言われているようですが、それは脚色でしょう。女子供を含めれば百万人を越えてしまいます。そんな大人数での逃亡劇は現実的ではありません。第一、食料と水が保ちません」

「色々と現実との乖離があるのですね」

「モーゼの一行はアラビア半島を四十年間流離《さすら》いました」

「そんなに……何故、そんなに時間が掛かったのですか？」

「いやなに、分かり易く言えば、エジプト軍から姿をくらましたのです。ファラオはきっと騙された悔しさから、何度も追討軍を差し向ける筈です。己が得意な能力で、しかも自分の方が優れていた筈の能力でまんまと騙されてしまったのですから。そしてエジプトに残っていたスメル人……ここからは便宜的にイスラエル人と呼びます。エジプトではヘブライ人と呼ばれていましたが、それは他の民族も含まれていますのでね。イスラエルとは、アブラハムの息子のイサクの息子であるヤコブの事です。アブラハムの孫です。神と相撲をとって勝ったので『神の勝者』という意味の『イスラエル』という名を神から貰いました」

「神と相撲をとって勝ったんですか？　凄いですね、アハハハハ」

「まぁ、おハナシですからね、ははは。そのイスラエル、つまりヤコブが後のユダヤ民族の直接の祖となります。ユダヤ十二支族の祖です。この相撲にも、興味深い話がありますが、話を進めます」

「はい、お願いします」

「エジプトのファラオはエジプトに残っていたイスラエル人からカナンの地の話を聞き出しました。そして追討軍をカナンの地に何度も差し向けたのです。モーセの読みは中っていたのです。この辺りの事情も全て、神託の一族・後のレビ族によって情報がもたらされています」

「神託の一族……レビ族ですか？　まるで忍者みたいで……あ、そうか、志能備《しのび》の一族か、繋がって来ました」

「そういう事です。そうしてイスラエルの民はようやく四十年後にカナンの地に戻ります。そして既にそこに移り住んでいた他の民族と和合し、或いは滅ぼし、地中海東岸のカナンの地に、イスラエル王国を建国しました」

「ふむふむ」

紗織は暑さも忘れて聞き入っている。

「しかし……それも百年を経過すると南北に分裂してしまいます」

「何があったのでしょう」

「要因は色々ありますが、イスラエル王国は神との契約である『十戒』を基盤に国造りをしました。イスラエルの王はユダ族でありそこからユダヤ教と呼ばれる様になり、イスラエル人もユダヤ民族と呼ばれる様になります。ユダ族の王・ダビデとその子であるソロモンの頃に急速に領土は拡大し、他民族も支配下に置くようになると、ソロモン王は他民族の宗教にも寛容になります。ソロモン王の政治は絶対君主制であり、治水や灌漑工事の為に、多くの労働力を徴用していたのです。宗教を厳しく弾圧すれば、暴動になり兼ねません。反抗心を慰撫する為に信仰を弛めたのです。しかし王位が世襲であった為、同じイスラエル人の間からも反発を招きます。そこにはもう、かつての現日本人・乳人の精神性は残っていませんでした。皆が既にホモ・サピエンスになってしまっていたのです。イスラエル王国はヤコブの十二人の子孫達にそれぞれ領地が与えられていたのですが、最初の王のサウルの一族であるベニヤミン族と、ダビデやソロモンの一族であるユダ族以外の十支族が、北の領地を得ていた事もあり、北イスラエル王国として独立してしまいます。南の領地を得ていたユダ族とベニヤミン族は南の地で新たにユダ王国を建てました。その時、ヤコブの子孫の内、神託の一族であったレビ族だけは領地を得ていなかった為、全員が南のユダ王国に集合しました」

「レビ族だけ何故、領地を得られなかったのですか？」

「レビ族は神託の一族なのですよ。そして世界中を飛び回る諜報の民でもあります。彼らには領地ではなく、司祭の地位が与えられ、それぞれの領地から徴税の分け前が得られたのです。領地は無くとも、生活費や活動費は潤沢でした。そして彼らは民族の中でも一番色濃く、乳人の精神性を受け継いでいるのです。不満など言う一族ではありません」

「レビ族は、託宣の一族の末裔」

「この情況を改めておきます。南のユダ王国はスメル人・原日本人の血統を受け継ぐ一族・ユダ族とベニヤミン族、そして神託の一族であるレビ族が興した国なのです。しかし北部の北イスラエル王国は乳人がメソポタミア地域に入殖し、ホモ・サピエンスの進出を管理し、やがてエジプトで卵人が消滅するまで戦っていた二千年の間に、すっかりサピエンス化してしまった『かつての同胞』と言っても良い存在だったのです。その関係性を繫ぎ留めるのが『契約の民思想』でした。彼らは『神と契約した特別な民』として、同胞意識を辛うじて保っていました。しかし南北分裂でそれも崩れ去ってしまいました。

そして北イスラエルはアッシリアという国に滅ぼされてしまいます。

北イスラエルの民はアッシリアに連れ去られてしまうのですが、ここで歴史的な謎が起きたとされています」

「歴史的な謎？」

「はい。北イスラエルの民の行方が分からなくなるのです」

「え？　アッシリアに連れて行かれたのでは？」

「勿論、そうです。しかし彼らはそこから逃げ出したのですよ」

「えぇ？　ど、どうやってですか？」

「レビ族です。彼らはね、どこにでも浸透しているのです。勿論、アッシリアの王への貢ぎ物も政治力も幻惑術も何でも使ったでしょうね」

「うわぁ……流石、志能備の一族ですね」

「そうですね。領地は無くとも、彼らが優遇されるのも納得です」

「では北イスラエルの民はどこに消えたのでしょうか」

「日本に戻って来ました」

「……へ？」

バァちゃん、また目が点になっているぞ。

「それが出雲族ですよ」

「出雲族って、出雲大社の？」

「出雲大社の」

「島根県の？」

「島根県の」

「えっと……あの……」

「八百万の神の」

「あ、それそれ」

そうだった。ここの連中、心を読めるんだった。ウッカリしているとすぐに忘れてしまう。

「ここからが我が国の歴史に関わって来ます」

「はい！」

バァちゃんが身を乗り出す。私も興味津々だが、これは夢だと自分に言い聞かせる。

「彼ら北イスラエルの民『失われた十支族』と呼ばれる彼らは、チャッカリ帰国していました。考えてみれば彼らがメソポタミアに入植したのはホモ・サピエンスの精神性の改造と、その後の卵人出現を討伐する為です。苦難の末に派遣任務を見事に達成したのですから、堂々の凱旋帰国ですね。しかしここで問題が起きます」

「問題が起きてばかりですね」

「それが歴史です」

「今度は何なんですか？」

「彼ら凱旋組、出雲族は外国で多大な苦労を強いられ、性格もすっかりサピエンス化していました」

「あ、サピエンスの性格と言えば」

「そうです。卵人そっくりなんですよ」

「あちゃあ……」

「まぁ、スメル族のお陰で、随分と改良済みですけどね。ところが、日本の住民は原日本人を基軸とした縄文人達です。争いなど無い平和な暮らしをしていました。現代で例えれば、のどかな日本の田舎に、ニューヨークの闇社会で生き残って来た海千山千のツワモノ達がなだれ込んで来た様なものです。しかも彼らは最新の知識と技術を有しています。彼らにとって縄文人は未開人に見えた事でしょう。随分と横柄な態度でやりたい放題だった様です。その様子がスサノヲの乱暴狼藉として古事記に描かれているのです。スサノヲとは荒《あら》に、助詞の『の』、それに男《おとこ》と書いて『荒の男《スサノヲ》』スサノヲです」

「え〜と、そんな表記、見た事ありませんけど」

「勿論、そんな表記はありません。ただ、皆がそう呼んでいただけですからね。しかし天照（アマテラス）とか月読（ツクヨミ）は意味が解りますが、スサノヲだけは『須佐之男』と『素戔嗚』という表記で如何にも当て字っぽくありませんか？　その意味もコジツケの様に見えます」

「あ……今、『須佐之男』と『素戔嗚』という漢字が頭の中に送られて来ました」

「はい、念を送りました。便利でしょ。こういう『情景を伝える能力』があったので、乳人は容易く新人類とコミュニケーションを取る事が出来たし、文字の問題も無く、新人類達の畏怖の念を受けたので、日本では平和に融合が進んだのです」

「なるほど」

「スサノヲは『荒之男（スサノヲ）』だったのです。彼らは日本に上陸してその知識や技術をひけらかし、あっという間に住民の尊崇の念を勝ち取りました。彼らはその勢いに乗って当時の日本の政府である富士王朝・高天原に向かいます。無論、彼らは堂々の凱旋のつもりなのですが、事情を知る富士王朝のアマテラスは警戒を強めます。何しろそれまで争いの無かった日本の富士王朝に武器らしい武器はありません。しかし世界中に散らばっている託宣の一族から情報だけは集まっています。富士王朝は武器と軍を急造し、凱旋組を迎えます。それを見た凱旋組は、あわよくば乗っとりまでを考えていたものの、富士王朝への凱旋報告だけに留め、富士王朝への帰順を呈します。それを聞いて安心した富士王朝のアマテラスは疑った事を詫びて、例の如く血を混える為に婚姻を結びます。しかしアマテラスが詫びた事で凱旋組は立場が上になったと勘違いを起こし、高天原でも傍若無人に振る舞い始めます。外地に居た彼らには日本の仕来たりを理解出来ず、自分達は王の一族だという思い違いも加わりました。アマテラスは辛抱を続け彼らを庇ってもいましたが、剰《あま》りの苦情の多さに最早、庇い立ても儘ならず、ヒミコに相談します。あ……紗織さん違いますよ、貴女は女性をイメージしていますが、アマテラスは男性です。アマテラスに助言するのが託宣の民である日巫女《ヒミコ》です」

「あ……そうなんですか、すっかり女性のアマテラスをイメージしていました」

「ヒミコが策を授けます。もうすぐ日食が起きる。都合の良い事に皆既日食である。太陽が全て隠れる。その機を利用するとの事でした。皆既日食が起きる日に、ヒミコが特別な祈禱の時だけに使用する岩窟の祈禱所に、二人で籠ってしまおうというものです。祈禱師は演出家でもあります。その『祭り』の段取りを完璧に仕込み、申次（もうしつぎ）に指揮を執らせ計画の実行を待ちます。そんな時、最悪の事故が起きます。凱旋組の度を超えた戯れからアマテラスの女官が死亡してしまいました。アマテラスは怒りに震え、凱旋組を全員拘束、犯罪の実行者五人を裸で吊し、先を尖らせた槍状の木の杭に、上からゆっくりと時間を掛けて降ろし、肛門から串刺しにするという刑を与えました」

「ぐえ……」

この話は流石にキツい。紗織でなくとも気分が悪くなる。

「これはね、その女官がどういう亡くなり方をしたのかに関係するのですが、歴史書では巧妙に誤魔化しています。だが、貴女も後で知る事になります。それは口に出すのも憚られる凄惨なものでした」

「私も後で知る事になるのですか?」

「今はこうして言葉で伝えていますが、後に、全てを貴女の意識の中にイメージとして送り込みます。貴女は、その為にこの島に来たのですから」

「わ、私は一体何なのですか」

「これから、丁度それが判る話になります」

紗織が茫然としている。今や紗織の意識の中に入り込める私には、紗織の考えが全て解るようになっている。やはりマズイ所に来てしまった。今更この人達に危険は感じないが、今私はとんでもない状況に陥っていると、紗織は思っている。当然、それはここにいる全員に読み取られている。

「その残虐な刑を、増長し荒ぶる『荒の男』こと、凱旋組の面々の目の前で見せつけた後、アマテラスはスサノヲの一族に告げます。

『この高天原で、貴方達のかかる暴虐を招いたのは私の責任に帰する処。最早、この私に高天原を治める資格はありません。私はアマテラスの位を辞して、根の国へと去る事しかないでしょう』

そう言うとアマテラスはヒミコの待つ岩窟の祭祀場へと消え、岩戸を閉じてしまいました。それから岩窟の中よりヒミコの呪文が高らかに聞こえ続けます。勿論、これは大袈裟な演出です。

高天原の住人はこの一大事に騒ぎ立て、スサノヲの一族を責め立てました。意気消沈したスサノヲ族は詰《なじ》られるままになるしかありませんでした。高天原の住人達……政府関係者ですね、彼らは『このままでは大変な事になる』と、何とかアマテラスを呼び戻す策を案じます。折り良く、その辺りから皆既日食が始まります。

地上が闇に包まれていく様を見てスサノヲ……凱旋組は驚いた事でしょう。エジプト文明に浸った彼らも日食の事は知っています。しかし一般の民に星の運行の知識などありません。彼らの脳裡には、こうした天体の不思議は全てこの日本でのアマテラスの行動にその原因があったのだという解釈が刷り込まれました。最早彼ら十支族は、原日本人ではなくなっていたのです。こうしてアマテラスはスサノヲ族の精神的掌握に成功しました。スサノヲ族は、自分達の故地・日本の『本家の力』に畏れを抱きます。

そして高天原の住人の策が始まります。天の岩戸の前でのドンチャン騒ぎです。何の騒ぎかと不思議に思ったアマテラスが少しだけ岩戸を開けて覗いた所を手力男（タヂカラヲ）という力自慢が掴まえ、力づくで引っ張り出します。……紗織さん、貴女また、アマテラスを女性の姿でイメージしていますよ？」

「あ、そうでした、アマテラスは男、オトコ……と」

「因みに、このドンチャン騒ぎの時の小道具に、八咫鏡《ヤタノカガミ》と八尺瓊勾玉《ヤサカニノマガタマ》が使われました。アマテラスが外に出た途端に太陽が現れ、世界は光を取り戻します。絶好のタイミングで一連の『演劇』が終演しました。そこへヒミコが現れます。


――『皆の者、数多八百万《やおよろず》の神のその上におはしまする唯一、絶対の創造主、天の御託宣が下りましたぞ。この地上はアマテラス様が治むるべし。アマテラス様が地上に引き戻され、この世に陽の光が帰って来た事こそその証。根の国に参らせるべきは、そこにおる荒《すさ》む者達である』

これは巧かった。演出家『日巫女』の面目躍如です。凱旋組・スサノヲ達は既に契約の民としての自覚があります。その彼らの民族的な祖であるアブラハムが契約したのは『唯一神』です。日本の天の思想とその唯一神を見事に同化させ、ヒミコをアブラハムやモーセと同じ預言者として認識させせました。彼らの目の前で起きた出来事が恰もそれを証明するかの様に思えました。このアマテラスこそが唯一神から地上の統合を委ねられし者とする思いが、自らの民族の記憶と結合します。高天原の住人に讃えられ、統治者として舞い戻ったアマテラスは、岩窟の上へと登ります。太陽を背にしたアマテラスを仰ぎ見るスサノヲ達は、つい先ほど見せつけられた残虐な刑に対する恐怖心と相まって、陽の光の眩しさに直視する事も出来ぬアマテラスに『神の姿』を見ます。そしてその陰にはいつもヒミコがいました。アマテラスとヒミコは、二人で一つだったのです」

「なるほど、陰と陽、日巫女は託宣を得る為に世俗と距離を置き、表では天照が治めたのですね。あ、それが政治……『まつりごと』と『おさめごと』という言葉になるのですね？」

「そういう事ですね」

紗織がまた得意気にニヤニヤしている。

「そして、タヂカラヲは天の岩戸を大きな岩で塞いでしまいます。

これも別に塞ぐ事はないのですが、これからも変わらずアマテラスが地上を統治し、その身を隠す事は無いという演出です。そこでアマテラスが、高天原の住人達と共に平伏《ひれふ》すスサノヲ達、凱旋組に言い渡します」

――『その者共、己らとはこの、民の和合の国で伴に暮らす事は適わぬ。然れども、その全てを根の国へ追い遣る事も忍びない。よって、私に心より仕え、ふた心を持たず国造りに励むと誓うのであれば、一つの国を任せよう。どうじゃ』

「これも巧いやり方です。恐怖に戦《おのの》く者達に神秘体験をさせて精神的に支配した後に、温情を示して安堵感を与え、感謝の念を勝ち取った訳です」

「……」

紗織は今、政《まつりごと》を学んでいる。人心掌握術である。これが『鬼道《きどう》』と呼ばれるものだ。

「スサノヲ、凱旋組は失われた十支族と呼ばれる者達ですが、イスラエルから日本へと帰還するシルクロードの土地々々で土着し、朝鮮を経由して日本へ渡来したのは千人程度です。富士王朝の高天原へ参内したのは言わば富士王朝の実力を探る為の先遣隊であり三十人ほどであり、ほぼ丸腰です。間違って争い事にでもなれば、急拵えといえど、日本連合軍とも言うべき王朝側に敵う筈はありません。アマテラス側は聖地たる高天原を『皆殺し』という穢れの血で汚す訳にはいかなかったのです。とっとと追い払いたかったのですね」

「いや、でも五人を残虐な刑に処したのでは」

「それは儀式です。刑罰を受けた者達は、神聖な職である織《お》り女《め》を穢らしい方法で死に至らしめてしまったのです。高天原をしかも織り女の血で更には穢らしい思いから汚《けが》してしまった。祓《はらえ》が必要でした。

普通ならばその様な残虐は行ないません。それほどの罪だったのです。紗織さん、人間が他の動物と違う所を貴女は何だと答えましたか？」

「被服です」

「そうです。この後に続く話ですが、古事記に於いてスサノヲが切り殺す事になる大宜都比売（オオゲツヒメ）からは命の糧である五穀が生まれるのですが、五穀の他に蚕も生まれるのです。五穀と等しく扱われる衣服というものが、どれだけ重要視されていたのか解るでしょう」

「そうか、それでこの家では蚕を飼い、トヨさん達もそして私も、着物に関する名前が……。スサノヲ達は聖職者を辱めてしまった……」

「まぁ、日本書紀で言えば、オオゲツヒメは保食神（ウケモチノカミ）として月夜見尊（ツクヨミノミコト）に切り殺される事になっていますが、ここにも『都合』があります。日本書紀ではウケモチの頭から牛と馬も生まれます」

「そう言えば先程からツクヨミの名が出て来ませんが、それは何故ですか？」

「名前は出て来ませんが、登場はしていますよ？『月読命《ツクヨミノミコト》』と書けば判るでしょうか？ツクヨミは夜を司る神、月や星の運行を読み取る神、つまり宇宙の理《ことわり》を読み解く神です」

「託宣の一族！」

「そうです。それが日巫女でありレビ族であり八咫烏であり、貴女の先祖コトシロヌシです」

「あの、それらの関係性があまり良く分からないのですが」

「これから話す所です。高天原で騒ぎを起こしたスサノヲ達は助命されると知ってアマテラスに忠誠を誓います。そして西日本の開発を任じられます。西日本は鬼界カルデラの噴火で壊滅した後まだまだ復興中でしたのでね。当時は支那大陸で強国が現れ始めたので、その対応もスサノヲに任せる事にしました。彼らはそれら大陸の各地を検分しながら日本に帰還したのですしね。そしてスサノヲは現在の島根県辺りに国を構えます。彼らが日本上陸を果たした場所です。しかしまたしても彼らはやらかすのです」

「今度は何を……」

もう紗織も呆れ果てている。

「先ほど言ったオオゲツヒメの殺害です」

「うわぁ、もう、サピエンス全開じゃないですか」

「実際にはこれは比喩なんですけどね。その地に降り立ったスサノヲ達を、現地の人々は受け入れ、アマテラスから正式に統治を依頼された事で歓迎したものの、スサノヲは食糧を収奪したのです」

「あぁ、もう、何やってんのよ」

「何しろ、まだ土地の改良が中途であり、人口も少ない所にいきなり千人ほど人口が増えたのですからね。食糧が保ちません。ウケモチとは『保食』の意です。現地人達は餓えに苦しみ、死者も出てきました」

「それがオオゲツヒメを切り殺したという表現に？」

「はい、そこでアマテラスは次の一手を打ちます。スサノヲの国の統治者を、乳人の直系、原日本人である越の国から派遣しました。それが大国主（オオクニヌシ）です」

「何か嫌な予感がするんですけど」

「当たりです。オオクニヌシは当初、大穴牟遅（オオナムチ）という名で赴任するのですが、殺されちゃいました。ハッハッハ」

「笑い事ではないでしょう。何なんですか」

「いやいや、ちゃんと生き返るので大丈夫です」

「はぁ？　生き返る？　どうやってですか？　イエス・キリスト？」

「いいえ、イエスなんぞまだまだ現れませんがな」

「何か随分とバカにした言い方ではありませんか？　しかも何で関西弁？」

「ゼ・ン・タ・ツ!!」

……ヤバイ、またトヨさんがキレそうだ。

「失礼。我々は西日本での記憶も持ち併せ、本家本元のユダヤの民なのでね」

何か、また分からない事を言い出した。こんなに頭を使う夢は初めてだ。宇宙人に追い掛け回される夢の次ぐらいに疲れる。

「また話が回り道しないうちに続けます」

「え？　いやキリストが……」

「キリストではなく、イエスです。続けます」

「……はい」

何か、善達さんが逆ギレしている。まだまだ若いのぉ、爺さん。

「ウルサイぞ、達也」

「え？」と紗織……。

へ？　達也？　オレ？　バァちゃんもポカンとしている。何だろう、私がこの場にいる事もバレているという事だろうか。

「そうだ」善達が一人で喋っている。

これは私に答えているのだろうか。

「オオナムチは単独で赴任した訳ではありません」

無視かよ爺さん。

「武人である建御名方（タケミナカタ）と貴女の祖であるコトシロヌシが補佐についていました。オオナムチは偉大なる国造りの神という意味なのですが、それはつまり乳人の事であり中央連山の陰である越の国の民であり、それがアマテラスの一族なのです。

オオナムチに付き従ったコトシロヌシとは、エジプトで卵人の幻術を会得し、報告の為に日本に帰還していたレビ族の末裔です。当然、幻術も継承しています。タケミナカタとは一族の総称であり、『建《タケル》の御名を授かる方……建《タケ》の御《ミ》名《ナ》の方《カタ》という意味であり、本来特定の個人を指す呼び名ではありませんが、オオナムチに従ったタケミナカタもレビ族と伴に日本へ帰還して来たベニヤミン族の末裔、我々尾の上一族の祖です。彼らが補佐していますので、スサノヲの追手を誑かすぐらい、造作もない事です。死んだと見せ掛けて一旦撤退しました。

日本は血縁を結ぶ事で民族が和合し、アマテラスとヒミコを中心とした合議制の王朝を闢《ひら》いていましたが、新たにスサノヲ、北イスラエルの民とそれに合流した東アジアの民の一団が加わった為に、王朝を木の国《きのくに》へと移しました。紀伊半島です。そこに全種族を表す『八萬戸《ヤマト》の国』を建て、やがて全日本人を示す『八萬人《ヤマト》』へと変化し、大いなる和合の意を込めて『大和』の文字を当てました。

ここに、和の国ヤマトが誕生したのです。

しかしスサノヲの国の統治状況を見て、統治権を剥奪しました。十支族の部族長を全員捕らえ、根の国へと送ります。つまり幽閉したのです。根の国とは、現世とは隔絶した闇の国という意味でもあるのです。現世から居なくなるのですから、死後の世界と同義という意味です。そこに監視役として能力の強いレビ人と、その護衛役としてベニヤミン人を配属しました。そしてまた演劇の始まりです。部族長達の妻としてレビ人の女性達を宛てがい、八人のベニヤミン男性を最大勢力である越の国からやって来た八岐の大蛇（ヤマタのオロチ）という怪物に見立て、それを退治するという幻術を仕掛けます。そして八岐の大蛇の尻尾から在日本ベニヤミン族の本拠地である諏訪の鉄製剣《つるぎ》が出て来ます。

それを大和へ遷都して来たばかりのアマテラスへ献上させる事で、スサノヲの英雄伝説を創り上げ、幽閉ではなく引退という形でスサノヲ族の名誉を保ったのです。

そうして己の面目を回復したスサノヲ十支族の部族長達は根の国へと入って行きます。

名誉は回復され、美しい妻を得て、これから楽な隠居暮らしと己に言い聞かせてはみるものの、実際には追放処分。二度とこの世に出て来る事はありません。

その時にスサノヲの総首領が詠んだもの哀しい歌があります。

八雲立つ　出雲八重垣　妻籠みに　八重垣つくる　その八重垣を

この歌から、スサノヲの国は出雲と呼ばれる様になるのですが、この歌は巷間で言われる様な喜びの歌ではありません。

妻と一緒とは言え、幾重にも重なるその垣が、自分をこの世から隠し、消し去ってしまうのです。徐々に重なりを増し出来上がって行くその様は、まるで穴の中にいる自分に、生きたまま土が掛けられているが如きに思われ、さぞや恨めしかっただろう……。

この歌の最後の部分『その八重垣を』の後に、句を連ねるなら紗織さん、貴女は何と繋ぎますか？」

「私なら……八重垣つくるその八重垣を……『越え戻りたい浮世雲』……でしょうか」

「私も同じ様な感じでしょうか。とにかく、この八重垣をジッと見つめている感じがしますよね？　何故、そんなに見つめているのでしょうか、妻と伴に世間から隠れ住む……喜びでしょうか」

少し考え込んでから紗織が答えた。

「そうは思えませんね。喜びではありませんね、きっと。これが……スサノヲを囲い込んだ八重垣が、私の母の姓の元になっているのでしょうか」

「いいえ、これとは事情が違います。八重垣とは、飽くまでも幾重にも重なる垣の意、です。牢獄という意味ではありません。

ただ、世間と隔絶した世界という意味では同じです。貴女の母方の姓は、後に起こる出雲の国譲りの際にコトシロヌシが天の逆手《あまのさかて》を打って隠れた青柴垣《あおふしがき》に由来するものです。コトシロヌシは『自ら隠れた』のです。闇の世界、夜の世界へね。そしてツクヨミになるのですよ」

「いえ、それでは時間軸が合いません。コトシロヌシはツクヨミのずっと後の時代ではありませんか」

流石、昭和初期の会話である。興味は無くとも、最低限の事なら紗織も日本神話を修得している様だ。何しろ、軍国主義真っ只中の日本である。

「日本神話が創られたのは、それよりもずっと後の事でしょう。神話は日本の歴史を基に創作された『仕立てもの』ですよ。そういう事にしておこうという物語です」

「そういう事ですか」

「オオナムチとは、新たに創設された木の国、紀伊の大和王朝から派遣された言わば出雲総領事です。スサノヲが出雲国の経営に失敗したのでね。しかし如何にスサノヲがアマテラスに『帰依』したと言っても、オオナムチはアマテラスではありません。確かに乳人の末裔たるアマテラス族である高志《クシ》の国……現代では『越の国』になっていますが、その一族であったとしてもアマテラス本人ではありません。スサノヲ・出雲族はオオナムチに対する反発心が生まれます。オオナムチの統治が上手くいけばいくほど、気にくわなくなります。そして彼らを統率する族長達は、八重垣の奥深く収監……失礼、収容されています。スサノヲ出雲族は何とかしてオオナムチを排除して自治を獲得しようと試みます。彼らにも、世界最先端の知識と技術を持った民族という自負と誇りがありますからね。そこで先ほどのクーデターが起きるのですよ」

「オオナムチが殺されちゃうやつですね？」

「はい、殺されちゃうやつです、はっはっは。それでオオナムチはコトシロヌシやタケミナカタと伴に出雲族を騙くらかして紀の国、大和朝廷に一旦退きます」

このジイさん、時々言葉がぞんざいになるが、よっぽど話しが好きなのだろう。この『役』をやりたがったのも頷ける。

「ここでまたヒミコの登場です。彼女の計略が次々と嵌まります」

ヒミコがオオナムチに告げます。

——『根の国に行きなされ。彼の地には私が選んだ者達が配されておる。特に族長達の中でも総首領に宛てがった娘は、私の後継にと考えていたほどの女子《おなご》じゃ。その者を頼れ』

「そうしてオオナムチは八重垣の向こう、根の堅州国《かたすくに》へと入ります」

「そういう事だったのですか。なるほど納得です」

「オオナムチは根の堅州国に入り、八岐の大蛇退治物語を演出した主役である櫛名田比売（クシナダヒメ）に拝謁します。何しろクシナダヒメはここでは日巫女と同等の立場であり、能力もそれに等しいのですから『拝謁』です。そしてスサノヲに引き会わせました」

「その後の話は知っています。スサノヲは何故あんな酷い事を」

「それはそうでしょう。表向きは『勇退』ですが、実質は軟禁です。やはり恨みの念はあったでしょう。それが八重垣の歌にも現れています」

「はあぁ、繋がりますねぇ」

「でしょう？　文字面《づら》しか読めない者には解せませんよ。何故あれほど、八重垣という言葉が続くのか」

「言葉の念を拾えないのですね」

「スサノヲはオオナムチに散々嫌がらせをします。スサノヲにしても、自分が何をしようが結論は変わらない事を理解しています。ならば苛めるだけ苛めてやろうと……」

「あぁ、サピエンスよ、汝の名はサピエンスなり」

「紗織さん、乗って来ましたね」

紗織が善達化して来た。大丈夫だろうか。

「それをスサノヲの娘、須勢理毘売（スセリビメ）が助けます。スセリビメはヒミコが認めたクシナダヒメの娘です。それを囲むスサノヲ族長達の妻の女達も神託の一族の選り抜き、アマテラスがどれだけスサノヲ一派を警戒したのかが判りますが、その中で英才教育を受けたスセリビメはまさにサラブレッドです。能力値は極限に達していたでしょう。それは彼女の名にも現れています。

『須勢理毘売《スセリヒメ》』……天の理《ことわり》の勢《いきおい》を須《もち》いて毘《たす》け売《ひろ》める……まさに日巫女ですよ。神話の内容は大仰に書かれているのですが、要はスセリビメはオオナムチに虫除け剤を塗った布を提供した……そんな所です。しかし最後の火攻めは、あわよくば本当に死んでしまう事をスサノヲ達が期待したものでした。蛇や虫の部屋にオオナムチを閉じ込めている間、意地悪ジイさん達はせっせと広場に藁を仕込んでおきました。ご丁寧に一瞬で燃え上がるように、松脂《まつやに》まで塗りたくってね」

「映像、頂きました。爺さん達、嬉しそうですね、まるでイタズラ小僧じゃありませんか」

「え？　私は送っておりませんよ？　……また咲夜か！」

「あ、いえ私です」と、トヨが答えた。

「トヨさん……貴女」

今度は善達が呆れている。実はキヌさんだったというオチなら分かるが、まさかトヨさんが横から余計な事をするとは驚いた。

「だって、この爺さん達、これは見ものですよ。これは今の内に見せておいた方がいいですよ。ねぇ紗織さん？」

「確かに。この爺さん達、寧ろ可愛いですね、アハハハハ」

「でしょう？」

「とにかく、その仕掛けを施した一帯にスサノヲ首領が鏑《かぶら》を放った訳です。しかし根の国に配属されているのはレビ人だけではありません。警護役の十人の内、三人は越から来た原日本、乳人の能力を色濃く受け継ぐ越人です」

「八人ではありませんでしたか？」

「あれは八岐の大蛇に因んだ数合わせです。七人の戦闘力のあるベニヤミン族と、プラス一人の越人が演じました。演じたと言っても、最初の顔見せだけですけどね。後は幻ですから」

「何か、ちょっと情景に頭がついて行けませんね」

「まぁ、現代人の常識からするとね。しかし儀式を終えた後の貴女なら何の不思議も感じないでしょう」

「儀式？　私、何かやるんですか？」

「やるんですよ？　その為に来たんでしょ？」

「いえ、聞いていませんけど」

「聞いたでしょ？　狼の遠吠えを」

「遠吠えは聞きましたけど……」

「それを聞いてやって来たのは貴女ですよ？　そしてこれまでの貴女の人生、この話を理解する為のものではありませんでしたか？」

「そう言えば確かに。この話の内容、今まで私が興味を持って調べたものばかりです」

「そうでしょう？　これは貴女の使命なんです。尾の一族の、そしてコトシロヌシの子孫としての。貴女は八咫烏の工作活動には参加しませんが、重要な役割を担って貰います。語り部です」

「語り部？」

「はい。工作活動はそこに居る、美月《みづき》、灯《あかり》、咲夜《さくや》がそれぞれの部隊の首領、三傑です。三羽烏ですね、八咫烏ですから」

「ええ？　みんな、こんなに若いのに？」

「一番若い咲夜でも四十二歳ですよ？」

「よ……四十二歳？」

紗織が咲夜を見る。

「ごめんなさい咲夜さん、私てっきり同い年ぐらいかと思っていました」

咲夜の方に向かい直してひたすら頭を下げている。

「いいんですよ。そう思われなければ志能備として失格です」

「でも、どうしてそんなに若く……」

人が変わった様に上品に微笑む咲夜をよそに善達が続ける。

「明日葉ですよ。これが後にこの島の、そして日本の歴史に大きく関与して来ます」

「日本の歴史にまで、ですか？　それは一体……」

「それはもう少し後の話になります。……紗織さん……気持ちは良く分かりますが、今日明日飲んだだけで若返る訳ではありませんよ？」

明日葉茶をお替わりしようかとシゲシゲとグラスを見つめていた紗織は顔を紅くして黙っていた。しつこい様だが、紗織の思念は読まれている。

「スサノヲはその広場に鏑《かぶら》を放ち、拾って来る様にオオナムチに命じました。命じられた通りにオオナムチが広場へ入ると他のスサノヲの部族長達が嬉々として松脂たっぷりの藁に火を点けました」

「……ったく、イタズラ爺いども……これだから男は……あ、スイマセン」

「女性だって男を言えた義理ではありませんよ？　スセリビメのヤキモチたるや、イエスの教えよりマホメットの方がまだマシですよ。あ、また話が逸れてしまいました」

これはどうやらイスラム教では一夫多妻が認められているのを指しているようだ。

「マホメット？　イスラム教の？」

「話を続けます」

話好きの善達は、どうも女子会のノリに流されてしまう。ここで自ら修正を加えたようだ。……と思ったがトヨさんが善達を横目で睨んでいた。なるほど、善達に念を送ったのか。ただその内容が、話を戻せという内容なのか、女性のヤキモチを貶した事への怒りなのかは、凡人の私には分からない。だが絶対に後者だと思った。……恐ろしい。

「まぁ、現代ならやはり一夫一婦制が良いとは思いますよ、私もね」

と、善達がボソボソ言い訳した所を見ると、やはり当たっていた様だ。

「火を点けられた藁は忽《たちま》ちのうちに燃え広がります。するとそこに鼠が現れる。そしてオオナムチに脱出口を伝えます。実はこれが後に大国主と伴に国造りに奔走した少名毘古那（スクナビコナ）です。その鼠がスクナビコナなのではありませんよ？　原日本人の意識が入り込んだ状態が後のスクナビコナの正体なのです。この時はクシの国……越の国から護衛役として任務についていたアマテラス族の意識が入っていました。何しろ爺さん達の悪巧みを全て見ていたのでね」

「何か、選抜隊ですね」

「まさに。準備万端ですよ。そうして危機を逃れたオオナムチは涼しい顔で鏑《かぶら》をスサノヲの許に届けます。スサノヲは唖然とするが、これでオオナムチを気に入り、八田間（ヤタマ）の大広間に呼び入れ、頭のシラミ……実はムカデですが……を取らせる。やがて寝入ったスサノヲの髪を柱に結びつけてオオナムチはスセリビメと伴に脱出します。その時にスサノヲの持つ生大刀（イクタチ）・生弓矢（イクユミヤ）・天の詔琴（アメノノリゴト）を奪います。天の詔琴を鳴らしてしまった事で気付いたスサノヲが追っては来たが追い付けず諦め、黄泉比良坂《ヨモツヒラサカ》で『これよりは

「言祝いだ……って、最初から素直に祝ってやれば良いものを」

紗織が怒っている。流石に若い女性の恋愛観である。

「そうしてオオナムチ改めオオクニヌシは出雲に舞い戻る。出雲の民はオオナムチの復活に驚くが、その手にはスサノヲ十支族の頭領の証である三種の宝が握られ、その傍にはスサノヲ頭領の娘スセリビメを伴っている。そしてオオナムチは出雲族に告げた。

――『私は根の堅州国に赴き、総頭領よりその地位を委譲された。そしてその姫を妻とし、大国主《オオクニヌシ》の名を賜わった。この三種の宝がその証である。これよりはこの私を総頭領と覚えよ！』

そこに、スセリビメの恐ろしい眼光が鋭く注がれた。

これではクーデターを起こした八十神《ヤソガミ》達も従わざるを得ません。

こうしてスサノヲ国・出雲は、アマテラスの大和朝廷に平定されました」

「ちょっと混乱してしまいますが、江戸幕府が藩を取り潰して直轄領にした感じですか？」

「その通りです」

「アマテラスと言うのは越族の事で、富士王朝の高天原から奈良に遷都した八萬人《ヤマト》朝廷が、スサノヲの国、出雲を直轄領にしたと」

「そうです」

「それと、それから国号を『大和《ヤマト》』にしたと」

「はい。大いなる和の国、大和国《ヤマト》の政府が八萬人朝廷であり、やがてそれが収斂して『大和朝廷』と表記されました」

「私の知っている歴史と全く違うのですが」

「ええ、それもこれから説明致しますが、少し休憩しましょうか。そろそろお腹《なか》の調子も整えた方が良いでしょう」

善達が言い終るや否や、美月と灯と咲夜が消えた。本当に忽然と消えた。どうなっているかは分からないが、消えてしまった。

見渡すと神楽も消えていた。トヨが口を開いた。

「紗織さん、貴女は屋内の川屋《かわや》をお使いなさい。外の厠《かわや》は溜め汲み式なので、賊が潜む恐れがあります。私達の事は知られていないが、もしもがある。神楽が護衛に行っています。屋内は水樋いが敷かれ外界と隔絶されているので安全です。川屋の外には善達が侍《はべ》ります」

言うが早いか善達の姿が消える。いや、あり得ない。幾ら何でもあり得ない。幾ら志能備と言っても生身の人間の動きではない。

「さ、こちらです」

キヌが紗織を先導する。トヨも立ち上がって後に続くが……『覗かないでね？』と、誰もいない部屋でトヨが呟いた、言い遺した。

これは絶対に私に向けて言っている。私の存在に気付いている。

おかしい。これは私の夢の筈だ、いや、夢だからこそこの様な不可思議が起こるのか……私の頭が混乱する。

幻惑術か、いや私は彼らと目を合わせていない、いやエジプトでの集団幻惑、エジプトからの追討軍なども目を合わせていない筈だなどと考えている内に皆が揃って着座していた。これも時間的におかしい。まだ一分も経っていない……あぁ、これは夢だった。

夢ならこれは良くある事だ。私はもう考える事を止めた。

「紗織さん、膝を楽にしてお聞き下さい」

善達が言った。

「いえ、皆さんが……」

「皆も膝を崩しております」

皆を見渡すと、女どもは皆、膝を崩している。「よっこいせ」と言いながらトヨも膝を横に流した。これは紗織に対する気配りだ。

「それでは失礼して」

紗織も姿勢を楽にする。

「では続けましょう。この様にして和国《わこく》が成立しました」

「和国なのですね？　『倭国』ではなく」

「はい。倭の文字は後の支那王朝による音写、当て字です。少しでも周辺民族を格下げしようとするものですが、それでも人偏が付いている所に、和国をして侮る可《べ》からざる国格が示されていますね」

「他の周辺民族は虫偏や獣偏ですものね」

「そういう事ですね。こうして和人、様々な人類が混血し、和合した、後で言う所謂『倭人』の基礎が出来上がりました」

日向族の帰還

「出雲の実権を掌握した大和朝廷の出雲総督オオナムチは、名を大国主（オオクニヌシ）と改め、出雲を本拠地として、四国・九州の復興を初め、日本各地の国造りに着手します。各地の部族の長達《オサ》を国造《くにのみやつこ》に任命し、スサノヲ族改め出雲族の特殊技能者や知識人達をその補佐役として派遣しました。当時の最新の技術や知識を有する彼ら出雲族は、派遣先で『何々の神』という尊称を与えられ尊重されました。それが従来の自然信仰と集合し、八百万の神と出雲の神が結びついたのです。米の収穫が終り、一段落した所で彼らは年次報告の為に出雲へ帰郷します。それが全国から神が居なくなるという『神無月』の語源となりました」

「逆に出雲では神在月」になると、

「流石、勉強されていますね、その通りです」

紗織が照れ笑いしている。我が祖母ながら恋してしまいそうなほど可愛い。

「大国主（オオクニヌシ）の統治で出雲が安定すると、オオクニヌシは自ら各地の指導に出向きます。この時には既にオオクニヌシは代替わりしていると考えて下さい」

「代替わりとは」

「大国主二代目です」

「ああ、服部半蔵みたいに襲名するのですね？」

「そうです。その頃、西の彼方ではユダ王国が滅亡します」

「すると、ユダヤ王国は南北ともに消滅した事になりますね」

「はい。その速報が和国・富士王朝に齎《もたら》されます。八丈島経由です。当時は八丈島ではなく『方丈』と呼ばれていました。遠くパレスチナの地から和国富士王朝に到達するには、方丈経由が最短行程でした」

「伊豆半島から富士へ至るのですね」

「その頃になると、方丈山……現在の八丈富士ですが……は、日の巫子の修験の地となっていました。それが神留《ど》め山、今の神止山《かんどやま》です。その頃より、方丈の名に格を与え、『大いなる』という意味の『八』を冠し、八方丈、それがやがて八丈へと短縮されたのが八丈島の名前の真の由来です」

「反物の話は何だったのですか？」

「後付けですよ。巧い具合いに辻褄が合ったものです。しかしこの島は隠れ郷、方丈の国の在りかを隠すには、却って好都合でした。この島『波の彼方にある絶海の孤島・方丈の国』は根の国なのです」

「そう言えば島の反対側の港がある地区も三根《みつね》と言いますね？　西も東も、根の国への入口という事ですか」

「そうですね。『三根』には、重大な意味が隠されています。三種の神宝が、この地に眠っています」

「スサノヲの三種の宝ですね？」

「まさか！」

「いいえ……、もう一つの三種の宝です」

「いいえ、日本の皇室のものではありません。スサノヲの三宝はユダヤの北イスラエル王国の三宝なのです。ユダヤにはレビ族の三種の神器があります」

「失われた聖櫃の……」

「はい。実は失われてはいません」

「どういう事でしょう？」

「また話が脱線してしまうので、簡単に言うと、あれは王であるユダ族のものではありません。レビ族の三宝なのです」

「理解しました」

「オオクニヌシの代替わりの際、先代のオオクニヌシの長男である邇藝速日（ニギハヤヒ）が大和朝廷を統べる大王《オオキミ》に任命されました。オオクニヌシの尽力で西国は見る間に復興を遂げたのです。その勲功が認められ、新生日本・大和のアマテラスの地位を得たのです。ニギハヤヒの正式名称は『天照国照彦天火明櫛玉饒速日《アマテルクニテルヒコアメノホアカリクシタマニギハヤヒ》』と言い、その意味は原日本人と渡来系日本人達が共に新たな夜明けを迎え、越のアマテラスを中心にした、豊饒の朝が将に訪れんとする時代の大王となります。この新アマテラスへの期待の大きさが知れるでしょう」

「うわぁ、スッゴイ名前ですね。頭の中に送られて来た名前の漢字の列がお経みたいです」

「お経？」

今度は善達の目が点になった。咲夜は……腹を押さえて前屈みになって、額を床につけて咽《むせ》び笑っている。『咽び笑う』などという言葉は聞いた事が無いが、そうとしか表現出来ないのだから仕方がない。今にも死にそうな位に咽いでいるのだ。

「お経は仏教です」

善達が眉を顰めている。どうも宗教の話になると機嫌が悪い。確かにここは神社ではあるが……。

「ニギハヤヒが現地へ赴くと、八萬人《ヤマト》朝廷の軍事司令官・長髄彦（ナガスネヒコ）が立ちはだかりますが、ニギハヤヒが新連合政権の正統権威の継承者である事を知り、それに従います。ナガスネヒコは東北に勢力を張った新参の帰化人であるアラハバキ族である為に、その妹、登美夜毘売（トミヤビメ）をニギハヤヒに嫁がせ、姻族となりますが、アマテラス側からも新大王を補佐する為の選り抜きが派遣されます。彼女はアマテラスと月読（ツクヨミ）の子孫であるレビ人との混血であり、八丈島での修業で覚醒した最強の巫女でした」

「奥さんが二人もいるんですか」

「昔はそれが当たり前ですよ。しかも当時のそれは婚姻外交の賜であり、恋愛結婚とは意味が違います。オオクニヌシなど、どれだけ妻がいた事か」

「なるほど政略結婚という事ですね？　アラハバキって何ですか？」

「北方から新たに日本に流入して来た様々な一団です。ロシア系やアジア系、アメリカ系など様々です。『新たにハバキ（掃き）来たりし者』の意味です。道無き道を押し分けて日本の地に到達した者達という感じですかね。そこから彼らを『道を拓く者』と認識し、彼らの神を道祖神と見做す様になりました」

「道を拓く者、道祖神、道を示す者……ですか」

「そうです。お地蔵様ですね」

「なるほど、それが由来ですか」

「原日本人達は彼らを取り込み、融合し、婚姻を結び、その子らを王朝の要職に就ける事で融和を図ったのです。ナガスネヒコもニギハヤヒも、二代目オオクニヌシもその例です」

「ははぁ、両家の血を受け継ぐ者をトップに据えるわけですね」

「トップとは言っても、最高位はアマテラスですけどね。しかしそのアマテラスの地位に、ニギハヤヒを就けました。これが乳人の時代の終焉であり、統一国家『大和』の誕生となります」

「おお～」

紗織が手を叩いて寿《ことほ》ぐ。

「しかしね、また事件が起きますよ？」

「またですか？　今度は何なんですか？」

「日向族《ヒムカ》の帰還です」

「おぉ、日向族、天孫族ですね？　アマテラスの事がどうしてもシックリ来てなくて」

「そうでしょうね。私も心苦しい」

「え？　何で善達さんが心苦しくなるのですか？」

「追い追い解ります。

大国主を襲名した二代目オオクニヌシは出雲から更に国造りの範囲を拡げて行きます。大和朝廷が国会なら、出雲は西国政府みたいなものでしょうか」

「まさに総督府ですね」

「その時にその総督たるオオクニヌシの補佐をしたのが少名毘古那《スクナビコナ》です。折り良く、ユダ王国滅亡の報を齎《もたら》した中東の最新情報に通じたレビ人が富士王朝に来ていました。その彼を伴い、八丈島から『鬼道』を修めた巫女が派遣されます。彼女が念を入れた鼠の姿がスクナビコナの正体です。彼女はその鼠に服を着せ、蚕の羽の装飾を施しオオクニヌシの前に現れます」

「人と動物の違いは被服、そして蚕は『天の虫』」

「その通りです。そしてオオクニヌシは『何でも知っている案山子』にその正体を尋ねます。するとカカシ……ユダ王国滅亡を伝えに来た者……は、『彼は神産巣日神（カミムスビノカミ）の子である』と告げます。日本書紀では高皇産霊尊（タカミムスビノミコト・高御産巣日神）とされている違いにも意味があります」

「その違いとは」

「後の儀式で詳細を知りますが、高御産巣日神は乳人レベルを指し神産巣日神は原日本人レベルを指すと考えれば分かり易いでしょう。スクナビコナはレビ人の血が入ってはいますが、帰還組の日向族から見れば『日本の正統なアマテラス』の一員に見えるのです」

「また混乱して来ました」

「日向族とは何なのかを知れば理解出来ます。彼らはユダ王国の末裔です。北イスラエルの滅亡から百年を優に過ぎて南のユダ王国も滅亡します。彼らの多くは現地に残り、後にハスモン朝やヘロデ朝を建てる者も現れ、フェニキア人として地中海貿易を独占する者もいましたが、サピエンスの足止めや卵人の討伐など、本来の任務を完遂した王族は、新バビロニアの捕囚から逃れ、祖国日本へと帰還したのです。その頃、天竺、今のインドから帰還していたツクヨミ族、つまりレビ族がいた事も覚えていて下さい。南のユダ王国の王族は、北イスラエルの十支族とは違い、陸路で各地に土着しながらではなく、海路で真直ぐ日本へと向かいました。彼らは台湾辺りの黒潮を北上し、瀬戸内海に入り、成立したばかりの大和朝廷へと向かいます。大洲（オオシマ）、吉備子洲（キビノコジマ）を経て上陸し、居を据えたのが淡道之穂之狭別嶋（アワジノホノサワケノシマ）・淡路島です。日本書紀は、日向族の日本統治の正統性を内外に示す為のものなのです」

「ふむふむ、それで古事記との違いが生じて来る訳ですね？　自分達の都合に合うように改竄されていると」

「面目ない」

「え？」

「私達はその末裔なのですよ。つまり私達が支えている皇室は日向族なのです」

「ええ、まぁそうですが……あれ？　天孫降臨は高千穂の峰ですよね？　あれ？　何かおかしいですよね」

「では、順を追って説明しましょう。淡路島に上陸したユダ王国の王族は大和朝廷に迫ります。それを迎えたのが猿田毘古（サルタヒコ）です。私はこの場面を貴女に伝えたくて、この役を買って出た様なものですから張り切っていきましょう！」

善達がノリノリになっている。何しろ、最初から安座でいた善達が皆が膝を崩す中、一人正座になって語り始めた。その心意気が分かる。目の前に台でもあれば、扇子でバンバン叩きながら語りそうな勢いである。トヨさんが呆れて溜息をつく。

「さてこそ、このサルタヒコ！」

ババン・バン・バンと私の心の中で相の手が入る……しまった私の心は読まれている。善達が更に調子に乗ってしまう……と思ったのも束の間、案の定、善達は体を縦に揺らしながら語る語る……。さては善達、最近講談にでも入れ込んでいるか？

「さてこそ、このサルタヒコ！　生まれは欧州キエフにて、何と今は無き青人の血脈の者なりせしば、これを稀人《まれびと》と覚えしレヴィアタン、その能を認めて日の本の、語り部たるに相応しと、遥か地を越え海越えて」

「善達、もう宜しい。ここからは私が語ります」

「あ、いえトヨ様、私も練習したのはここまでですので……」

練習してたんかい！

紗織も目を見開いて口を開け、この善達のパフォーマンスに呆然としている。

「ええ……と、まぁ、このサルタヒコという男、東欧のキエフにいる所をレビ族の者が発見したのですが、身長が三メートルもあるアルビノ種でした」

「三メートル？　アルビノ？　乳人の子孫なのでしょうか？　いえ、青人の……子孫なんですよね？　それとレヴィアタンとは……、あぁ、また混乱して来ました」

「洋の東西の歴史を同時に語っていますからね。無理もありません。先ず、レヴィアタンは龍神です。レビ族はレヴィアタン信仰です。それは女神信仰でもあります。アルビノとは先天性の色素欠乏症の事ですが、この男の場合、それが極端なほどであり、真白でした。色素が全く無い為に静脈が透けて見え、青人のそれよりも青白く、真白な髪に真白な肌、真白な睫毛の奥に、真っ赤な目が光っていました」

「目だけが赤いのですか？」

「そうです。それだけに極立ちます。彼の瞳は赤い血管が透けて見えたのです。昔は異形の者が神の使いとして祭られる事が屡々《しばしば》ありましたが、彼にはもう一つ、大きな特徴がありました。多指症です。彼の手足には、完璧な美しさで六本の指が備わっていました。そして島嶼化せず三メートルの体軀を維持し乳人と青人の特性である意志伝達能力、要するにテレパシー能力を完全に備えた彼は、正に『神』として崇められていました。ただやはり、太陽光線は禁忌でした。その類希れな容貌を目にしたレビ人は驚き、彼を日本へと連れ帰り、語り部として教育を施していました。そこへユダ王国の王族がやって来たのです」

「段々読めて来ました」

「スサノヲ達で懲りた富士王朝は、サルタヒコを大和朝廷に派遣しました」

「え〜、どうなるんでしょう」

「先ほど、天竺から帰還していたツクヨミ族……レビ人と同族ですが、彼らが帰還していたと言いましたよね？」

「はい」

彼らに与えられた……実際には開発担当地域ですが……が、伊豆諸島とその接続地である伊豆と房総の三洲《みしま》です。彼らが三嶋大明神ですが、伊豆諸島を開発したのはコトシロヌシであり、静岡の三嶋大社の祭神は、この積羽八重事代主（ツミハヤエコトシロヌシ）となっています。『積羽』……ピンと来ませんか？」

「勿論。ここまで来ると、流れが掴めて来ました。八丈島から派遣された、蚕の羽を背中に飾ったスクナビコナですね？」

「ご名答。そして『八重』も冠されています。このツミハヤエコトシロヌシとは、この時の八重垣に隠された国、八丈島から派遣された者を指します」

「出雲のコトシロヌシとは違うのですか？」

「違います。これらの名称は『称号』であり、また役職名でもあります」

「服部半蔵みたいに……」

「そうです」

　バァちゃん、それも二回目だ。善達さんも少々キレ気味だ。

「それまでの渡来帰化人とは全く違う荒々しいスサノヲに懲りた富士王朝は新たな帰還者達を迎え入れるに万全を期します。

　新たなる帰還者達は世界の先進技術を携えています。それに対抗するのは、現世人類以前からの歴史と、世界文明発祥の地としての尊厳です。そしてこの地こそが世界の中心地であるという、圧倒的な存在感を見せつけるに、サルタヒコは適任だったのです。

　しかし彼には弱点がある。陽の光です。そこで件《くだん》の天竺からの帰還者であるツクヨミの巫女が一計を奏上します。天竺・インドの地で崇拝されていた『ガネーシャ』の仮面を陽除けに被らせる、そしてインドから連れて来ていた象に跨がらせて接見するというものです。所謂『虚仮威《こけおど》し』ですね、はっはっは」

「虚仮威しが通用したのですか？　日向族とてアフリカの象を見て知っている筈です」

「それがバッチリ巧くいったのです。アフリカ象とインド象ではかなり違いがあります。アフリカ象はサハラ砂漠以南に分布していてエジプトでは馴染みが薄いのですよ。そしてインド象は牙も小さく雌では殆んど見えません。そしてインド象は体軀そのものがアフリカ象よりも小さいのです。勿論、日向族・ユダ王族にもレビ族というツクヨミ、神託の一族がおり、世界中の情報を得ていますが、小振りの雌のインド象に跨がった三メートルの大男の姿は遠くから見れば象と一体化して見えて、まるでケンタウロスの象さん版に見えた事でしょう。そして太陽光を遮り切れない目の周りや袖から覗く両腕は真っ赤に陽膨れを起こしており、彼らを見据えるその目は赤い。一見しただけでは、そりゃあ魂消《たまげ》たでしょうね、大成功です。ぶははははは」

なるほど、この件《くだ》りを話したかったと言うだけあって、善達は無性に楽しそうだ。

「ガネーシャについてですか？」

「ええ、はい。それは？」しつこい様だが紗織の心は読まれている。

「インドの神話の神です。これは今は本筋では無いので内容は語りませんが、人間の体に象の頭が乗っています。その仮面をインド・天竺帰りの巫女がサルタヒコに貸し与えた訳です。象と共にね」

「ほぉ、ほぉ」

「異形の者の出現に日向族・ユダ王国の王族は我が目を疑い、物見の者を遣ります。それに選ばれたのが正にレビ族の筆頭、言うなればユダ王国側の日巫女《ひみこ》と言った処でしょうか」

「元はと言えばアチラ側も原日本人ですものね」

「その通りです。そこが非常に大事な点になります。そのユダ・ヒミコが天宇受賣（天宇受売・アメノウズメ）となっています。アマテラスの天の岩戸隠れの時、皆でドンチャン騒ぎをした際に、裸になって踊り、皆を大笑いさせたという女神ですが……分かっています。話の筋がおかしいですよね、それも後々解ります」

「私、何か解っちゃった気がします！」

「ふむ……」

善達が紗織の心を読む。

「そうです。日向族は神話を乗っ取りました。ただ、それも仕方が無い事だったのです。話を聞いて下さい」

「分かりました」

どうやら話も佳境に入って来た様だ……。

「ユダ王国が新バビロニアに滅ぼされ、民はバビロニアの地へ連行されました。やがてアケメネス朝ペルシャが勃興、新バビロニアも滅亡し、ユダ王国の民は解放されます。その後、漸くイスラエルの民の宗教観が体系化され、ユダヤ教が成立します。ここからは彼らを『ユダヤ人』と呼びます。この時代は世界の価値観が大きく変わりました。ローマでは共和制が始まり、オリエント世界はエジプトからイスラエル・トルコ、西はブルガリアから東はインダス川までアケメネス朝ペルシアが支配しました。インドでは釈迦が生まれ、支那では孔子が生まれました。この頃になって支那でも鉄器が使われ始めます。そんな時代に日向族は日本に帰還して来たのです。アケメネス朝ペルシアはインドにも侵入し、それもあってインドからの帰還者と伴に多くの移住者が日本に渡って来た訳です」

「象さんと？」

「象さんと……」

二十歳《はたち》の娘と百二歳の爺さんが互いに見つめ合って微笑んでいる。何だかちょっと気色悪い。

「さて、アメノウズメです。彼女はここでも胸を開《はだ》け女陰《ほと》を晒します」

「いっつも脱いじゃうんですね」

「これにも意味があるんですよ。相手をたじろがせたり、油断させる場合もありますが、何も武器を持っていないと、全てを明かすという意味でもあります」

「なるほど」

「勿論、その時の相手の対応を見て、その人物の格を量る事も忘れませんがね」

「さすが志能備、くノ一ですね」

「その中の頭領ですからね。彼女もまたサルタヒコの心を読む。

するとと語り部として教育を受けたサルタヒコの厖大な情報が流れ込んで来ます。無論、彼女にもその知識はある。サルタヒコが『本物』であることをウズメは理解します。そしてその事を王族に伝える。その後ユダ族はニギハヤヒに謁見し、彼らが乳人の子孫である事を認めたニギハヤヒから草薙《くさなぎ》の剣《つるぎ》を賜ります」

「え？　草薙の剣って、天皇の証ではありませんか」

「まぁ、そうなんですが、ここで言う草薙の剣とは、良質な鉄製の剣のことであり、アマテラスが受け継ぐ神器とは別のものです。例えて言えば、富士王朝の血統を引く宰相の証の様な意味合いですね。

この時は既にニギハヤヒがアマテラスの地位を継承しており、日向族は四国を与えられました。四国の王です。つまり、四国の開発を命じられた訳です」

「え？　九州の日向ではないのですか？」

「それは後の話です。またここからが面白い。そして極めて複雑であり、そして日向族の極めて巧みなすり替え術を見る事になります」

出雲の国譲り

「四国を任された日向族……この時は未だユダ王族ですが、便宜上、日向族とします。彼らは拠点を淡路島から阿波・徳島に移します。さて、ここからが古代史を揺るがす大騒動の幕開けです」

「日本は古代も激動の連続ですね」

「全くです。実は日向族、真直ぐに大和朝廷へと向かっては来たのですが、瀬戸内の大洲《おおしま》、吉備《きびの》子洲《こじま》に立ち寄った際に出雲に遣いを出しています。当時の日本では彼らの同族である北イスラエルの民が治める出雲の国が最先端地域になっていたからです。この地域はイスラエルの王族である自分達が治めるべきだという理屈でした。先ず最初に天忍穂耳（アメノオシホミミ）が領地の検分に赴きますが、既にこの地は高志《クシ》（越）のオオクニヌシの統治下にあり、富士王朝のアマテラスに帰順し、今は大和朝廷の支配下にある事を確認しました。日向族はイスラエル王として出雲の地方政権の譲渡をオオクニヌシに請願しますが、オオクニヌシはスサノヲの地位もまた継承しているので、北部イスラエルと謂えども、イスラエルの民の王としての立場でもあり、この願いは却下されます。その後も日向族は吉備族の助力を得て交渉人を派遣しますが、自分達の故地である日本に脈々と続く権威に交渉人の皆が畏れの念を抱きオオクニヌシに平伏してしまいます。これはオオクニヌシの人徳の高さや調略の妙もあった事でしょう。

そして日向族は直接的な出雲乗っ取りを諦め、大和へと向かいました。ニギハヤヒは四千年にも渡る彼らユダ族の任務を労い、今で言う処の上皇に当たる富士王朝への参内《さんだい》を勧めます。日向族はそれを受け、伊勢の鳥羽から天の鳥船に乗って伊豆の神集島《こうずしま》……現代の神津島に向かいます。さて、事態はまた同時進行します。貴女が受ける後の儀式ではそれが同時に頭の中に流れ込んで来ます。その流れを把握する一助として、この様な面倒な注釈を語っています。ここまでを一旦、理解しておいて下さい」

「分かりました」

私が甘かった。どうやら話は佳境ではなく、これから始まる様だ。

この夢から覚めた時、一体何時になっているのだろう。寝過ごして仕事に遅刻しない事を祈るばかりだ。

この時、妙な形をした緑色の小さな餅とぬるめのお茶が運ばれて来た。

どうやらヨモギ餅らしい。鳥の嘴の様に尖った形状は『くわい』というのだそうだ。縁起物らしい。中の餡がたっぷり飛び出している。

「苦いからね」と咲夜が言葉を添えた。

「有難うございます」咲夜が自分の母親ぐらいの年齢だと知ってしまった紗織はすっかり恐縮している。

「この時期のヨモギは苦くて食用には向きません。でも薬用効果は抜群よ？　お肌もピチピチ。それに脳が疲れて来ているでしょう。甘いものをお摂りなさい」

トヨさんが如何にも説明的な台詞を挟んでくれた。

私の知らない知識が折り混ぜられたこの夢が、私の夢である筈がない。私はこの場面に連れて来られたのだ。あの狼の声で……。

「頂きます」紗織がヨモギ餅を口に入れた。

「に……にがっ」かなり厳しい味だったらしい。どう見てもうら若き乙女の表情ではない。これは……般若の顔だ。慌ててお茶を啜ったが、こちらも苦い明日葉茶だ。救いの道を甘い甘い餡子に求め、どうにか凌いだ。

咲夜は……もう言うまでもないだろう。声を殺して笑っている。

「お肌がピチピチ、お肌がピチピチ」

……と、何やら紗織が呪文を唱えながら餅に取り組んでいる。

たっぷりの餡子に紗織がホッと一息を吐くと、善達が話を続けた。

「オオクニヌシが国造りの為に出雲を出立しようとした時、波の彼方から少名毘古那神（スクナビコナノカミ）が天乃羅摩船（アメノカガミノフネ）に乗り鵝（ヒムシ）の皮の着物を纏って現れ、神産巣日神（カミムスビノカミ）の命によりオオクニヌシと伴に国造りをしたと言われています。アメノカガミノフネとはガガイモの実を割った船の事で、ガガイモとは古名を『カガミ』と言いカガミイモが転じた名です。カガミイモの実は披針形《ひしんけい》と言って、半分に割ると、丁度船の様な形になります。これの種子が羅摩子《らまし》で、種子の毛がかつて綿の代用として用いられました。海神である『綿津見《わたつみ》』の綿と同じですね。海神と書いても『ワタツミ』と読みます。鵝《ひむし》とは蛾のこと、蚕を暗喩していると言いましたね？　カミムスビの神は造化三神の内、三番目に現れた神、原日本人を思えば中《あた》ると言いました。ここからとても複雑になりますので、脳を全回転させて着いて来て下さいね？」

「頑張ります」

「ところがこれが日本書紀では、少彦名命（スクナヒコナノミコト）が着ていたのはミソサザイの皮の着物であるとしてまた、命を下したのは高皇産霊尊（タカミムスビノミコト）であるとされています。ミソサザイはスズメの仲間であり、更にタカミムスビノミコトは日本書紀では語られない造化三神の内の『二番目に現れた神』です。これは乳人と考えれば分かり易いと言いました」

「それは何が違ってくるのですか？」

「ヒントを残しているのですよ。そしてそれは日向族が天皇としてアマテラスオオミカミの王朝を継承する正統性を担保するものになります。また話が飛びますが、これまでの経緯を踏まえながら聞いて下さい。スクナビコナが蚕の皮の着物を着て、背中にその羽を飾るというのは……積羽という部分ですが……それは何となく理屈が通る感じがしますよね」

「えっ……と」

「スクナビコナですよ、オオクニヌシがスサノヲの爺さん達に火攻めにされた時に現れた鼠がいたでしょう?」

「あ、そこに繋がるのですね?」

「鼠は体も小さく手足の指も五本に分かれていて、意識を乗せて調査する時には何かと便利なのです。あの時は高志《クシ》……越の国のアマテラス族の意識が乗っていましたが、この時のスクナビコナには例のインドから来た三嶋の神の巫子の意識が乗っていました。後にサルタヒコにガネーシャの面を被らせる計略の主です。サルタヒコの頃から八咫烏と呼ばれる様になるのですが、日本書紀が編纂されたのはその時代からずっと後になってからの事であり、その頃には既に、レビ人やコトシロヌシなどツクヨミの一族が八咫烏であるという認識はあった筈です。しかしこのスクナビコナの神には蚕でも鳥でもなく、何故か、スズメ……ミソサザイの皮の服を、日本書紀では着せている。何故か? それは、伊豆諸島にはモスケミソサザイという固有種がいるからです。つまりオオクニヌシと伴に国造りをしたスクナビコナとは鼠の姿をしており、そこに衣服を着せる事で神の化身である事を示し、そこには伊豆諸島を治める綿津見《ワタツミ》・海神である三嶋の神の巫女の意識が乗っている。そしてそれは乳人・高皇産霊尊の子であるとしたのです。まだまだトリックは続きます。ここでは、三嶋の神の巫女は日本人の本家本元、乳人であるアマテラス族の正統な後継者であるとした事を押さえておいて下さい」

「は……はい」

バァちゃん、餡子を食べておいて良かったな。私の脳はパンク寸前だ。

「実はガネーシャの乗り物も鼠なんです。元は神の楽団員でしたが、失態を犯し、神の不興を買い鼠の姿に変えられてしまいました。エデンの園でイヴを唆《そそのか》した事で地を這う蛇の姿に変えられた龍の話に通じる所がありますね」

「あの……蛇って元は龍だったんですか？」

「そうですよ？　神が天地創造の五日目に造り出した最強の海の聖獣です。サタンやベルゼブブよりも強い。剰りにも危険なので繁殖しない様に雄は殺され雌しかいません。ですがその雌は不死身です。レビアタンと言いますが、レビ人の名前の由来は、そのレビアタン信仰にあります。蛇はそのレビアタンの力を失い、一生を懸けて魂の修業をする宿命を負わせられました。そんな宿命を負わされたのは我々人類と蛇ぐらいのものです。その修業が成就し、元の姿に戻って魂が天に昇って行く様が、私達が目にする天駆ける龍の姿なのです」

善達さん、ウンチクはもういい、話を進めてくれ。

「では本筋を語りますね」

おぉ善達さん、愛しているぜ。

「まぁ、日向族はそういう大和朝廷継承の正統性の脆弱さを隠すという目的もあって天地開闢に纏わる造化三神の話を日本書紀に入れなかった訳です。こういう姿勢がこれから驕りとなって現れ、神話の改竄を余儀なくされます」

紗織が一つずつ確認する様に頭に叩き込んでいる。

「因みに天乃羅摩船《アメノカガミノフネ》の羅摩はラマとも読めますよね、チベット仏教であるラマ教でもガネーシャは信仰されており……」

善達さん、もう勘弁してくれ。

「あぁ、いや、話を戻しましょう。

ところがです。三嶋大社に祀られているのは積羽八重事代主神《ツミハヤエコトシロヌシノカミ》と大山祇命（オオヤマツミノミコト）なのです。いいですか、海神であり龍神である大綿津見神《オオワタツミノカミ》ではなく、山の神である大山津見神《オオヤマツミノカミ》です。そしてこのオオヤマツミノカミ、即ち大山祇命《オオヤマツミノミコト》を祀った『大山祇神社』の総本山は四国・愛媛県今治市の大三島にあるのです。静岡県の三嶋大社では、オオヤマツミノミコトとツミハヤエコトシロヌシノカミの二柱を以て『三嶋大明神』と言います。一方では『ミコト』一方では『カミ』と呼び分けている所に留意しておいて下さい。話を進めます」

「ゴクリ……」

紗織は話を理解するのに必死である。私はもう聞き流すだけにした。

「三嶋の神の……ガネーシャの巫女の意識の乗った鼠・スクナビコナは、オオクニヌシと伴に日本各地の国造りへと旅立ちます。勿論、伊豆方面にも向かいました。国造りは順調に進みますが、新開拓地である伊豆、そして四国と巡った頃に日向族が日本に凱旋します。聞けば出雲に国譲りを迫っていると言います。神州の民は既にユダ王国滅亡の情報は得ており、彼らが祖国日本へと向かっている事は承知していましたが、大和朝廷への謁見の前に出雲の乗っ取りを企てるとは思ってもみませんでした。スクナビコナの脳裡にスサノヲ事件が過《よぎ》ります。ここでスクナビコナは今後予想される展開に思い悩み体調を崩します。スサノヲ達の傍若無人の再現を危惧したのです。これでは国造りどころではありません。オオクニヌシは道後温泉の湯でスクナビコナを癒します。そこでスクナビコナに妙案が浮かびます。大きな玉の石を見つめていた時です。

――『大きな玉石だなぁ。沖の島（八丈島）の神石に似ている。像のガネーシャ元気かな……大きいと言えば、あのキエフとかいう国から来た真白けのタタール人の大男、ナニあれ、乳人の時代じゃあるまいし、今時三メートルって……人間じゃないわよ……。あ、いい事思いついちゃった、キャア～！』

という感じです」

「あの……善達さん、口調とか声色《こわいろ》とか、若い女の子の真似しなくていいです。サブイボが立ちました」

「おや、サブイボとは良くご存知で」

「ああ、母が広島なもので」

「なるほど。……続けます」

善達さん、華麗にスルー。サブイボとは鳥肌の事である。

「スクナビコナはすっかり元気になってその玉の石の上で踊りまくったそうです。それを見て安心したオオクニヌシは日向族との交渉に向かい、スクナビコナは富士王朝へ献策に赴きます。その献策が採用されタタール人の大男をサルタヒコとして大和に随伴します。そしてサルタヒコが日向族を迎える。新生日本『大和』のアマテラスであるニギハヤヒが日向族の苦役を労い、四国の王として任じ草薙の剣を援け、富士王朝への参内を提言、日向族はそれを受け四国・阿波へ本拠地を構え、サルタヒコに導かれ伊勢の鳥羽から伊豆の神集島《こうずしま》（神津島）、そこから富士王朝へと上洛します。これを見て三嶋の神の巫女は今後の全てを悟り出雲のオオクニヌシへ別れを告げに行くのです。『粟の枝に弾かれて』とは、阿波を本拠地と定めたユダ王族に弾かれた事の暗喩です。『阿波のユダに弾かれて』です。そしてスクナビコナは『常世の国』つまり根の国・八丈島へと戻って行きます。富士王朝へ参内したのはオシホミミとなっていますが、ここもすり替えられています。日本神話の正勝吾勝勝速日天之忍穂耳命（マサカツアカツカチハヤヒアメノオシホミミノミコト）の位置に日向族、つまりユダ族の王を押し込みました。それが正哉吾勝勝速日天忍穂耳尊（マサカアカツカチハヤヒアメノオシホミミノミコト）です。『正勝』の部分が『正哉』になっています。これは富士王朝のアマテラスオオミカミに「正当に勝った」という事を意味する部分であり、それはスサノヲの言葉である為に神武天皇の正統性を唱うユダ族の日本書紀では『勝』の字を遠慮をしたものです。つまり、この『正哉』のオシホミミは『正勝』のオシホミミとは別人のユダ族の王の事なのです」

「……」

紗織が必死に話の理解に食らいついている。

「これもみな、ユダ族、後の天皇の系譜が正統な日本のアマテラスに繋がるものだと辻褄を合わせる為の努力なのです。何故なら、この後に起こるナガスネヒコら、東北の帰化日本人や、自分達に協力してくれた吉備、北九州の豪族達の反乱を通じて、切に、その血統の重要性を思い知らされたからです」

「そうか、元はと言えば乳人であった筈なのに、今は全くのヨソ者渡来人扱いを受けているからですね?」

「そういう事です。後に語りますが、辛い選択を迫られます。ユダ王のオシホミミは栲幡千千姫命(タクハタチヂヒメノミコト)を妻に迎えます。スサノヲのオシホミミの妻は萬幡豊秋津師比命(ヨロヅハタトヨアキツシヒメノミコト)であり、全く名前の意味合いが違います。まぁ、これは日本神話にはよくある話ですが、とにかく別人なのだから仕方がありません。『栲幡』の方には子の名前が記されていますが、『萬幡』の方には記述がありません。同一人物とされているだけです。『豊秋津師』とは……高天原の織女の事です」

「あ!」

「そうです。アマテラスオオミカミの命令に服し、その挙句に恥辱の死を遂げ、しかしそれ故にアマテラスオオミカミと豊秋津嶋の危機を救う種を作った織女に、『出雲の国母』の栄誉を与えたのです。子がいる訳がありません」

「なるほど……そういう事情が……馬、恥辱……だから狼藉を働いた五人にあれほどの残虐な刑を課したのか……」

「ユダ王であるオシホミミの方は栲幡《タクハタ》千《チ》千《ヂ》姫《ヒメ》を娶り、富士王朝と姻族となりました。この姫も高皇産霊尊《タカミムスビノミコト》の娘とされています。これらの妃や巫子などを差配するのが大山津見神《オオヤマツミノカミ》なのです。ここは大事ですよ？　覚えておいて下さい。富士王朝と姻籍を結んだユダ王オシホミミ・日向族は四国・阿波へと戻ります。サルタヒコは目付役として伊勢に配されました。この事が、サルタヒコをして出雲から大和、そして富士王朝、東国まで見渡す神として表現させる由縁です。しかし日向族もさる者、サルタヒコの側にスパイを配置します。例の天宇受賣《アメノウズメ》役のユダ王側の日巫女・レビ人です。彼女はサルタヒコの妻という事になっていますが、形式だけです。巫覡《ふげき》は男女問わず、性交渉を持った者は著しく霊力を失います。オオクニヌシの正妻の筈のスセリビメや、スサノヲの正妻の筈のクシナダヒメに子がいないのは、そういう理由からです。彼女達の本性は巫女なのです」

「いえ、クシナダヒメにはオオナムヂという息子と……あれ？」

「そうです。オオナムヂ、後のオオクニヌシは、富士王朝から派遣された出雲総督です。分かり易く言えば彼はクシナダヒメの養子なんですよ。親子関係を結び子であるとした。スセリビメも同じです。オオクニヌシやスサノヲには本来の妃が別にいるのです。

オオクニヌシには多紀理毘売命（タキリビメノミコト）であり、その子には阿遅鉏高日子根神（アヂスキタカヒコネノカミ）と高比売命（タカヒメノミコト）亦の名を下光比売命（シタテルヒメノミコト）がいます。

スサノヲには神大市比売（カムオオイチヒメ）であり、その子には大年神（オオトシノカミ）と宇迦之御魂神（ウカノミタマノカミ）がいます。

ニギハヤヒも八萬人朝廷を闢《ひら》く時に登美《トミ》のナガスネヒコの妹を娶って姻族になっていますが、神託……日本では天の意志を神が聞く形なので託宣と言いますが……その背後には確りと託宣の巫女を伴っています。勿論、オオヤマツミが手配しています。

さて、これで大凡《おおよそ》の下地が出来上がりました。ここから鳥羽《とば》していきますよぉ、天之鳥船の様にね？」

「もしかして鳥羽と言うのは」

「ええ、鳥の羽を持つ船、鳥羽船……大和朝廷と富士王朝を結ぶ高速船の港です」

「そこから『トバす』という言葉が生まれたのですか？」

「ええ。…………………タブン」

――『多分』って何だよ善達さん、百歳を超えているとは思えない調子の良さだ。

「ノリがいいと言ってくれ」

「え？」

紗織を飛び超えてオレに直接話し掛けるんじゃない！　バァちゃんキョトンとしているじゃないか。

「オオクニヌシに別れを告げたスクナビコナこと三嶋の神の巫子は常世の国こと八丈島に戻ります。そして引退を決意し、オオヤマツミの許に赴きました。一方、スクナビコナを失なった二代目オオクニヌシは、国造りの意欲を失なってしまいます。そこへ大物主（オオモノヌシ）の魂が現れます。そして自分を三輪山に祀るようにと伝える。自分への帰順を示せと言う訳です。そうすれば今後の国造りに協力すると。そしてこの正体はニギハヤヒであり『先代のオオクニヌシの息子』であるアヂスキタカヒコネです」

「ぐっ……、ふぅふぅ」

頑張れバァちゃん、オレにはもう無理だ。頭がこんガラがって来た。

「もう少しで終わりますよ、もう一息です」

「わ、分かりました」

「ニギハヤヒの父はアメノオシホミミです。『正勝』の方です。だがその地位はスサノヲの総領となった先代オオクニヌシに継承された。つまり彼、ニギハヤヒは富士王朝アマテラスオオミカミの孫であり、故に富士王朝『八萬人朝廷』の宰相、及び新生日本『大和王朝』のアマテラスオオミカミに任命された訳です。先代のオオクニヌシこそが本来の『正勝』のオシホミミの立場にあったという事ですね」

「う……うぅ」

紗織が泣いている。分かる、分かるぞその気持ち。

「ここから少しだけロマンティックな話になりますので、気分を和らげられますよ？」

「助かりますぅ〜」

「オオヤマツミの許に赴いたスクナビコナの本体、三嶋の神の巫女は、オオヤマツミから告げられます。

「ほう、巫女を引退すると……なるほど良かろう。其方の活躍は目覚ましかった。ご苦労であった。しかしそれほどの力を捨て去るとは余程の思いであろうの？　どうじゃ、一つ私に提案がある。聞いては貰えぬだろうかの？」

「提案？　何でしょう？」

「其方が巫女を辞するとなれば、最早普通のオナゴになる。どうじゃ、嫁に行かぬか」

「嫁？　滅相もございません」

「オオクニヌシじゃ。どうじゃ？」

「え？　大国主命の妻に……」

「ふむ……ど～じゃっ？」

「お、大国主命さえ……私でよろしいのであれば……」

「何を言っておる。ワシはオオヤマツミじゃぞ？　断る訳がなかろうものを……はっはっは。それにの、其方の想いぐらい読めぬ訳もなかろうて」

「あ、有難き御差配に存じます」

「え？　スクナビコナさんって、オオクニヌシさんの事を好きだったんですか？　それでどうなるんですか？」

流石に若い娘だ。恋愛話になると目が輝いて来る。

「そりゃ、何年も一緒に旅をしていればそうなるでしょう」

「で、で、オオクニヌシさんの方はどうなんでしょう?」

「オオクニヌシの方はスクナビコナを男性神だと思っています。しかも貴女……スクナビコナの姿はネズミですよ? 恋ごころなど湧くものですか」

「……そうでした」

ドンマイ! バァちゃん!

「それからはもう、大急ぎで富士王朝まで飛んで帰りました」

「鳥羽《とば》したんですね? ウフフ」

「あ、いえ、本当に飛んで帰ったんです。今度は鼠じゃなく鳥に乗っていますから。オオヤマツミは高志《クシ》(越)の国にいるのでね、三嶋巫女は肉体は静岡に置いて、鳥に乗って高志まで行っていたんです」

「じゃあ、本当に飛んで帰って来たんですね、あはははは」

「そうですそうです、はっはっは。それから一旦、八丈島に立ち寄って身の回りを整理してから一路、伊勢湾に向かいます。鳥羽で補給を済ませ、サルタヒコが陣取る五十鈴川《いすずがわ》にも立ち寄ります。実は、富士王朝からサルタヒコへ三洲《みしま》と大和の事代主《ことしろぬし》への任官が命じられていたのです。これは慶事ではありますが、当時は命懸けの仕事でもありました。この訪問が今生の別れになる可能性もあった訳です」

「厳しい時代ですね。自分もまた、出雲の国母になる訳ですものね」

「……そういう事です。伊勢湾から揖斐川を上れば琵琶湖まで陸路で僅かです。琵琶湖から若狭湾へ抜けて、美保、宍道湖、斐伊川から出雲へと至ります。当時は今とはかなり地形が違いますが、そんな感じだと思って下さい。そして先日別れたオオクニヌシと再会します」

「わぁ、ドキドキ」

「接見の間に控える三嶋の神の巫子の前にオオクニヌシが現れます」

ここから紗織に向け善達から念の送信が為された。これは私も観る事が出来た。凄い……3Dなんてものじゃない、まるで自分がその場にいる様だ。これに較べたら、今まで見ていたこの夢の映像は、昭和時代のテレビ映画のレベルに思える。――オオクニヌシが入って来た。

それほど広くない部屋の上座に敷かれた織物の上に安座で座る。驚くほど薄着であり且つ簡素な身なりである。髪は左右で束ねてある。リアル古代人だ、初めて見た……当たり前か。

巫女……元・巫女か……は、板の間に平伏する。


「大義である。オオクニヌシじゃ、面《おもて》を上げられよ」

何だ、このホニャララ語は。この時、実際に発せられている言葉は何を言っているのか全く解らない。解らないのに意味だけは通るのはどういう事だ？　まぁいい、暫く観察してみよう。

「大山津見神《おおやまつみのかみ》より大国主命《おおくにぬしのみこと》の許《もと》へ罷《まか》るべしと仰せつけられましたる徳女《とくめ》と申しまする。御寵愛を賜りますれば恭悦に存じ上げ奉りまする」

なるほど、こういう場合には自分の心を読まれない様に意志伝達回路を遮断するものらしい。

「大山津見神より承っておる。これよりは伴に国を富み拓かせんとぞ思う。其方はこれより、先代に倣い、神屋循比売命（カムヤタテヒメノミコト）と称すべしとの御神命である。じゃが徳女《とくめ》とやら、儂《わし》は其方の名が気に入った。良き名じゃ。何やら説話のある由、語られん」

「四千年の昔、この神州より出でし我が祖は、今の天竺の地へ降りし者どもにござります。それより二千年を経て一族の一部が民を従え北の地を旅し、東より神州へ戻り候えども折悪しく山の神の噴《いきどお》（憤）りに見舞われ、蝦夷の地を賜いしに、人の餓えてその数を減らし給いし処に更に異族の来朝ありて、我が祖はその者どもに呑み込まれしものなり。此度《こたび》、故ありて天竺より再び神州へと還りしものなりて、筑紫は博多の大津へと至れば、老いし夫婦《めおと》あり。オオヤマツミノカミの子なれば即ちアマテラスオオミカミへとお引き合わせ賜れど国を得ず、伊豆の海洋《ワタツミ》をば賜われしものなり。我らその島々を造りて治め、御島《みしま》の神とぞ謳われしむ。オオミカミ、これを慶び給いて伊豆、房州を加え賜われ、我ら三洲《みしま》の主《あるじ》とぞ成りし候うものなれ。我が名は天竺の王の杞、我が母の名を継ぎしものなり」

「おぉ、オオヤマツミノカミの娘とは、それをもて申すなりか。弁えは要らぬ。我らはこれより夫婦なり。言葉、平らかにすべし」

「有難きお言葉にござりまする」

何故か言っている内容が理解出来てしまうものの、この実際には何を言っているのか全く分からないフニャフニャした言葉が妙にくすぐったい。

「しかし妙なものだ。そなたとは初めて会うた気がしない。きっと前世で誼《よしみ》があったものだろう」

「ふふふ」

トクメが笑った。

「お気付きになられて嬉しゅうございます。あの時の鼠にございます」

「ネズミ？　あの時？　いつのネズミじゃ」

「伴に旅を致したネズミにございます」

「旅？　……ま、まさか、そなた」

「はい。スクナビコナにございます」

「何と！　スクナビコナノカミは、そなたの依り代《よりしろ》であったか」

「神命にござりますれば、お赦しのほどを……」

「何の！　あれほどの神がかほどに麗しき女神であったとは」

「お赦し下さりませ。私は神ではありませぬ」

「いいや、神じゃ、女神じゃ。カムヤタテヒメノミコトじゃ。『命《ミコト》』である。神じゃ。何より、儂にとっての麗しき女神である！　ワッハッハ！」

「お戯《たわむ》れを……」

そう言いながらトクメの目は涙で潤んでいる。

「うわ～ん、良かった……トクメさん、おめでとう、うわ～ん」

……紗織の方は、目に涙が駄々漏れになっている。

「儂はオオモノヌシノカミを祀り、諸国の国造りはこれで終えた。これよりは二人でこの出雲を栄えさせようぞ」

「その事にございますが……この国、出雲に黒い風が吹いております。こちらに罷り越す前に、伊勢の五十鈴川へと参りました」

「サルタヒコノカミの所へ」

「この出雲は今や信濃の諏訪をも凌ぐ勢いにございます。南の二支族は王族にございますれば、このまま引き下がりますまい。サルタヒコ様の力は並外れたものにございます。先の世を見渡す力は確かかと」

「これトクメ、サルタヒコ殿は今や八重事代主神《ヤエコトシロヌシノカミ》である。サルタヒコノカミであるぞよ」

「やや、これはとんだ損《そこな》いを。何しろサルタヒコノカミを大和に連れ出だしたるはこの私にて……やれ、し損《そこな》いました」

「ユダ族の件、儂も弁えておる。ベニヤミン族とレビ族……イスラエルの民の主たる面々が後ろに控えておる。しかし先代がそれを退けた。北の十支族は全く先代に帰順しており、スセリビメノミコトの霊力は限りを知らぬものであった。丁度その頃、先代の御子であるアヂスキタカヒコネノカミが生駒のナガスネヒコ殿の妹君を妻に迎え、迦毛大御神（カモノオオミカミ）として大和に新たな国を闢《ひら》いた所であった。大御神《オオミカミ》と言えばアマテラスオオミカミに次ぐ国の開祖である。ユダ族に、カモノオオミカミ・ニギハヤヒノミコトに謁見しその下《もと》で新たなる同輩《はらから》として国造りに加わる事を諭したのは先代のオオクニヌシノミコトである。ユダ族もそれに意を一《いっ》にしたものである筈だが」

「はい、その通りにございます。しかしサルタヒコノカミに曰《いわ》く……」

『バサババサババサッ』

その時、一羽の烏が部屋の中に舞い降りた。

「ここからは私が直《じか》に言上致そう」

烏が喋った。

「おぉ、これはサルタヒコノカミ、良くぞ参られた」

この場面では意志伝達機能が開かれているらしい。オオクニヌシにはこの烏が何者であるか判っている。

「この様な出で立ちで罷り越したる御無礼、御容赦賜りたく」

「何の」

「件《くだん》のユダの民、些《いささ》か澄み切らぬ兆《きざ》しこれ有り。その心に濁り有り。お気の緩み無き様、申し伝うべく罷り越し候」

「ふむ。承った。ではまた出雲を狙うと」

「御意」

「サルタヒコ殿……平らかに語ろうぞ」

「然《しか》らば」

「カモノオオミカミは何と?」

「暫くは様子を窺うと……。出雲の国の営み、三輪山で約した事に偽り無し、心安らかに召されよ由。此度の私の罷り越しに併せて申し伝えよとの仰せにございます」

「三輪山の約？」

「オオモノヌシノカミとは、カモノオオミカミの移し身との事」

「おぉ、然《さ》すればなり。流石オオミカミの事である。あの黄金色《こがねいろ》に輝く御影《みえい》はそれは神々しく御座《おわ》された」

「オオクニヌシ殿、それはオオミカミの御技《みわざ》に非ず。大和の日巫女様のものにてござる」

「何と。そう言えばニギハヤヒ……いや、カモノオオミカミと伴にある大和の日巫子の何《いず》れかは聞き及んでおらぬ。其《ソ》は誰《タレ》あるか」

「瀬織津比売命（セオリツヒメノミコト）にございます」

「………!!」

オオクニヌシが絶句している。誰だよ、セオリツヒメって……。

「ふ……富士王朝は？」

「元、瀬織津比売命《せおりつひめのみこと》……でございます。富士王朝は泰《やす》らかにて」

サルタヒコが笑っている。

「名を継いだか。しかしセオリツヒメを継ぐには余程《よほど》の……それほどの力を有する者の在りしか」

「恥ずかしながら……我が妹にて」

「……!!」

オオクニヌシ、今度は座ったまま腰を抜かした様だ。

「私は男であります故、託宣を得てもそれは覡（おかんなぎ）の力、しかし妹は当然女、巫（かんなぎ）の力は私を凌ぎます。私が語り部の修業をする間、妹は方丈（八丈島）での修業を終え、天竺からバビロニアを廻《めぐ》り、大陸の北から秦を経て戻った由です。天竺ではそちらに御座《おわ》しますカムヤタテヒメノミコトの修めたるヒンドゥの教えを初め、ガウタマ（釈迦）の広めたる教えをも修め来たる由にてございます」

トクメが口を開いた。

「サルタヒコノカミ、私の事はトクメとお呼び遊ばされて宜しゅうございます。私も不思議に思っておりました。もしや『迦毛《かも》』とは」

「左様にございます。迦毛とはガウタマの眉間にある毛の渦巻き、即ち白毫《びゃくごう》を指し、それはヒンドゥの神の第三の目、第六チャクラ・アージュニャーであり、またインドラに金剛杵《こんごうしょ》を与えたダディーチャの太陽が如く光輝く様を示し、ゼウスと同じく見られるインドラを、我が国の新たなるアマテラスオオミカミ・ニギハヤヒノミコトに擬《なぞら》えたものです……と、妹が言っておりました」

「あぁ、やはり。私もその様な閃きを得ていたのです」

「トクメ様、私の事もサルタヒコとお呼び頂いて結構にてございます。して……、大陸に興りし秦にございますが、我らと祖を同じくする殷の末にて、瀛《えい》を名乗りし政《せい》なる者、自らを『皇帝』と称したそうにございます。我らの新たなるオオミカミもこれに合わせ『天皇』を号する由にございます」

「天皇……インドラの別名にございますね？　何やら近しく感じるものがあります」

ふむふむ成る程、ちっとも解らん。しかしオオクニヌシには話の筋が『見えて』いる様だ。恐らくサルタヒコが映像を送っているのだろう。

「成る程、世界中の神をカモノオオミカミに乗せ、ニギハヤヒノミコトとしたか」

ここでこの場面の映像が途切れた。驚くのはこの流れが一瞬の間の出来事である事だ。恐らく、十秒にも満たない筈だ。

しかし私の夢の本筋はまだ続いている。——善達が語る。

「そしてその懸念は現実のものとなります」

紗織がハッと我に返る。

「今の……凄かったです。息を呑みました」

構わず善達が続ける。

「その後も日向族は出雲を狙い使者を送りますが、尽《ことごと》くオオクニヌシに懐柔され取り込まれます。天若日子（アメノワカヒコ）という者が遣わされた時には、アヂスキタカヒコネ……つまりニギハヤヒの妹の下照比売（シタテルヒメ）と見合わせ、大和のニギハヤヒ就任によって空位となったアヂスキタカヒコネを襲名させます。そして天若日子《アメノワカヒコ》が死んだと騒ぎ立て、日向族の注意を引き葬儀を執り行います。そこへ死んだ筈の天若日子が現れ、彼の家族は息子が生きていたと喜んだが……天若日子は『自分はアヂヒコタカヒコネである。アメノワカヒコは死んだのだ』と、日向族に決別を告げるのです。

流石にこれで日向族も諦めるかと思ったのですが、そうはなりませんでした。

栲幡千千姫命《たくはたちぢひめのみこと》を娶った『正哉』の方のユダのオシホミミに子が出来ます。瓊瓊杵尊（ニニギノミコト）です。そして何と、ユダのオシホミミはニギハヤヒまで自分の子孫であるかの様に装っているのです……が、話を進めます。

ニニギノミコトが成長すると、日向族は出雲をニニギノミコトに与えようと、出雲乗っ取りを本格化させました。先ずニニギノミコトを大和王朝、次いで富士旧王朝へと上洛させました。この時も鳥羽から神集島へ向かうのですが、丁度この時、神集島には伊豆諸島の神々……代官みたいな立場ですね……彼らが集まっておりました。そこには八丈島の巫《かんなぎ》達も参加しています。ニニギノミコトは、神集島で高天原に見立てた天上山に登りました。この山頂には流砂があるのです。まぁ、小さな砂漠です。そこでニニギノミコトは美しい娘を見初めます。木花之佐久夜毘売（コノハナノサクヤヒメ）です。彼女は大山津見神《オオヤマツミノカミ》の娘となっていますが、その名に『夜』が見える様に彼女はツクヨミの一族、つまり巫《かんなぎ》です。故にオオヤマツミノカミの娘として扱われますが、実は彼女は神屋循比売《カムヤタテヒメ》の娘、二代目大国主《オオクニヌシ》との間の子です」

「天笠の巫女の？」

「そうです。ここでニニギノミコトがヤラかすのですよ」

「何か……イスラエルの皆さん、北も南もヤラかしてばかりでは……」

「環境が、そうさせてしまったのでしょう。中東の地は、日本とは違うのです。利を追求せねば生き残れません。

ニニギノミコトは娘を追い、山麓の浜へと出ます。ここは伊豆諸島には珍しく、白砂の浜・流砂の浜です。ここで二人は出逢い、契りを結びます。

ここを多幸浜と言い、ここに日向《ひゅうが》神社があり、島の反対側に阿波命《あわのみこと》神社があるのは、そういう意味なんです。当時ユダ族はまだ阿波にいましたから」

「九州で出逢ったのではなかったのですか？」

「それは後の話です。ニニギノミコトは富士旧王朝に参内し、この娘を妻にと願い出ます。大山津見神《おおやまつみのかみ》はこれを喜びました。日向族が大和の配下として恭順の意を示すものだと解したのです。しかしコノハナサクヤヒメは有力な巫《かんなぎ》です。四国の日巫女として宛《あてが》うとして、妻にはその姉の石長比売（イワナガヒメ）を与える事にしました。しかしこれをニニギノミコトは断ったのです。『要らぬ』と。そしてコノハナサクヤヒメとは既に契りを結んだ事を伝えます。これにオオヤマツミノカミは激怒します。

巫女は情を交わせばその力を失なうのです。有力な次代の国の宝を殺したも同然です。しかも大和朝廷との縁を結ぶ為の妻は要らぬと言います。若いニニギノミコトにはそういう事を理解出来なかったのでしょう。今回は単なる顔見せのつもりだった日向族にも迂闊があった。まさかこんな事が起きるとは思っていなかったでしょう。しかし今なら未だ中学生になったばかりの年頃の男子の性欲を、甘く見過ぎました。穴さえあれば……」

ギロリとトヨさんの目が光った。

「ああ、いや。その……ニニギノミコトもイワナガヒメを正妻に迎え他に妻など幾らでも娶れば良いものを、顔が気に入らぬと断ったのです。勿論、口には出していませんが、オオヤマツミに心を読まれぬ筈もありません。気に入らなくとも断る事はなかったのです。それほどコノハナサクヤヒメが美しかった事もありますが、確かに、イワナガヒメの両親は別の人物ですから気持ちは分かりますが、断る事はない」

善達さん、迂闊は貴方だ。ここにいる女性陣全てを、貴方は今、敵に回してしまったぞ？

神楽《かぐら》さんが肝を冷やしている。

「こうして日向族は大和王朝からあらぬ嫌疑を掛けられてしまいました。悪い事は重なるもので、阿波にいるユダ族は、ニニギノミコトが富士旧王朝から帰って来る前に、出雲を平定しようと最後の攻勢に出ていました。武力も厭わぬ覚悟でした。ユダ族にしてみれば出雲は同族の問題であるという認識でした。そこで彼らの戦闘部族、我ら狼の一族《かわ》べニヤミン族を派遣していました。しかしそこは流石にオオクニヌシです。ノラリクラリと躱し続けていました。ところがそこに一報が入ります。ニニギノミコトに同行していた八重事代主《ヤエコトシロヌシ》（サルタヒコ）から大和の日巫女セオリツヒメへと、ニニギノミコトの失態が伝えられました。念波です。

この兄妹ならば地球の裏表にいようと念が通じます。ニギハヤヒがユダ族の王を問い詰めます。

――「其方《そなた》の御子・富士の大王《おおきみ》に拝し給いて申し上げるには、神集島《こうずしま》にて見染めし女子《にょご》を娶らんと欲するなり。然れどもそれ即ち巫なり。巫を手籠めにしたるにその神降ろしの力をば奪いし上に、オオヤマツミノカミの娘を娶るをこれ拒みたる由。其方らは我ら大和に背く心のこれあらんや。聞けば今将《まさ》に出雲を攻めんとすべし。大和に逆らうべき志の有りや無しや」

これを聞いてユダ族は縮み上がりました。最早日本はかつての和気藹々とした国家ではありません。出雲族の事があって軍事力も備えています。

何しろ大和には東北の荒くれ部族のナガスネヒコを配しています。更に富士王朝から大和王朝に移り、出雲も直轄領にし、オオクニヌシが国造りに回った日本は出雲族が来た当時とは比べものにならないほど強大な国力を持っていました。千人ほどのユダ族の戦力は精々三百。男を全員狩り出しても四百に満ちません。完全に潰されます。

ユダ族は大和朝廷に改めて恭順の意を示し、出雲との取り成しを懇願します。しかしユダ族側にも問題がありました。今回は出雲にベニヤミン族を派遣しているのです。彼らは戦う気満々です。命懸けで出雲に向かった彼らに、今更何もせずに帰って来いとは言えません。彼らの不興を買えば、ユダ族の立場が危ういのです。彼らベニヤミン族の先祖はユダヤ民族最初の王朝ヘブライ王国の初代の王サウルなのです。彼らもまた王の末裔と言えます。恥を掻かせればクーデターが起き兼ねません。何しろ彼らは戦闘部族なのです」

「あぁ〜もぉ！　何やってんのよ、メンドクサイわね！」

「そこでニギハヤヒが問題を引き受けます。勿論、セオリツヒメの策略です。ニニギノミコトの帰りを待ち、ニギハヤヒに拝謁させ、政治というものを諭しました。そして今までそうして来た様に王朝への絶対的帰順を条件に、政権のトップに就ける事を約束し、その裏では、潜在的な三嶋の神の配下に組み込みました」

「え？　え？　え？　どういう事でしょう？」

「全てを丸く収めるのですよ。ユダ族の王子を八重事代主《ヤエコトシロヌシ》つまりサルタヒコの養子にしました」

「……？」

紗織の思考が停止した。

「瓊瓊杵尊の『瓊』とは、赤く美しい玉という意味です。サルタヒコの両目の様にね？」

「あ！」

「そして『杵』とは、『金剛杵（こんごうしょ）』を指します。インド神話の最大の神・インドラが持つ武器、仏教に於いては邪心を祓う法具です。そしてそれはダイヤモンドの硬さの武器でありインドラが放つ雷でもあります」

「……？」

お～い、紗織～、大丈夫かぁ～？

「インドラの乗り物は白い象です」

「サルタヒコも象に乗ってた！」

「ええ、白くはありませんが……。そしてセオリツヒメがこの金剛杵をユダ族の王子に授け、ここで初めて瓊瓊杵尊が誕生するのですよ」

「え？　ここでニニギノミコトになるんですか？」

「はい。だって、王子の名前、誰も知らないので、ニニギノミコトとしか言えないんだもん」

言えないんだもん……って、善達さん、貴方百歳超えているんでしょ？　子供かよ。

「これでユダ族は、三嶋の神の補佐役である八重事代主・サルタヒコと、三嶋の神の巫女であった二代目オオクニヌシの妻・カムヤタテヒメの一味となる訳です」

「な……なるほど！」

「そしてそれはセオリツヒメ、即ち、一心同体であるニギハヤヒの配下になる事を意味します。それが先代のオオクニヌシと共に出雲を造り上げて来た出雲コトシロヌシに伝えられます。これが紗織さんの先祖です。ね？　これから話す所だと言ったでしょ？」

「いや、随分と時間が掛かってますけど？」

「出雲コトシロヌシがオオクニヌシの許に現れます」


「お、コトシロちゃん、待ってたんだよ。この恐そうなオヂサンなんだけど、タケミカヅチさんって言うらしいんだが、何かウチのタケミナカタと名前カブってない？　はははは。それでさ、出雲譲れってウルサイんだけど、コトシロちゃん、どう思う？」

「あ、そうなの？　別にクニッちがいいならいいんじゃね？　そういう事ならオレ、もういいよね？　ケツカッチンなんでドロンしま～っす。バチン！」

「おいおい、いつの時代だよ、景気よさそうだなぁ、あははは。……って、アイツ今、天の逆手（アマノサカテ）を打ってなかった？　結構実は怒ってんじゃね？　アンタがそんな大層な鉄剣見せて踏ん反り返ってるからだよ、オレ、知らねぇぞ？　アイツ、ネチっこいからな」

「知らねぇよ。で、どうすんだよ？　譲るの？」

「いやいや、もう一人オレの子分がいるんだよ、ソイツにも訊いてみない事には何とも言えんな」

「何だよ、まだいんのかよ。ドコ行ってんだよソイツ」


「あの、善達さん、何か今までのフニャフニャ語と全然違うんですけど」

「ああ、何か昔の言葉は面倒臭くて。こっちの方が分かり易いでしょ？」

「それはそうですけど、何か今までの緊迫感が絶無で……」

「この天逆手（アマノサカテ）と言うのは……」

また無視かよ。

「……呪術でしてな、コトシロヌシは釣りをしていたんですが、その舟の縁《へり》を踏み付けて起こし、壁にして、手の甲同士を打ちつけて青柴垣（あおふしがき）に変え、その陰に隠れた……と古事記にはあります。そしてコトシロヌシは『出雲を祀らねば死する』という言葉と共に海に消えるのです。この青柴垣《あおふしがき》こそが、己の姿をこの世から一切消す『八重垣《やえがき》』なのです」

「やっと母の名字が出て来ましたね。長かった」

「出雲コトシロヌシは、口では何事も無い様に国譲りに同意していますが、それはニギハヤヒ・カモノオオミカミからの指示あるが故の事です。自らが造り上げた当時の日本の最先端都市・葦原《あしはら》の中《なか》つ国《くに》を新参に譲るのは口惜しかったでしょうね。神霊を招く為の拍手《かしわで》を逆手《さかて》に打つとは、一体何を呼び寄せたのか。ユダ族が出雲を蔑ろにした時には、相当な災いを起こすという覚悟でしょう。この時からが諜報組織だった八咫烏改め、工作機関八咫烏です」

「工作機関？　……という事は……」

「はい。情報を集めるだけではなく、政治活動を始めるのです。非合法活動も含めて……です」

「私はその末裔だと」

「色々な部署があるのですよ、どこの組織にもね。そんな折、ニギハヤヒとセオリツヒメから薫陶を受けたニニギノミコトが黒い烏に導かれ、タケミカヅチに合流します。


「どう？　やってる？」

「これは坊ちゃん、いい感じですよ？　あとはタケミナカタって子分が認めれば国譲り完了です」

「サスガだねぇ、だてに『タケ』の名乗りをしてないね」

「でも今度はアッチも『タケ』が出て来るみたいですよ？」

「そうなの？　じゃあちょっとオレ、向こうの大将に挨拶して来るから」

「あの、『タケ』って何か意味があるんですか？」

「だから、戦闘部族の大将の称号ですよ。武《タケ》の大将、まぁ分かり易く言えば『将軍』的な意味合いですかね？　タケミナカタも日本在住のベニヤミン族の末裔です」

「ベニヤミン対ベニヤミンですか。どうなるんでしょうか」

「オオクニヌシの方もタケミナカタに恥を掻かせる訳にはいきません。そこにセオリツヒメの計略が光るのです。では続きをご覧下さい。

　オオクニヌシとカムヤタテヒメ・トクメが座する部屋にチョンチョンと飛び跳ねながら烏が入って来ます」

「カワイイ。これはサルタヒコですね？」

「そうです。それに続いてニニギノミコトが入って来ます。二人の前に安座したユダの王子が一礼した後、言上する」

「これはオオクニヌシノミコト、カムヤタテヒメノミコト両の神、初の御目通りを賜わり、恐悦至極にございます。私、此度《こたび》、八重事代主命《ヤエコトシロヌシノミコト》と父子の契りを結びし者にございます。また、伊豆は神集《こうず》の島にてコノハナサクヤヒメと見逢いて、オオヤマツミノカミより夫婦《めおと》の許しを賜わりますれば、ここに御座《おわ》します両神《もろがみ》は我が親と相成《あいな》ります。以後、宜しくお願い申し上げます」

「そっか、トクメさんはニニギの義理のお母さんだ。と言うか、オオクニヌシも義理の父親という事になりますね？　それでいてニニギはサルタヒコの養子であり息子、オオクニヌシは原日本人の血筋の高志の国の人間、コノハナサクヤヒメはオオヤマツミの養女で娘、ニギハヤヒは先代オオクニヌシとスサノヲの娘であるスセリビメとの間の息子であり、ナガスネヒコの義弟、ユダ族はニギハヤヒ、つまり大和王権からクサナギの剣を下賜された上に大和王権の日巫女セオリツヒメからは金剛杵《コンゴウショ》を賜った。

　これで全てが縁戚になり、祭事に於ても大和と東北のアラハバキ、出雲のスサノヲ、伊豆の三嶋の神と四国のユダ族が全て繋がりました」

「神道とユダヤ教、ヒンズー教、バラモン教、仏教まで包括しています」

「ナニ、この難解な組み絵。昔の人達って凄いですね」

「融和の妙ですね。正に『大いなる和』の国です。トクメはニニギの傍らにある金剛杵を見て全てを悟ります。金剛杵というのは真ん中に柄がありその両側に槍状の刃が伸びているのですが、ニニギの持つコンゴウショは異様に長いものでした。まさに武器そのものです」

「そんなものを携えてオオクニヌシの前へ？　警備は何をして……」

「烏が、サルタヒコが案内して来ているのです」

「あ、そっか」

『これは、カモノオオミカミ・ハビハヤヒは、ニニギにこの国を任せるつもりでいる。このコンゴウショは……天沼矛（アメノヌボコ）だ。今一度、イザナキノミコトの国造りを、この若者に託すつもりなのだ』……トクメにはセオリツヒメの呪《マジナ》いの全てが紐解けた。烏は何も言わない。

トクメなら自分で全てを悟る筈だと全幅の信頼を寄せている」

「日巫女……巫《かんなぎ》とは、それほどの力を持つ者なのですか？」

「そうです。宇宙の理に目覚めた者なのですよ？　特に彼女は方丈・八丈島で修業し、『儀式』に迎えられた選り抜きなのです当然です」

「儀式って私も受けるんですよね？」

「そうです」

「私、修業とかしてませんけど」

「それは貴女……貴女が今ここにいるのが答えですよ。私の念を受けてやって来たのは今のところ貴女だけです。貴女は自分の能力に気付いているのでしょう？　先程も伝治朗さんとサヨさんの会話を見事に解いたと聞いていますよ？」

あの鼻からボタ餅……じゃなくて、目（マナ）から棒を突き出したら耳になるとか言う、訳の分からんヤツ……あれ、紗織を試していたのか。

「それに貴女は巫になるのではなく語り部です。古今東西の出来事を全てそのまま受け入れる為の感性の解放を為すのです。だから結婚も出来ますよ？　安心して下さい」

「そうなんですか。では、セオリツヒメやスセリビメは、男性との交《ま》ぐ合《あ》いも無く、それほどの力を維持した訳ですね。でもトクメさんはオオクニヌシさんの妻になりコノハナサクヤヒメを産んでなお、それほどの力を保っていたんですね……凄い人ですね」

「天の意志を受け取る能力は失いますが、人間としての感性は尋常ならざるままですよ。そしてそこにいるトヨさんは、その頂点の方です」

「あ」

……と言って、紗織がトヨの顔を見る。トヨが照れて笑う。

『このオバさん、そんなにバケモノ染みた人だったのか』

照れ笑いしていたトヨの顔が一瞬にして引き攣った。ダメだよバァちゃん、口に出さずとも、心を全部読まれてしまうんだってば……。

「あ、いえ、トヨさん、すみません。『いい意味で』……です」

咲夜が床に転がってヒクヒクしている。

『ブフゥォウッ』と、声とも言える大きさでキヌさんが吹き出した。

これまで姿勢を崩さなかった美月《みづき》と灯《あかり》も、流石に声を抑え切れずに笑っている。灯など、涙まで流している。みんな………嬉しそうだ。

普段は余程トヨを恐れているのが分かる。そのトヨに言いたい放題の紗織が面白くて堪らないのだろう。こうなると、神楽さんが気に掛かる。彼の方に目を遣ると……驚いた、眉一つ動かさない。ここは『男は』笑ってはいけない場面なのだ。流石に志能備である。感情のコントロールが完璧だ。

「そこへ出雲のタケミナカタが帰って来ました。こちらの方もセオリツヒメとの打ち合わせは万全です。表で揉め事になりました。オオクニヌシとトクメ、そしてニニギが騒ぎの中へ入ります」

「おぉ、ミナカタ－、お帰り。どうだった？」

「何て事なかったよ。半島の方から潮に流されて来た連中が、食い物がなくて鶏を盗んだ所を見つかって暴れたらしい。ありゃあ濊族《わい》だな。自分達は辰韓の王族だと言うから、嘘つけってんでチョイと捻《ひね》り上げて食いモンやって落ち着かせたよ。頃合いを見計らって追い返すさ。そんでさ、クニッち……コイツ、なに？」

「あぁ、タケミカヅチさんだ。出雲譲れって言ってんだけど、どう？」

「どう……って、何で譲らなきゃなんねぇんだよ」

「いやこの人さ、クサナギノツルギ持ってんのよ。ほら、アジスキ君ていたじゃん、あのヒト今、偉くなっちゃって大和でオオミカミやってんじゃん、ニギハヤヒだっけ？　んでこの人の大将、クサナギノツルギ貰ったのよ」

「いやそれ、四国のだろ？　クサナギノツルギならクニッちも持ってんじゃん。コッチ関係ねぇよ」

「あ、そんでコチラ、その人の大将の息子、ニニギ君だ。今度ウチのサクヤヒメと一緒になったんで、オレの義理の息子でもある。宜しくな」

「どうも、ニニギです。宜しくお願いします。義父がいつもお世話になってます。タケミナカタさん、カッコいいですねぇ！　サスガ『タケ』の名乗りの方ですねぇ」

「いやいやいやいや、どうも、タケミナカタっす。そうですか、サクヤちゃんと……あの娘は私の孫みたいなものなんで、可愛がって下さいね？　……って、サクヤちゃん巫女の筈だろ？何してくれてんだよ！」

「おい。お取り込み中、悪いんだがな？　ご紹介に与りましたこのクサナギノツルギを高々と掲げたままのオレの立場はどうなるんだよ。それより国を譲るのかどうか、どうすんだよ⁉」

「イヤだねぇ～、そういうクサナギノツルギという権威の上に胡座《あぐら》を掻く様なヤツ。尻の穴に刺さっちまうぞ？」

「おいおい、分かんねぇ野郎だな。コッチは戦争しない様に話し合いで済まそうってんだよ。平和な心で来てんのに、やろうってのか？」

「鉄剣だからってイキってんじゃねえよ。大体その鉄剣はな？　ウチの田舎の諏訪で造ってんだよ！　ビビるとでも思ってんのかよ」

「何言ってんだお前。これクサナギだぞ？　ただの鉄剣じゃねぇ」

「分かっとるわぃ。何年日本人やってると思ってんだ。お前らみたいに四千年ぶりじゃねぇんだよ。ウチはもう三百年はコッチなんだよ。事情は分かったが、はいそうですかというのもナンだ。イッチョ、力比べしようじゃねぇか」

「よっぽど自信があるんだな。確かにポンコツ鉄剣じゃ優れた青銅剣には勝てないが、こりゃあクサナギだ。一振りで柔らかい草を薙《な》ぐ切れ味だ、勝ち目はねぇぞ？」

「タケのオジキ、ちょっと」ニニギが動いた。

「何です？　坊ちゃん。ふんふん……分かりました。

おい、そっちのタケの兄ちゃん、お前がクサナギを使え。オレには別の剣がある。これだ」

「あぁ？　何だそりゃ？　剣？　槍じゃねぇのか？」

「ヴァジュラだ」ヴァジュラとは金剛杵《こんごうしょ》の事である。

「バジェラ？」

「ヴァジュラだ、ヴ、ヴ。下口唇の上に歯を置いて『ヴ』、ジェラじゃなくジュラだ」

「分かった。バジェラだな？」

「…………あぁ、……そうだ……。（ダメだこりゃ）」

「では、仕合おうか」

「いざ、参られよ」


「二人のベニヤミンが刃を合わせます」

『うん！　うん！』

「柔らかな草を難なく薙ぎ払うクサナギの剣が『ガチン！』……大きく刃毀《はこぼ》れを起こします」


「な……何と！　そのヴァジュラとは一体何なんだ⁉」

「金剛《こんごう》の剣《つるぎ》、ダイヤモンドの剣だ。……ってゆうか、お前ヴァジュラ言えてんじゃん。人をカラカイやがったな⁉」

「今どうでもいいじゃん、そんな事。空気読めよ！　何だよその剣」

「ウチの若が大和の日巫女様より頂戴仕った天竺の秘具だ」

「お前んとこのバカ？」

「若！　誰がバカだ。……お前、絶対ワザとだろ」

「なるほど、左様なる経緯《いきさつ》のありしか」

「遅えよ！　何だよ今更、ぜってえワザとだ」

「そうか、まぁ、それじゃ仕方ねぇな。カモノオオミカミのみならず大和の日巫女様までがそこまで肩入れするとあっちゃ……譲れと、いう事なのだろう。分かったよ。ならば後の事はオオクニヌシの命《めい》に委《ゆだ》ねるとしよう」

「おお、そうか、それは重畳《ちょうじょう》。これよりは伴にこの葦原の中つ国、出雲の弥栄《いやさか》に励もうぞ」


「こうして出雲の国譲りが成されたのです」

「タケミナカタさんはこの台本をご存知なんですよね？」

「勿論」

「良かった……何かちょっと可哀想で……。しかし役者ですねぇ。知っていてあんな顔が出来るなんて」

「政治とは騙し合いですから。そしてこの後、オオクニヌシは国譲りの条件を提示します。無茶苦茶な条件です。三十二丈、現代で言えば九十六メートルもの神殿を造り、そこで自分を神として祀れというのです。出雲大社の造営です」

「九十六メートル？　高さ……ですよね？　有り得ません！」

「それをやらせたのです。無茶は承知です。出雲のオオクニヌシの為にそこまでの無茶を引き受ける事は、それは即ち大和王朝への二心《ふたごころ》無しの間接的な証明になります。やらねば、四国のユダ族は滅ぼされます。出雲は現代で言えば東京なのです。話し合いで譲って貰える都市ではありません。これはユダ王族が日本で生きて行けるかどうかの剣が峰、大和にとってはユダ族の忠誠心を量り、その扱い方を決める分水嶺だったのです。大和王朝にここまでの御膳立てをして貰った以上、ニニギはやるしかありませんでした」

「やったのですか？　いえ、出来たのですか？」

「一応……やりましたが、現実的に不可能です。形ばかりのものになりました。そこで大和王朝はその『不誠実』を理由に、国替えを命じます。ユダ族はその神殿建設の実質的な困難さとその仕打ちに対する不当を訴えますが受け容れられませんでした。そもそも、これがセオリツヒメの台本だったのです」

「出雲をユダ族に譲るつもりは無かったと」

「そういう事です。久し振りに帰って来て、いきなり文化・経済の首都とも言うべき最先端地域を譲れと言う様なものですからね。しかもニニギはコノハナサクヤヒメの件でヤラかしています。それまでの日本のやり方に従わないのなら、仲間として受け入れる事は出来ません。観察期間が必要な訳です」

「それで出雲の支配権や大和の首班の地位を餌に、難題を押しつけ、敢えて失敗させ更迭の理由を作った」

「なかなか筋がいい。その通りです。だが出雲の支配権ではありません。統治権です。支配権は飽くまでも大和王朝にあり、しかもそれは『合議制』です。大いなる和の国ですからね」

「なるほど、ユダ族にはその理念が欠けていると……」

「ほっほっほ、そういう事です。大和王朝は神殿の規模を縮小させる事の条件に国替えを呑ませます。ユダ族を大和の地から遠ざけたかったのです。国替えの先は、大陸や南方からの流入が見込まれる九州南部・日向です。ここに初めて『日向族』が誕生します」

「そうですよね、四国の日向族なんて変ですものね。途中から言い方が『ユダ族』に変わっていたのは、こういう意味なんですね」

「そしてサルタヒコが先導し、佐田岬から佐賀関へ上陸、阿蘇山の南の高千穂へ降臨するのです。そこから更に南へと移動し、ユダ族が本拠地とすべき『神州の南の護り』の地である霧島山の高千穂峰へ降臨します。どちらも本物の『降臨地』なんですよ」

「九州への降臨先が北の高千穂、日向族の統治領への降臨が南の高千穂という事でしょうか」

「そういう理解が分かり易いですね。そして出雲や大和の支援を受け襲や熊との間で和議し、そこから九州全土を大和王朝に帰順させるべく働くという試練を課された訳です」

「九州はまだ大和に帰順していなかったのですか?」

「南端はまだでした。特に敵対する訳ではありませんが、大和政権に参加はしていません。北部も緩やかな協力関係でしかありません」

「なるほど、日向族は大和政権の統一事業への貢献を課されたという訳ですね？」

「ニギハヤヒは日の本の伝統に則り、新たな勢力を政権の要職に就けようとしたのです。しかしスサノヲの出雲族の様であればそれは適いません。日向族が日の本の理念に従い、和合の統治にそぐう姿勢になれるのかを見極める必要がありました」

「そうか、ニニギは、日向族は地方長官ではなく、大和王朝の首領の座を約束されていたのですからね」

「日向族は単なるサピエンスではなく、乳人の末裔ですからね。しかも、四千年の長きに渡って苦難の任務を果たして帰還して来たのです。サピエンスを食い止め乳人化し、卵人の世界進出も阻んだ。しかし神州日の本の民には、彼らは新参者としか見えないのです。そしてそれは確かに、長い外地生活の中で原日本人の精神は薄れてしまった様だ。それが出雲のスサノヲの様であるならば、八重垣の向こう側に押し込めてしまわねばならぬでしょう。だが日向族はレビ族を介して原日本人の精神を保持して来た筈です。ハギハヤヒはそこに賭けたのです。そしてそれに応える事が出来るのであれば、長年の労苦に報いよう……と、だからそれを示せと、それを神州日の本の民にも示し、己の政権は己で固めよと……和の心で。そういう事でした。セオリツヒメの先を見通す力は、兄のサルタヒコに劣りません。そして宇宙の理に通じています。だからこそ、彼女も帰還組でありながら、セオリツヒメを襲名し、大和の日巫女の座を得たのです」

「セオリツヒメ……凄まじい力ですね。そしてそれはトヨさんにも」

「そうですね、まさに」

バァちゃん、ナイスフォローだ。トヨさん御満悦だ。

「ここまでに半年を要しました。戦いが無いのでこれで済みました。日向族の立場が安定した所でコノハナサクヤヒメが大きなお腹を抱えて嫁いで来ました。ニニギにしてみれば『イヤ、ちょっ……待てよ』という感じになります。確かにあの時契りを結びはしたが、たった一度、そしてあれから半年以上が経っています。自分の子ではない可能性を疑うのも無理はありません。これには当のコノハナサクヤヒメは勿論、オオヤマツミノカミの激怒を買いました。オオヤマツミにしてみれば、日の本の命運を託す優秀な血筋の巫子を台無しにされた上に、政治的な姻戚関係を結ぶ為のイワナガヒメを突き返し、それでもコノハナサクヤヒメを嫁がせたというのに、今度は自分の子ではないのではと言い出すニニギに対し、最早和合の意志無しと見えると荒ぶったのです。但しニニギにしてみても、オオヤマツミ初め大和王朝の疑念を買い排除されるという危機感がありました。スサノヲも結局、自分の本当の血筋を残す事は出来ていません。『スサノヲの息子』は皆、養子なのです。しかしここでコノハナサクヤヒメの意地が炸裂します。

『この私の不貞を疑うと言うか！　その様な陳腐な女御《にょご》かどうか、その目で篤《とく》と見るが良い！　この覚悟、何の為にやある！』と言って、燃え盛る火の中での出産を強行します。これは幻術ではなく、実際にやったらしい。無論、ちゃんと安全は確保していますがね、はっはっは」

「カッコいい！　どの様にしてその男の鼻を明かしてやったのですか？」

バァちゃん、ニニギノミコトを『その男』呼ばわりしているぞ？　やはりこういう事で女を敵に回すと恐い……。

「この騒動が起きてから出産までは時間があります。小細工するには充分でした。小屋を建てて地下室を掘るのは造作も無い事です。火が強ければ強いほど、中を覗かれる心配も無く、屋根が無ければ窒息する事もありません」

「だから『フキアエズ』と言うのですね？」

「それはその次の代の豊玉比売（トヨタマヒメ）の話ですが、この事例を踏襲したのかも知れませんね。これに先立ち、ニニギノミコトは義父となったサルタヒコに頼ります。サルタヒコは今や、大和王朝と富士王朝を繋ぐ『新たなる綿津見神（ワタツミノカミ）・海神（ワタツミノカミ）』としての三嶋大明神に仕える八重事代主神（ヤエコトシロヌシノカミ）であり八咫烏、そして大和の日巫女・瀬織津姫（セオリツヒメ）の兄であり、大和の灌漑も一任されていた大和王朝の要人でありその力は絶大なものになっていました。元々、生まれ故郷では『神』と崇められていた人物です。その力は認められて当然のものです。サルタヒコはオオヤマツミの怒りを抑え、収めて日向族を導く事を約します。まさに日向族にとっては『導きの神』となるのです。日向族は大和王朝との接触の際にサルタヒコと対峙した天宇受賣（アメノウズメ）こと自らの神託の巫女をサルタヒコの側妻《そばめ》として差し出します。これが猿女《さるめ》です。これで日向族が独自に神託、日本で言う処の託宣を得る事が出来なくなります。今後日向族は勝手な判断は行なわないという事を意味しています。これで騒動を収め、ニニギはコノハナサクヤヒメを受け入れるのですが、いざ出産の段になってのコノハナサクヤヒメの大芝居にすっかり魅了され、惚れ直しました。この妻なら、日向族の試練を伴に乗り越えられると思ったのでした」

「やった！　サクヤちゃん、サスガ～！」

何か、何も関係ない咲夜が得意気な顔をしている。

「ここにいる咲夜はその子孫です」

マジか！　関係大有りじゃん、ごめん、咲夜ちゃん、いや咲夜さん。

どうもハタチそこそこにしか見えないから混乱してしまう。

「コノハナサクヤヒメは無事に出産を終えます。ニニギノミコトにはもう疑念などありません。出産を終えたサクヤヒメにニニギはプロポーズをやり直します」

「プロポーズのやり直し？　二回目のプロポーズ？　うわぁ、ロマンチック！」

「ニニギはサクヤヒメを疑った事を恥じ、産まれた子供が自分の子である事に疑念がなく、改めてサクヤヒメを娶りたいという意志を示したのですよ。場所は薩摩は野間岬、神集《こうず》の島の流砂の如き白浜と同じ白浜、笠沙の浜です。『笠沙《かささ》』は『りゅうさ』とも読めます」

「スゴイ……そこまで関連付けるのですね」

成る程……紗織の言語センスは確かに彼ら古代人の血を色濃く引いている様だ。紗織が今ここにいる理由が解って来た。

「笠沙の浜で日向族の新しい首長とその妻が神聖な儀式を行なう事は、和議を結んだばかりの熊襲への信頼を表す良い政治的な意味合いにもなりました。熊は肥後・熊本、襲は薩摩・鹿児島ですが、元は同族です。蛮族扱いされていますが、大陸とは違い、日の本の諸部族は芽出たい席を汚す事『だけ』はしませんでした。まだ……その頃はね。故に友好を演出するには絶好の機会となりました。ニニギの演技が始まります。それは恰も、イザナキとイザナミが二人の出逢いをやり直した場面を彷彿とさせますね」

『ここは良い場所である。この場所はカラクニを照らす朝陽が昇る地だ。私が其方に想いを伝え、妻に迎える事を宣するに相応しい場所である。姫、どうか私の妻になって欲しい』

「うわぁ、ニニギさん、やるじゃない！」

「これが神集島の多幸浜での焼き直しである事は明白です。カラクニとは外国、当時は大陸の事を指しています。ユーラシア大陸全般です。そして神集島から大陸を遥か西に眺めれば、そこにはエルサレムがあるのです。

大陸を照らす朝陽と言うなら、日本のどの地であろうともそれに該当します。わざわざこんな言葉を発したのは、そこがエルサレムの真東に中るからです。それは笠沙の浜ではありません。そして神集島には蓬萊《ほうらい》の国の新たなるワタツミノカミ・海神、即ち竜神がいるのです。またそれは彼ら日向族の後ろ盾になる存在です。それは後の大和の国譲りにも関係して来ます。しかしそれはワタツミノカミであり、古来よりアマテラスの下、神州の各地の勢力を纏め上げて来たオオヤマツミノカミではありません。それどころか、ニニギはオオヤマツミノカミの権威を蔑ろにしてしまい、今や怒りさえ買っています。これを何とかしなければ、日向族が大和の、延いては神州の統治権の継承者になる事は出来ません。

その為に、また歴史の工作が必要になって来るのです」

「日向族の辻褄合わせの妙、見せて頂きます」

紗織の興味は今や歴史の真実ではなく、日向族の政治的手腕に移ってしまっている。……成程、その『儀式』とやらで紗織に歴史を注入しただけでは、紗織の意識を日向族に傾倒させる事は難しかっただろう。その為にこんな面倒な語り種《ぐさ》を演じていた訳か。

「ニニギが石長比売（イワナガヒメ）を受け入れれば日向族の富士王朝つまり乳人由来の原日本人王権への帰属が確認され、その地位は安泰になる筈でした。ところがニニギはオオヤマツミに恥を掻かせてしまったのです。後の話になりますが、日向族の彦火火出見（ヒコホホデミ）、後の神武天皇が大和を平定した後も各地で反抗が起きたのも、日向族が正統な後継者であると見做されない事が原因です。そこで日向族は自らをオオヤマツミに認められた、そればかりかオオヤマツミの子であるかの様に粉飾したのです。勿論『実子』という意味ではありません。オオヤマツミに受け入れられ、養子となったという意味です。その為に自らの後ろ盾であった三嶋の神を海神から山神へと替え、大和のニギハヤヒをオシホミミの子とし、つまりはヒコホホデミ・神武天皇の父親であるとして、大和王朝の正統な後継者であるという物語を創出したのです。それが古事記と日本書紀です。特に日本書紀では王権の正統性に腐心していますね」

「そ、そんな事をしてもバレてしまうのではありませんか？」

「いいえ、だから記紀は訳が分からない様にしてあるんですよ。今だにバレていません。はっはっは」

「確かに訳が分からない様になってはいますが……それだと記録として価値が無いのではありませんか？」

「それらしく書いてあれば良いのですよ。それを読む人が、何となくそうなんだろうと思えばそれでいい」

「でもそれでは歴史書として成り立たないのでは」

「だから貴女がここにいるのではありませんか」

「そういう事なんですか⁉」

「そういう事ですよ。しかしこの記紀、読む人が読めば判る様になっています。目から棒が突き出れば、『耳』になると解読出来る様な人であるならね」

「え？　あっ……あ」

この時、膝を崩していた皆が、膝を正した。慌てて紗織もそれに倣う。

「神武天皇・ヒコホホデミ、ここからは神日本磐余彦天皇（カンヤマトイワレビコノスメラミコト）の諡号《しごう》から『イワレビコ』を用います。天皇の諱《いみな》を口にするのは憚られます」

「分かりました」

「サクヤヒメは二人の子、火照命（ホデリノミコト）と火遠理命（ホオリノミコト）を出産します。火須勢理命（ホスセリノミコト）はニギハヤヒの事であり、これが創作である事は分かりますね？」

「そうですね、ニギハヤヒは既に大和を統治しています」

「日本書紀ではホデリとホスセリを同一視し、海幸彦と見做します。弟のホオリが山幸彦です。この山幸彦が神武天皇・イワレビコの祖父になります。つまり、イワレビコは山幸彦・山の神・オオヤマツミノカミの孫の血筋であると準らえている訳です。そして海幸彦・海の神・ワタツミノカミを従え、山と海の両権を握ったという設定です」

「そんな、海の神と言えば三嶋の神、そしてそこにはサルタヒコも含まれるのではありませんか？」

「そうです。しかし実際に三嶋の神やサルタヒコは、日向族に力を貸しています。何より、アマテラスオオミカミに次ぐ建国の祖、カモノオオミカミ・ニギハヤヒがイワレビコを推したのです。最早、揺るぎない立場です」

「ニギハヤヒが推した？　大和の国譲りですね？」

「そうです。日向族は……」

「すいません。ちょっと気になったのですが、陸・海と来れば、空はどういう感じですか？

まぁ、飛行機は無いでしょうが」

「天鳥船《アメノトリフネ》です」

「鳥羽かぁ……」

「鳥之石楠船神（トリノイワクスフネノカミ）として神格化もされていますが、この神は建御雷（タケミカヅチ）に同伴して出雲の国譲りに関わっています。そういう意味で最初から日向族側ですね」

「陸・海・空と揃いましたね、スッキリしました」

「いや、まぁ……船ですけど……。日向族は、ホデリ、ホオリ、そしてホオリの子の鸕鷀草葺不合（ウガヤフキアエズ）も皆、三嶋の神の娘を妻に迎えます。完全に三嶋の神、サルタヒコの海神勢力と一体化していきます。そして自らは山幸彦・山の神の子孫として位置付け、三嶋大社の祭神も大山津見神（オオヤマツミノカミ）としました。恰も、日向族のバックにはオオヤマツミが控えているかの如くにです」

「苦労していますね」

「分かってくれましたか？　そうなんです。元々乳人の出自であるのにサピエンスが流入して来た日本でその正統性を示すのは大変な事だったのです。貴女にはそこを踏まえて貰わねばなりません」

「紗織さん……」

トヨさんが口を開いた。

「貴女は今日まで普通の女の子として生きて来ました。これから普通の生活を続けるにしても、貴女自身がもう以前の貴女ではなくなってしまいます。しかしそれは『血』の宿業、皇室もその業を全うしておられます。貴女も我ら一族の血の定めに、その身を捧げて頂きたいのです。これ、この通り……お願い致します」

トヨ以下、そこにいる一同が深々と座礼した。

「おやめ下さいトヨ様。皆様もどうかお顔をお上げ下さい」

トヨが姿勢を戻す。美しい波を描いて皆も顔を上げた。しかしその場には言い知れぬ緊張感が漂っている。

「さぁ、話はあと僅か、紗織さんも気楽に聞いて下さい」

皆の顔も穏やかになり、再び膝も崩された。紗織も皆に従う。

「サルタヒコを養父とし、セオリツヒメとニギハヤヒに恭順を示し、出雲のオオクニヌシとカムヤタテヒメ・トクメを義両親とし、己の巫をサルタヒコに預け、三嶋の神には阿波咩命（アワノメノミコト）を嫁がせ、三嶋の神からはサクヤヒメを初め、ホオリの妻に豊玉毘売（トヨタマヒメ）、ウガヤフキアエズの妻に玉依毘売（タマヨリヒメ）を迎え、各方面との関係性を強固にした日向族は、ウガヤフキアエズを富士王朝に人質に差し出し、反逆の意志の無い事も確りと示して体制を盤石に整えていきます。そしていよいよ、イワレビコが誕生しました」

大和の国譲り

いよいよ日本神話最大のヤマ場だが、この話いつまで続くのか……。

善達さんの『もうすぐ』は全くアテにならない。

「日向族の九州北上が始まります。

自分達はアマテラス（乳人・原日本人）の血筋であり、ユダヤの神の子であり、エジプトの神の子であり、北欧の神（サルタヒコ）の子であり、天竺の神（三嶋の神）の子であり、即ちワタツミノカミの子であり、オオヤマツミノカミの子であり、それら全ての総体である大和のカモノオオミカミから大和の大王《オオキミ》『天皇』の座を約束された者である事を説いて回ります。

時には戦い、時には説き伏せ、ようやく九州での立場を確立した時には、イワレビコは二十歳になっていました。既に出雲大社の造営も終えています。出雲の実権はオオクニヌシが握っているものの、名義上は出雲は日向族に統治権があり、いつでも出雲の勢力は使えます。あとは大和への上洛を目指すのみです。後に言う『神武の東征』が幕を明けます」

「あの……間違っていたらすいません。神武、イワレビコはもう少し歳が上だった様な気がするのですが……」

「後の世の勘違いですね。神武の東征は十六年掛けています。ニギハヤヒに認めて貰うには『和の心』での平定が条件になっています。ゆっくり各地の了解を得る必要があります。攻撃されれば反撃しますけどね。

神武の東征は十六年掛かりました。神武・イワレビコは三十六歳です。そこから東征を始めたと勘違いしたから五十二歳になってしまうのですよ。神武の東征と言いますが、実際の大将は長男の彦五瀬（ヒコイツセ）です。イワレビコが三十六歳なら、イッセは最低でも四十歳です。当時としては齢が行き過ぎています。神武天皇の享年は百二十六歳ですよ？　有り得ません」

「……」

分かる。分かるぞバァちゃん。目の前にいる元気過ぎる百二歳のジイサンが発するセリフじゃないよな？　分かるぞぉ。このジイサンならバック宙返りの一回転ぐらい簡単にやってのけそうだ。

「二回転だ」

「え？」紗織が聞き直した。

だから善達さん、オレに直接語り掛けるなっつうの！　紗織が意味不明な顔になっているじゃないか。……って、二回転？　マジか……。

「マジだ」

「………」

ほら見ろ、紗織が善達さんはボケてるんじゃないかと疑い始めたじゃねぇか。

「まぁ、ニニギからホオリ、ウガヤフキアエズら、それぞれの年齢を逆算すれば分かりますよ。大和や出雲、伊豆の力を借りても、それでも九州で立場を確立するのに五十年弱掛かっています。イワレビコが二十歳ぐらいでないと、計算がおかしくなります」

「そう……なんですか？」

「そう……なんです」

イチイチ口調を真似て返す所が如何にもオヤジだ。いや、ジジイだ。

「そしてやっと大和に辿り着くのですが……そこにナガスネヒコが立ちはだかります。登見《とみ》の、勇猛なアラハバキ軍です」

「え？　ナガスネヒコはニギハヤヒの配下なのでは」

「そうなんですが、ナガスネヒコはニギハヤヒの制止に従いませんでした。実はこのナガスネヒコも代替わりしています。このナガスネヒコ……天若日子《アメノワカヒコ》の息子です」

「アメノワカヒコって……誰でしたっけ？」

「出雲の国譲りに派遣された、日向族ですよ。大和のカモノオオミカミを拝命して空位となったアヂスキタカヒコネを継承した彼です。その彼の息子です」

「ちょっと待って下さい。ナガスネヒコって、東北の外来部族ではないのですか？　何故日向族が」

「アメノワカヒコはアヂスキタカヒコネを襲名して、出雲の王になろうと目論んでいたのです。先代のアヂスキタカヒコネの妹も娶っています。ところが、二代目オオクニヌシは優秀な上に天竺の巫のトクメと結ばれ、その勢いはより堅固になってしまいました。そうこうしている内に、出雲は日向族に譲られてしまいます。アメノワカヒコは出雲を諦め、新たな首都である大和の行政官を目指したのです。現代で言えば東京府知事の様なものですが、実質的には総理大臣です。そこで、元は大和を任されていたナガスネヒコの娘を娶り、義理の息子として大和に入り込んだのです」

「いっ……。アメノワカヒコの奥さんって、先代のアヂスキタカヒコネ、つまり大和王朝のカモノオオミカミ・ニギハヤヒの妹さんなんですよね？　大丈夫だったんですか？　ニギハヤヒに怒られたりしないんですか？　それより奥さんのシタテルヒメさんは怒ったりしないんですか？」

「当時の結婚は殆んどが政略結婚ですし、一夫多妻です。ヘタすると多夫多妻です。非常に緩やかな夫婦関係なんですよ、問題ありません。しかも、実際にはシタテルヒメも巫です。夫婦関係は形式的なもの、先代のオオクニヌシとスセリビメの様なものです。まぁ、スセリビメのヤキモチは凄まじいものでしたが、それは彼女のプライドがそうさせるのであって、愛する故ではありません。それにシタテルヒメとの婚姻はアメノワカヒコを取り込む為の詭計なので関係ありません。現にシタテルヒメは兄がカモノオオミカミとして大和に降臨した時に、兄と一緒に大和に入っています」

「うわぁ……大人の世界って汚い」

「貴女よりずっと若いですよ彼女は。結婚したのは十五、六でしょうね」

「失礼しました」

まぁ、当時の女子は十二歳ぐらいで成人だろうからな。

「アメノワカヒコ改め、二代目アヂスキタカヒコネも大和に入ります。上手い具合にナガスネヒコの妹との間に男子が出来たので、東北の本拠地へ送り人脈を築かせました。何しろアヂスキタカヒコネの息子ですから、アラハバキの津保化（ツボケ）族は英才教育を施します。彼らは本来、好戦的な戦闘民族なんですよ。そこでタカヒコネの息子は鍛えられ、大和に戻りナガスネヒコの名を継いでいたのです。そこへまたぞろ、日向族がやって来て国を譲れと言う訳です。父親の夢を受け継ぐ身である二代目ナガスネヒコは頭に血が上ります。何しろツボケ族に育てられていますしね。親子二代で国を掠め盗られたらマヌケな事この上ないと思ったでしょう。ニギハヤヒの制止も聞かず、大和防御の陣を張ります。驚いたのは日向勢です。確かに軍は率いていますが、これは大和に攻め入る為のものではありません。ニギハヤヒの命の下、ようやく九州から西国の許諾を纏め上げ、約束通り大和の国譲りを実現しようと『参内』しただけなのです。しかしナガスネヒコは頑として大和には入れぬと言います。日向軍の大将、イツセは『これが大和朝廷が課す最後の試練だと言うのか』と解釈し軍を進めました。

しかしナガスネヒコは強かった。伊達に首都の護衛を任されている訳ではありませんでした。イツセは矢を受け負傷してしまいます。そこで紀伊半島を南に回り、サルタヒコを頼りますが、その途中でイツセは落命してしまいました。また次兄の稲飯命（イナイノミコト）、三兄の三毛入野命（ミケイリノミコト）も熊野灘に入るところで暴風に遭い、命を落としています。この時『父は天神、母は海神であるのに、何故陸でも海でも苦しめられるのか』とイナイが言っていますが、この時には完全に自分達をオオヤマツミの子孫であるという認識が刷り込まれていますね。また三兄のミケイリノは母方の故郷である常世の国、八丈島に渡ったとされています」

「神集島ではなく？」

「八丈島です。後で説明します。奈良・大和の豪族は皆、大和の軍事司令官ナガスネヒコの配下にあります。その結びつきはニギハヤヒより古くまた軍事は司令官の命令に従うもの、『土蜘蛛《つちぐも》』と呼ばれた彼ら豪族は日向軍の行く手を阻みます。日向軍が熊野に至った時、日向勢は満身創痍です。王子達も残るは末弟のイワレビコのみです。最早、その士気は壊滅的でした。そこでかつてニニギが取った恭順の姿勢が報われるのです」

「何が起きたのでしょう」

「猿女《さるめ》ですよ。自らの巫《カンナギ》をサルタヒコの側に付け、三嶋の神にユダ族の姫を嫁がせ、ウガヤフキアエズを富士王朝に人質に差し出した事の全てが幸いしました。高倉下（タカクラジ）という神がイワレビコの前に現れ、霊剣を献上するのです。この霊剣とは、かつて出雲の国譲りの時にタケミカヅチがタケミナカタを下した時の金剛杵です」

「バジェラ！」

「……ヴァジュラです。ヴァ・ジュ・ラ……」

「あ、……すいません」

「猿女がサルタヒコを動かすのです。今や彼は三嶋の神の地位に就き、大和では三嶋湟咋（ミシマノミゾクイ）となっている。大和守護の軍と戦う日向軍は見た目には反乱軍にも見える。もし日向軍が敗北する様な事があれば、大和は割れる。アラハバキ軍は日本最強であり、ニギハヤヒもサルタヒコも最早老齢だ。そして天若日子《アメノワカヒコ》の子である二代目ナガスネヒコは、今度こそ『地上の王』となる事を夢見ている。迂闊には動けませんでした。それを猿女が動かした。大和の日巫女・瀬織津姫《セオリツヒメ》に訴え出ます」


「我等は遥かなる昔に神州を出でて、遠く中東の地で蒙昧暴虐なるサピエンスを抑え、現れ出でたる卯人の末裔を制し働きたる者にござります。神州に立ち戻りては迦毛大御神《カモノオオミカミ》に服し猿田彦神《サルタヒコノカミ》に従い九州、西国を和を以て合し、カモノオオミカミに復命すべく罷り起したるに、長髄彦《ナガスネヒコ》軍の御無体《ごむたい》、如何に思し召されし事にやあらむ」

「ここでセオリツヒメは決断します。この時、天皇であるニギハヤヒは老齢で臥せっておりました。次の天子を決めておかねばなりません。

現職のナガスネヒコは、出雲でアヂスキタカヒコネを継承したアメノワカヒコの息子、東北のアラハバキの最強部族ツボケ族の長となり大和を守護している。彼らに大和を任せればその強さ故、国は乱れぬだろう。だが、ニギハヤヒはナガスネヒコに国を譲ると約束した覚えは無い。彼が勝手に企んだだけの話だ。しかしニニギは違う。彼には大和の玉座を約している。彼らは出雲大社を築き、四国を拓き、九州を抑え、西国と和した。そして今、彼らはその復命の為に大和に凱旋したのだと言う。己の欲の為にユダ族を同胞を裏切り今また、天皇の命に従わず陣を構えたナガスネヒコと、苦難の試練を成し遂げ『約束』を果たした日向族のドチラを取り立てるのか……天皇・ニギハヤヒに質します。因みに『天皇』の号が正式になるのは大宝律令からですが、実際にはニギハヤヒから天皇を称しています。始皇帝も天皇の号を候補に挙げてはいましたが彼は新たな号である『皇帝』を称しました」

「ニギハヤヒが実質的な初代天皇なのですね？」

「はい。しかし記紀では神武を初代としています。日向族が正統な初の統一王朝の祖であるとする為です。後の日本全土の武力制圧を正当化する為には、正統性と共に権威も必要だったのです」

「その為の記紀編纂であったと」

「ええ、それ以外にも当時は既に乳人の時代ではありません。特に支那大陸では強大な国家が誕生しています。時代は八世紀になっていましたからね。口伝や地方誌ではなく、国家の歴史書が必要でした。漢文の……ね」

「……」

「ニギハヤヒが宇摩志麻遅（ウマシマジ）と高倉下（タカクラジ）の二人の息子を呼び寄せます。ウマシマジは先代ナガスネヒコの妹の登美夜毘売との間の子、タカクラジは天香山命（アメノカグヤマノミコト）とも呼ばれ、天道日女（アメノミチヒメ）との間の子です。アメノミチヒメはニギハヤヒの妹でありアメノワカヒコの形式上の妻、つまり現職のナガスネヒコの形式上の母に中ります。現職のナガスネヒコにとってウマシマジは母方の従兄《いとこ》、タカクラジは形式上の兄に中ります。ややこしくなっていますが大丈夫ですか?」

「はい、何とか。あの……アメノミチヒメってシタテルヒメの事ですか?」

「そうです」

「妹と子供を作ったのですか?」

「うむ、元々妻でしたが、アメノワカヒコの妻であると見せ掛ける為に、妹であると詐称したのです。アブラハムも妻のサラを妹と偽りエジプト王に召し抱えさせました。まぁ、サラは実際に腹違いの妹ですが、古代には良くある話ですよ。アメノワカヒコにアヂスキタカヒコネを継承し、出雲の王を夢想させて懐柔し、ユダ族に出雲攻略を諦めさせる計略です。だからシタテルヒメはニギハヤヒと伴に大和に入っているのです。実際にはニギハヤヒの妻なのですから」

「なるほど……それで、実際に妹なのですか？」

「実の妹です。兄妹婚です。よくある話です。信長とお市の方も……いや、話を戻しましょう」

「信長とお市の方も？」

「話を戻します。後で全てを知れますよ」

「はい。何か、儀式が楽しみになって来ました」

善達が苦笑しながら話を戻した。

「天皇ニギハヤヒが日巫女・セオリツヒメに天の託宣を質します。セオリツヒメがニギハヤヒの子らに告げます」


「大和は伊波礼毘古命《イワレビコノミコト》に治《しら》すべし。

大御神に従ひ約を果たせし者を斥けるは、大御神の威を辱め国の柱を危きに誘《いざな》ふべし。大和をぞ滅びに導かむものなれ」


「国を統《す》べるは天皇、道を示すは巫覡《ふげき》だったのです。しかも大和の巫は富士王朝から瀬織津姫《セオリツヒメ》の名を継承された日巫女です。誰も抗えませんでした。猿女の嘆願は叶いました。この時には既にサルタヒコは天鳥船《アメノトリフネ》に乗り富士王朝へと向かっていました。セオリツヒメの念は兄のサルタヒコには瞬時に伝わります。サルタヒコはウガヤフキアエズから金剛杵を受け取り大和へ戻りそれをタカクラジに託します。一方、ウマシマジはナガスネヒコの一族としてナガスネヒコに矛を収める様に説得に向かいます。セオリツヒメの託宣であり天皇ニギハヤヒの命である事を伝えますが、何と、それでもナガスネヒコは聞き入れませんでした。これにはセオリツヒメが激怒します。勿論、ニギハヤヒの怒りも相当なものですが、怒らせて恐いのは女性の方です。セオリツヒメも老齢ではありましたが、猿女、出雲のトクメ、そしてサルタヒコまで巻き込んで一世一代の大仕事に掛かります。

久しぶりの日巫女の大幻術劇が幕を開けました」

「ドキドキ、ドキドキ」

バァちゃん……ドキドキが声になっているぞ。

「金剛杵は猿女からタカクラジに手渡されます」

「ヴァジュラ！」

「……結構……。ウマシマジとタカクラジを使うのは、それが大和国の意志である事を示す為です。しかもタカクラジの『倉』は、食糧庫を意味しています。そのタカクラジが『アマテラスからの意でこの剣を持ち参じた』となれば、それは大和王朝の全てを、富士王朝の了解の下で譲り渡すという意味になります。アマテラスは富士王朝の大御神であり、そもそもセオリツヒメはアマテラスの荒御魂《あらみたま》です。富士王朝は新たな王朝・大和にも、確りとアマテラスの名を遺していた訳です。そしてそこには金剛杵だけではなく、大量の食糧と八丈島の明日葉とアロエの他、当時の最高の医薬品が揃えられていました。実は三嶋大明神とは、天竺の王子であり薬師仏の化身と言われる人物でした。また、コトシロヌシもスクナビコナも、医療の神として崇められています」

「明日葉……」

「これで戦意を喪失していた日向兵も息を吹き返します。日巫女連合によってイワレビコを妨げる者は術中に嵌まり次々と倒されていきます。そして遂にナガスネヒコ軍と対決の時を迎えます」

「クライマックス……来たあ！」

「イワレビコが金剛杵を高く掲げた時、雷鳴が轟き渡り稲妻が一閃、金剛杵に引き込まれ、そのダイヤモンドから目映《まば》ゆい光が四方八方に放たれます。薄暗い空間に慣れたナガスネヒコの兵達の目は眩み、何事が起きたものかと我を忘れました。それまで降り頻っていた氷雨が俄に止み、雲が割れその切れ間から一筋の光が差し込んで来ました。その光は金剛杵を照らしこれまで見た事も無い輝きがイワレビコを包みます。……と、そこへ……金色の鵄《とび》が現れ、その輝きに導かれる様に舞い降りて、イワレビコの弓弭《ゆはず》へ留まりました。サルタヒコです。すると辺りは黄金色の景色へと変わります。かつてオオクニヌシが三輪山でオオモノヌシに出逢った時に見た景色です。インドラに金剛杵を与える為にその命を捧げた偉大なる聖仙ダディーチャの黄金の輝きの再現です。無論、セオリツヒメの幻術ですが、トクメがその力を増幅させます。その間、猿女がナガスネヒコの兵の動きを封じ込めています」

「スゴ……、これでは如何に勇猛なツボケ族でも敵いませんね」

「今回は八咫烏の関与を隠す為に鵄《とび》を使ったサルタヒコの機転にも感心するばかりですね。トビはまた、ナガスネヒコの一族、登美の意を含んでいます。流石、神と呼ばれた男です。二代目ナガスネヒコはこの様な幻術の存在など知りません。卵人由来の秘術ですからね。これはただならぬ人物だと感じたナガスネヒコは矛を収めイワレビコの許へ赴きます」

「私は大和は中州の根の首長、迦毛大御神《カモノオオミカミ》に仕えし大和大国主中州根彦《ヤマトオオクニヌシナカスネヒコ》である。大和を収めんとするお前は何者であるか」

「私は天照大御神《アマテラスオオミカミ》より地上を治むべしと遣わされし天津神である。

新たなる王朝大和に降臨せしカモノオオミカミの導きに従い、四国を拓き、九州を収め、西国と結び、今将《まさ》に大和に降らんとす者なり。如何なる由ありて我が行く道を妨《さまた》げんとすものか。道を開けられたし」

「お前が天津神？　笑止な。お前達は日向の者であろう。ユダ族だよな？　俺は天若日子の息子だ。知っているだろう。俺の父はアヂスキタカヒコネを継いで出雲の王となる筈だった。それをお前達に邪魔された。今度は大和まで奪おうと言うのか？」

「そちらこそ笑わすな。出雲の王だと？　お前の父親は単なる交渉担当ではないか。叶わぬ夢を見ただけだ」

「アヂスキタカヒコネは先代の出雲オオクニヌシの息子だ。それが大和のカモノオオミカミに就任した。であれば、出雲を継ぐのはアヂスキタカヒコネである俺の父になる筈だ。お前達が邪魔さえしなければな」

「出雲には二代目オオクニヌシがいる。スクナビコナノカミと伴に、神州各地を拓いた実力者だ。お前の父など出る幕は無い」

「お前は政治というものを知らんな。では何故、ユダ族は出雲に国譲りを迫ったのだ。そして現に、出雲はお前達に譲られたではないか」

「政治を分かっていないのはお前だ。お前の父親は出雲オオクニヌシの懐柔策に嵌められただけだ。他の交渉役も次々とオオクニヌシに魅入られてしまい、誰も戻って来なかった。それが彼の政治力だ。アヂスキタカヒコネの名を継いだだと？　アヂスキタカヒコネはニギハヤヒとなり大和に入り、カモノオオミカミとなったのだ。アヂスキタカヒコネの名はそこで消滅しているんだよ。お前の父親が継いだというのは、消滅した幻の名だ。現に、お前の父親は出雲で何をした？　何もしていないだろう」

「していないさ、その筈だ……俺の父親は出雲などという地方ではなく、新たなる王朝である大和に入った。大和のオオミカミは初代のアヂスキタカヒコネだ。父はその二代目だ。そしてニギハヤヒノミコトが大和に入る前からこの地を統治していたのはツボケ族であり中州根《ナカスネ》の首長・大和オオクニヌシのナカスネヒコ様だ。俺はその二代目でもある。出雲オオクニヌシの息子であるアヂスキタカヒコネの三代目であり大和オオクニヌシであるナカスネヒコ二代目のこの俺こそが、大和王朝を受け継ぐには相応しいとは思わな……」

「思わない」

「人の話は最後まで聞け！　鼻クソほじくってんじゃねえ！　緊張感のねぇ野郎だな」

「天津神なんで」

「関係ねぇだろ！　腹立つわぁ……」

「あのね、お前が言ってんのは全部独り善がりなんだよ。そんなモン、誰が認めた事だよ。俺達はな、カモノオオミカミに拝謁して、富士王朝にまで参内して四国を賜わり、出雲の統治権を正式に認められてんだよ。ウチのひい爺ちゃんが女の事でちょっとヤラかしちゃったモンだから出雲にデカイ建物造らされるわ九州のヤバイ地域に飛ばされるわ大変だったけど、それを全部やり遂げてここに来てんの。お前の独り語りとは訳が違うんだよ。それにお前、ツボケ族じゃねぇか。大和の統治権……いや、シラス権を天津神から預かったのは俺達ユダ族……改め、日向族なんだよ」

「ふん。いいか？　この時代、そんなキレイゴトで治まるかよ。俺もシラス国であるべきだと思う。だが俺達のユダ王国はどうなった？　新バビロニアに滅ぼされ民はどうなった？　今、カラクニにも強大な国家が誕生している。連中も徳治を目指していた。だが結局は軍事力が民を統べるのだ。神州もこのままではいられないだろう。

お前達とて大和に来るまでに戦わずして来たと言うのか。その軍装は何だ？　何の為に武装しているのだ。神州に大和が開闢したのも天の思し召しである。神州も新たなる世界の潮流に備えねばならぬ。出来るか？　お前達に。現にお前達は我が軍に歯が立たぬではないか。そもそも、軍事力に秀でていればこそ、わざわざ遠く東北よりツボケ族が新王朝の護りに召集されているのだ。お前達は大和盆地周辺部族にさえ敵わないではないか。お前達に大和を任せる訳にはいかぬ。

俺がツボケ族だと？　見下したつもりか？　お前は和合の国の大和にあって他の部族を見下すのか？　どの口がシラスを語るのだ。

これを見ろ。天羽羽矢（アメノハバヤ）と歩靫（かちゆき）だ。これは俺の親父が出雲に遣わされた時に持たされたものだ。俺はユダ族、そして出雲オオクニヌシの息子アヂスキタカヒコネ、また大和のオオクニヌシ・ナカスネヒコである。お前達だけが政略をしていたのではない！」

「そうか。気分を害したのなら申し訳ない。しかしやはりそれは個人の立ち回りでしかない。政治とは言わんのだ。天羽羽矢と歩靫ならほれこの通りここにある。この金鵄《きんし》が留まっているのが天之麻迦古弓（アメノマカコユミ）だ。お前も俺も元ユダ族だ。だが今の俺は日向族である。お前は誰だ？」

「何度も言わすな！　俺は……」

「日向族ではない！」

「それは……」

「天津神より大和をシラス権を預けられたのは、我ら、日向族である。これを見よ！　これは我が曽祖父ニニギノミコトがカモノオオミカミ、大和日巫女様より賜わりし、クサナギノツルギに替わる大和王朝の新たなる宝剣、金剛杵・ヴァジュラである。このヴァジュラを持つ者こそが、新たなる神州をシラス者なり」

「バジェラ……」

「ヴァジュラだよ！」

「そうか、分かった」

「分かってくれたか」

「ならばその宝剣、それを持つお前が正統なシラス君《きみ》であるなら……天津神の御加護を得《う》ると言うならば！　よもや我が軍に敗ける事などあるまい……。お手合わせ頂こう」

「な……お前まだ……」

その時、イワレビコの弓弭《ゆはず》に留まっていた金鵄が羽ばたき、金色の光の粒を撒きながらナガスネヒコの顔を掠めて飛び去った。

「うっ」

一瞬、顔を背け次に目を開いたナガスネヒコの前にニギハヤヒが立っている。その後ろにはセオリツヒメ、サルタヒコ、トクメ、そして猿女が控えている。

「オオミカミ！」

ナガスネヒコが氷雨上がりの泥濘《ぬかる》んだ地面に片膝を着き畏まる。

「ナカスネヒコ、何故私の命に従わぬ。其方《そなた》、私の後を継ぐと申すが、私にその様な覚えは無い。私の亡き後、力で大和を奪おうと計りおるか」

「いえ、その様な……」

ナガスネヒコの額に脂汗が滲む。

「ナカスネヒコ、私はアメノワカヒコにアヂスキタカヒコネの名乗りを許したが、其方に許した覚えはない」

「はっ……」

「ナカスネヒコ！　見りゃれ！」

ナガスネヒコが顔を上げる。

「此方《こなた》は大和日巫子、セオリツヒメじゃ」

「セ……セオリツヒメノミコト……？」

呆気に取られていたイワレビコも、思い出した様に片膝を着いた。

「オオミカミ、日巫女様！」

ナガスネヒコもイワレビコも、大和の日巫女が誰であるかなど知らない。知られてはならないのだ。当然、見た事もある訳がない。それが事もあろうにセオリツヒメであるなど、恐ろしさに震えが来ている。神代より、セオリツヒメを襲名した者は片手にも満たないのだ。

セオリツヒメが語り出す。

「ナカスネヒコ、此方《こなた》は其方も知りおろう三嶋大明神、大和の三島湟咋（ミシマミゾクイ）、サルタヒコノカミ。此方は出雲のカムヤタテヒメノミコト、そして此方こそが其方《そなた》の父の同族、猿女君（サルメノキミ）じゃ。ナカスネヒコ……其方、大和……否、神州を敵に回すと申すか」

「そ、その様な、滅相もございませぬ」

ナガスネヒコが進退窮まる中、イワレビコがセオリツヒメに御機嫌を伺う。

「日巫女様、私は日向の……」

「控えおれ！」

セオリツヒメが一喝する。スセリビメを彷彿とさせる恐さに満ちている。

「……」

そうだ、イワレビコさん、返事も無しで黙っていた方がいい。返事をすれば、『控えろと言った筈だ』とまた怒られる。

「ナカスネヒコ……」

優しい口調が一層の恐怖を煽る。返事をしようかすまいか、逡巡するナガスネヒコだが、一か八か意を決して返事をしてみる。

「はっ……」

「ワタクシももうトシであります。恐らく、あと五十年ほどしか生きられぬでしょう。命の残り火、静かに送りとうございます」

良かった。ナガスネヒコ、返事をするのが正解だったらしい。

しかし……ニニギの時代に大和の日巫女になって、まだあと五十年生きると言うのか……何という長寿だ。いやそれより、あと五十年は『セオリツヒメ』は現役だ……逆らえば潰す……という脅しである。氷雨降る気温の中、ナガスネヒコの脂汗は止まらない。傍らで聞いているイワレビコも他人事《ひとごと》ながら恐怖に顔が上げられない。

「若日子《ワカヒコ》様」

次に声を掛けたのは猿女である。『ワカヒコ』と呼んだのは、自分は同族の味方であると暗喩する為である。追い詰められたナガスネヒコに逃げ場を与えれば、ナガスネヒコはそこに逃げ込むしかなくなる。心理戦だ。

「お目に掛かるのは初めてにござりますが、レビの婆《ばば》にてござります。ワカヒコ様の事、お産まれになった頃より、東北での健やかなる御成長のお姿、大和での御活躍、具《つぶさ》に見守り申し上げておりましたぞよ？　この婆、此度のこの同族の争い、胸を痛めるばかりにござります。ワカヒコ様のお言葉通り、我が一族はカナンの地にては引き水にしくじり、エジプトに渡っては奴婢の憂き目に遭い、北の十支族はアッシリアに連れ去られ、南の我らもまたバビロニアにて奴婢となりました。その戦・争いの波は今やカラクニの東の果てまで及び、この神州にもやがて禍いを齎《もたら》すでしょう。軍の備えは為さねばなりませぬ。我らがエジプトで卯人を抑えている間、新たなヒト族の拡がりを防ぎ切れませなんだ。北の十支族の出雲族でさえ、すっかりとヒト族の感性に染められていたと聞き及びまする。しかし、であればこそ、大和はウシハクに陥るべきにありませぬ。我らはその昔、神州より出でし天津神の末にありませぬか。大和をば、シラス国にて纏め上げねばなりませぬ。ここはどうか……お引きあそばされませ」

「さ、然《さ》すればなり……」

「ナカスネヒコ……」セオリツヒメが後を引き取る。

「はっ」

「聞き入れるかえ？」

「はっ」

「なればよし。ナカスネヒコ……」

「はっ」

「私の名を呼ばわるを許す」

「瀬織津比咩命（セオリツヒメノミコト）にて」

「其方……生駒山に在りながら何故《なにゆえ》にナカスネヒコを名乗る？」

「中州を治むるを任として」

「何故《なにゆえ》に中州を治むるのじゃ」

「み……水を……」

「何じゃ」

「水を治めねば国が治まらず、民の安からず」

「そうじゃ。それ故に其方がその地を治めておる。猛《たけ》き故じゃ。分かるかえ？　其方の部族は猛き故に大和に在《お》る。ナカスネヒコ……私は何の神じゃ」

「す……水神にて。また龍神にてあらせられます」

「そうじゃ……水は、そこにおる三島《みしま》の湟咋《みぞくい》を呼んでおる。軍はアラハバキのツボケを呼んでおる。ナカスネヒコ……其方さきほど、イワレビコに何を諭しおられた？　シラスは良し。なれど軍も欠かせぬと……そうであったか？」

「……は。如何にも……」

ヤバイ。ナガスネヒコの緊張が限界に達している。

「ナカスネヒコ……大和はそれを怠っていると申すか」

「いえ、決して……」

「ナカスネヒコ……我は龍神なり。そして祓《はらえ》の神である。

ナカスネヒコ……カモノオオミカミの命にも従わず、あるべきか大和乗っ取りを許らんとは
……ナカスネヒコ……一族皆共《みなども》…………祓ってやろうか!!」

泥濘《ぬか》るんだ地面に着いた逆の足、立てた左足の膝が激しく震えている。同じく、脇にいて膝を着いているイワレビコの両目は固く閉ざされている。セオリツヒメの追い込みを見ていられない。

「軍を……引け……」

カモノオオミカミ・ニギハヤヒが助け舟を出した。これは最早、命令ではない。助け舟だ。

ナガスネヒコは脱糞してしまっている。

現代人には想像がつかないが、セオリツヒメとはそれほどに恐ろしい神通力の持ち主だったのだろう。そう言えば、出雲のオオクニヌシも大和の日巫女がセオリツヒメだと聞いて絶句していた。なるほど、新王朝を開闢したニギハヤヒが、わざわざユダ族を富士王朝に挨拶に行かせる訳だ。富士王朝には先代のセオリツヒメがいる。礼を欠き、怒らせたら大変だ。

待てよ……？　あの天の岩戸隠れの皆既日食……、あれは現実だったのだろうか？　まさか幻術……。

「軍を引けナカスネヒコ。其方の率いる軍は其方の軍ではない。大和の軍である。軍に戻り、イワレビコに降れ。大和乗っ取りを計った其方の命だけは助けてやろう。ツボケの地へ戻れ。そして神州の北の入口を護るのだ」

「御意！」

ナガスネヒコのその言葉を合図に居並ぶ神々の姿が足許から徐々に、まるで小さな光が解《ほど》け散る様に消えて行った。

全員の姿が消えると、辺りを包む黄金色の光も失われ、元の鬱屈とした曇天に戻ったと思うと、またポツポツと氷雨が降り出した。

大和守護軍に戻ったナカスネヒコは軍装を解き、礼装に着替えた。居並ぶ隊列を分け進み軍の先頭に立つ。ツボケの兵達が唖然としている。先程の黄金色の景色は兵達の目にも映って見えた。しかしニギハヤヒやセオリツヒメとのやり取りは知る由もない。『我らの大将は何をしているのだ？』軍《いくさ》の最中《さなか》、何という格好をしているのだ……狂ったか、そう思っている。

「皆共《みなども》、矛《ほこ》を収めよ」

それぞれの隊の長《おさ》から軍令が下達される。

そこへイワレビコとその供回りの数人が現れた。

小雨とは言え、凍てつく氷雨の降る中、傘を外し、泥土の上にナガスネヒコが両膝を着く……恭順の礼である。部隊長達もそれに続いた。兵達も慌ててそれに倣う。

ナガスネヒコは立ち上がると兵達に向き直り、告げた。

「これより我ら大和守護軍はイワレビコ様の配下に入る。御大将《おんたいしょう》イワレビコ様の言葉は、カモノオオミカミの言葉と心得よ」

そう言い終わるとナガスネヒコはイワレビコに向き直る事もなく、そのまま隊列に分け入り、軍を後にした。

礼装に身を包んで傘の下に隊長達司令官を付き従え現れたナガスネヒコは、去り際には伴も無く、氷雨に礼装のそぼ濡れるまま、唯一人……篝火《かがりび》の焚かれた陣屋の向こう側へと消えて行った。


「こうしてイワレビコは漸《よう》くカモノオオミカミに謁見し、復命を果たせました。そしてやっと、やっと……四代を掛けて、大和の国譲りを認めて貰えたのですしかし！　……この後も日向族の苦難は続くのですよ」

「中東、エジプト、バビロニア、そして日本……それは試練なのでしょうか」

「その通りです、『試練』です。真に『シラスクニ』を築き上げる為に、神が……天が課した試練です」

「………」

「しかしその中にあっても祝福はありました。ハギハヤヒ……カモノオオミカミの命が尽きるその前に、日向族の事業は成ったのです。そしてカモノオオミカミから、大和の正統な後継者であるという承認を得られた事は、その後の神州統一事業の大きな根拠として働きました。

そして間も無く、カモノオオミカミが薨去あそばされる。そしてその年の年が明けるのを待ち、一月一日、イワレビコはカモノオオミカミから新王朝『八萬戸』を託された『始馭天下之天皇（ハックニシラススメラミコト）』として大和の最高峰畝傍山《うねびやま》に遷都し、橿原京《かしはらのみや》で初代天皇として即位しました」

日向族の苦悩

話はようやく神武天皇の即位にまで辿り着いた。しかし妙だ。神武天皇が初代とは……話が違うではないか。紗織がそこを突く。

「ちょっと待って下さい。初代天皇はニギハヤヒではありませんでしたか？」

「そうです」

「いえ……今、イワレビコが初代天皇として即位したと……」

「はい。日向族の……皇室の苦悩がここから始まるのです。何度もシツコク申し上げた通り、神州諸部族から疑念の目を向けられたのですよ……『何故アヤツらが天津神なのか』……とね？

そこで彼らは、自分達の正統性を示す為の壮大な物語を創り上げる必要に迫られたのです。乳人の時代の話など誰も耳を貸しません。『何故』、『今』、大和王朝の首座にいるのか……そこの説明が必要になるのです。日向族は自分達の『血』の正統性を証明しなければなりませんでした。そして大和王朝の首座は『オオミカミから与えられたものである』としなければならず、それは自分達がアマテラスの子孫であるからだとしなければなりません。故に、ニギハヤヒは天皇ではなく『神』でなければなりません。しかしそれはいい。事実その事に間違いはありません。問題は『アマテラスの子孫である』という点でした。四千年の長きに渡り外地にいた自分達は、どうしてもアマテラスの血筋に繋がりません。そこでアマテラスを『女神』であると造り変えました。そしてそれは日巫子の事であると……」

「そ……それは剰《あま》りにも不上手《マズ》いのでは……」

「マズかったですね、ははは……」

善達が力無く笑った。

「後にトンでもない打擲《ちょうちゃく》を喰らいました」

「何があったのですか?」

「順を追って語ります。日向族が大和に入れたのはほぼセオリツヒメの力でした。そしてその他の猿女やトクメなど、巫《かんなぎ》の力です。サルタヒコもまた覡《おかんなぎ》です。ナガスネヒコはニギハヤヒの命令には従っていないのです。ナガスネヒコが恐れたのは天皇の権威ではなく、巫覡《ふげき》の呪い(マジナイ)の力でした。日向族はそこに焦点を当てました。

——古来より神州を司って来たのは、巫の呪力である。——

そして実際にアマテラスと日巫子《ヒミコ》は一体の存在だったのです。

『アマテラスはヒミコであり、ヒミコはアマテラスである』

　そして日向族はニニギの妻であるコノハナサクヤヒメをアマテラスに準らえ、代々の母の系譜、豊玉毘売命《トヨタマヒメノミコト》、玉依毘売命《タマヨリヒメノミコト》など、伊豆のワタツミノカミの巫女の血を以て、アマテラスの子孫と書き替えた訳です。そしてセオリツヒメこそが正に、『龍神の化身』でした。その龍神の化身から金剛杵を授かり、オオミカミであるニギハヤヒから大和を託された『アマテラスの子孫』である日向族に、神州統治の権に何ら疑念の余地無しとした訳です。故に、イワレビコは初代天皇でなければならないのです。紗織さん……」

　ここでまた善達から紗織に念波が送られる。『始馭天下之天皇《ハツクニシラススメラミコト》』だ。

「この『馭《ぎょ》』の意味は分かりますか？」

「あ、いえ……習った記憶はありますが意味はちょっと……」

「これは国を治めるという意味ですが、本来は『馬を御する』という意味になります。そこから転じて国を御するという意味で使います。何か、ピンと来ませんか？」

「何でしょう……分かりません」

「金剛杵ですよ。そもそもこの金剛杵、ガネーシャが持つアンクーシャ……象を調教する時に使う『杖』なのです」

「ガネーシャ！　頭が象のインドの神、日向族が最初に遭遇した時のサルタヒコの姿ですね？」

「そうです。ガネーシャの謂れは哀しいものですが、そこから転じてあらゆる障害を取り除く神となりました。日本に象はいないので馬を御するという字になっていますが、イワレビコは大和を基点として、それまでの西日本を中心にした緩やかな連合体であった神州を『堅固な統一国家』にするという、新たな試練が与えられたのです。

「未だ止まぬか……日向族の試練……」

紗織の口調が妙な事になっている。

「その障害を御する金剛杵を持つイワレビコこそが、天下を馭《ぎょ》し始めの、初代スメラミコトとなるに相応しいのです。二代目天皇ではその権威が薄れます」

「なるほど……統一国家ですか。しかしそれほどに弱い日向族に全国統一が成るのでしょうか」

「弱い訳ではありません。現に、九州から西国を経て大和まで来ています。弱ければ途中で撃破されていますよ」

「でも大和の周囲の部族にも敵わなかったと」

「それは違います。周囲の部族の軍も大和の軍、ナガスネヒコの配下なのです。それと戦う事は大和王朝に矛を向ける事になります。日向族は周囲の部族の軍とも真っ当に戦う訳にはいきませんでした」

「ならば何故、日向族は軍装だったのですか？」

「猿女からの報告です。猿女はナガスネヒコの逆心を察知していました。丸腰で行けば殲滅される恐れがあります。そしてそれは間違っていなかった。日向側が使いを遣る前からいきなり襲い掛かって来ました。日向軍は防禦に徹していたのです。守るだけなら敗けるに決まっています。

兵の士気も萎えてしまいます。そこへ現れたのが猿女と、兵糧と医薬品と栄養剤を携えた三嶋大明神・サルタヒコだったのです。それはつまり、富士王朝のお墨付きだという事です。何しろ、金剛杵は富士王朝にいるウガヤフキアエズの手許にあり、その持ち出しを許可されているのですからね」

「なるほど、そういう理解になるのですね？」

「イワレビコは猿女から、ニギハヤヒは勿論、セオリツヒメの協力も約束されていると聞き、金剛杵が差し出されたのはタカクラジからです。仮にナガスネヒコが攻撃して来たとしても、日向族はナガスネヒコの軍を賊軍として掃討出来ます。日向の兵の士気は異様な高まりを見せます。

しかしここで無用の血を流す事を嫌うセオリツヒメは、ナガスネヒコを精神的に追い詰め……戦いを回避させた訳です」

「それであそこまで執拗な言葉責めを……」

「日向族は弱くはありません。当時、全軍を鉄製の武具で揃えていたのは、日向軍だけなのです。タケミナカタの諏訪、ニギハヤヒの高志、オオクニヌシの出雲、そして日向。それぞれが鉄の産地であり、出雲は更に朝鮮の鉄の産地、新羅とも関係が深い。そこにです、遠く北欧出身のタタール人であるサルタヒコが新技術を持ち込んでいたのです。蹈鞴《たたら》製鉄です」

「蹈鞴って……タタールから来ているんですか？」

「鞴（ふいご）自体は日本独自の秘技として存在していたのですが、そこに新たな技術が加わったものを一般にタタラ製鉄と呼ぶ様になったものです。日向族はサルタヒコの恩恵を受け続けていたのですよ。その日向軍が弱い訳がありません。そしてその中には本家ベニヤミン一族がいるのです。陸でも海でも負けません。ベニヤミン族は森の民ですが、ローマ軍を苦しめたカルタゴのハンニバルも、ベニヤミンの血を引く者です」

「ハンニバルは聞いた事がありますが……もうちょっと世界史を勉強しておけば良かった」

「もうすぐ全てを知る事になりますよ」

「はぁ……」

「戦は戦略です。陸も海も同じです。我々は負けない」

「我々って」

「私達『尾の一族』は尾の上《おかみ》、狼の一族、ベニヤミンですよ紗織さん」

「そうでした。話が壮大過ぎて忘れてました」

「頭で記憶すればそうなる。しかしその目で見て脳に焼き付けたものは憶える必要が無い。忘れません」

「それが儀式なんですか？」

「そうです。その後……日向族は神州全土の国固めを始めますが、それに先んじて大和を固めねばなりません。イワレビコは大和王朝由来の姫を探します。それに相応しい娘がいました。それが媛蹈鞴五十鈴媛（ヒメタタライスズヒメ）、又の名を古事記では伊須気余理比売（イスケヨリヒメ）としています」

「タタラにイスズと言えば……サルタヒコの娘ですか？」

「そうです。タタールの血を引く五十鈴川の姫です。ただしこれはサルタヒコが養女にしたから娘なのであり、実際にはサルタヒコの孫に中ります」

「孫？　孫を養女に？」

「訳ありなんですよ。サルタヒコは出雲のカムヤタテヒメ・トクメの娘を娶るのです。これで大和と伊豆・三嶋と出雲と高志がガッチリと結ばれます。そして生まれたのが玉櫛媛（タマクシヒメ）です。古事記では勢夜陀多良比売（セヤタタラヒメ）と記されます」

「タタール姫ですか」

「この姫が大層美しく、大物主《オオモノヌシ》（ニギハヤヒ）が手を着けます。これも実際には出雲と三嶋大明神（三嶋湟咋《ミシマノミゾクイ》・サルタヒコ）の血に高志の血を入れる為のものです。サルタヒコはこの優秀な血統を巫《かんなぎ》にすべく、自分の養子としたのです。そして富士王朝の『元』セオリツヒメの後継者にしようと考えていました。自分と妹が無き後、神州の託宣を委ねようとしたのです。故に『富士王朝に登る伊豆の神霊の依る姫・富登多多良伊須気依霊比売《ホトタタライスケヨリヒメ》』の名を付けました。しかしここでまた、日向族はヤラかすのです」

「分かりました。もう何も言いますまい」

「この姫を……日本の宝とも言うべき巫《かんなぎ》候補を……嫁に欲しいと言うのです。イワレビコ……いやさ、ハツクニシラススメラミコトがです。断れるワケがありません。皇后として絶大な能力を発揮する事は可能ですが、男と交ぐわれば託宣の力は著しく損なわれます。しかしもう仕方ありません。セオリツヒメが健在の内に次なる一手を打つしかないでしょう。あと五十年は大丈夫そうだし……」

「いや、何でそんなに長生きなんですか？　猿女さんなんか、一体何歳なんですか？　日向族が日本に来た時にはもう、ウズメ役としてサルタヒコに会っているんですよね？　そもそもサルタヒコもトクメさんも、一体何歳なんですか？」

「百……四十ちょっと……かな？」

「おかしいでしょ！」

「丁度良い頃合いですね……明日葉ですよ」

「明日葉？」

「イワレビコが大和を継いだ少し後、大陸から徐福《じょふく》と言う男がやって来ました。彼は斉の国の王子でしたが、秦が支那を統一。彼は始皇帝に仕えておりました。徐福が始皇帝に献上すると約束したのが、東の海の彼方、蓬萊の国の龍神が持つという不老不死の妙薬です。それが即ち、方丈草（八丈草）・明日葉です。徐福は斉の国の王子を名乗っていますが、実際には神仙思想の方士です。明日葉を知っていたのです」

「龍神、方士……『方士』とはもしかして」

「そうです。方丈の仙術を探求する士の意です。龍神への貢ぎ物として宝物の他に『穢れを知らぬ童男・童女百人ずつ』を随行しました。

　彼はその童男・童女を龍神が食べるとでも思っていたのでしょうが、実情はもうお分かりですよね？」

「託宣の力を損なわぬ様に男女を別けたのですね？」

「そうです。故に大八洲方丈の島、縮めて八丈島には女しかおらず、『女護ヶ島《にょごがしま》』と呼ばれました。男は更に南の青ヶ島に住みました」

「そうか、巫覡《ふげき》……巫（カンナギ）と覡（オカンナギ）だ」

「合格です。流石、尾上《オノウエ》と八重垣《ヤエガキ》の血の者です。では、もう一押し。何故青ヶ島と言うのか解いて下さい」

「青ヶ島……？　青い島？　……何でしょう。ちょっと時間を下さい。青ヶ島……あをがしま……。おかんなぎ……龍神……あ！」

　紗織が何か閃いた様だ。

「天皇陛下はアマテラスの子孫、覡《おかんなぎ》だ。あをがしま……をうがしま、おうがしま……王ヶ島ですか？」

「御名答。天皇を号する前は神州の合議制連合王権の首座は『大王《オオキミ》』です。つまり各地の首長はそれぞれが『王』。アメノワカヒコが目指していたのも出雲の『王』です。サルタヒコも覡であればこそ、三嶋大明神の跡を継げたのですよ」

「八丈島が巫、青ヶ島は覡の養成所だったという事ですか？」

「そういう事です。八丈島や青ヶ島は修験場及び祈禱所、神津島は客間、御蔵島は宝物や食糧の保管室、三宅島が居間という様に考えれば分かり易いでしょう。『三宅』とは、天竺の三嶋族、サルタヒコのタタール族、ユダヤの日向族、三家系の集合を意味しています。

徐福もまた大和王朝に参内しますが、不老不死の妙薬は八丈島の明日葉である事を知ります。そして富士王朝への参内も諭されます。

徐福はその妙薬が何らかの薬の類ではない事、八丈島の土壌で野性で育ったものでなければ効用がない事を覚り、帰国を諦めます。手ブラで帰れば命はないでしょう。そして彼は関東の湖沼地帯の開拓を命じられるのですが、高齢であった彼にはその任は果たせず亡くなってしまいました。彼の伝説にある『広大な領土の王となった』というのはその事を指すのですが……実際には沼地です。徐福亡き後、その事業は三嶋一族に継承されます。そして『母の故郷』である八丈島に渡ったというイワレビコの兄、三毛入野命（ミケイリノノミコト）にそれが託されます。古事記での彼の名は『御毛沼命（ミケヌノミコト）』です。三嶋の三家が拝領した沼地の野に入り開拓したという意味『三家入沼野《ミケイリヌノ》』の暗喩でしょう」

「古事記と日本書紀に分散して記していると」

「そういう事です。併せ読めば解けるようになっています」

「暗号……ですか」

「八咫烏は諜報機関なのです。しかし徐福の件が八咫烏に危機感を生じさせました。カラクニから求め来るほどであれば、この『妙薬』が元で攻め込んで来る国があるかも知れぬ……カラクニの勢力はとてつもなく強大だ、神州を護り切れぬやも知れぬ……そこで八咫烏はこの情報の隠蔽に掛かります。日本各地で徐福伝説を創り上げそれぞれの地でその妙薬なるものを創作し、そのどれもが不老不死の仙薬などではなくただの健康食品に過ぎないという結論に誘導しました。無論、明日葉とて不老不死にはなりませんがね、はははは。但し、老化を著しく遅れさせる効力があるのは、我らを見れば判る筈です」

「た……確かに」

「それを日本全国に広めたのが志能備です。神出鬼没に現れる流浪の民である為にその所在が判らず、彼らは『山窩（サンカ）』と呼ばれました。やがて戦国時代に入り、志能備が所謂『忍者』の任を担う様になっても、三嶋の勢力地ではこの由来を以て彼らの事を『草の者』という隠語で呼びました。明日葉の事を隠し、偽情報を流布する者達……という意味でしょうね。ただそのせいで、後に悲話が生じます」

「悲話？」

「後の世、垂仁天皇の御世に、天皇は田道間守（多遅摩毛理・タジマモリ）という男にこの不老長寿の妙薬・非時香菓（トキジクノカクノミ）を探し求めさせましたが、草の者達の隠蔽工作によってその正体が分からなくなっておりました。やがてそれが常世の国の妙薬であり常世の国が八丈島である事を突き止め、八丈島に渡ります。そしてその枝とその実を携え大和に帰還しますが、それまでに十年の時が経過しており、タジマモリが帰還するその前年、既に垂仁天皇はお隠れになられていました。タジマモリは嘆き悲しみ、天皇陵にて自ら命を絶ったという事です。不老長寿の妙薬が明日葉の事であると知れていれば、この様な悲劇も起きなかったでしょう。タジマモリの持ち帰った実が植えられた事で、八丈島原産の明日葉が、伊豆や房総の他に唯一、紀伊半島に自生する由縁となります。因みに『これが今の橘なり』というのはタジマモリが持ち帰った非時香菓《トキジクノカクノミ》の事ではなく、これが『橘の宮に出仕している者達である』という意味であり、それは但馬《タジマ》の三宅連《ミヤケノムラジ》を指しています。橘の宮というのは聖徳太子が生まれた宮であり、後に改築され、今の橘寺となっています。何故、寺に改築するのか、意味が分かりません」

また善達さんが怒っている。宗教が絡むと何か機嫌が悪くなる。

「三宅連《みやけのむらじ》……三宅島の三宅ですか？」

善達さんの、苛つきの剰りに横に逸《そら》された視線が紗織に戻る。

「紗織さん、稲飯命（イナイノミコト）を憶えていますか？」

「イワレビコのお兄さんです」

「彼は大和の国譲りの折、熊野に回った際に暴風に遭い『父は天神、母は海神であるのに』と恨み言を残しながら剣を抜き波間に消えます。その弟であるミケイリヌは母方の故郷である八丈島へ向かいました。イナイはどうしたと思いますか？」

「父方の故郷……天神の許に行ったという事ですか⁉」

「そうです。ワタツミだけではなく、オオヤマツミにも支援を要請に向かったのです。行き先は、飛騨高山、一宮《イチノミヤ》です。ここは乳人達が中央連山を越えて太平洋側に進出した時代から続く高志《クシ》の国の拠点なのです。富士王朝との中継地でもあります。これも猿女の計です。こうした根回しがあればこそ、大和の国譲りは成ったのです。その後イナイは高志に上り、当時神州西部の倭人が支配を広げていた新羅へと派遣されました。その子孫が天日槍（アメノヒボコ）であり、その玄孫がタジマモリです。アメノヒボコが大和に戻って来た時に各地を廻り居住地に定めたのが但馬です。当然、出雲や伊豆の協力がありました。無論、大和の日向勢力の協力も、です」

「なるほど、三宅連《れん》ですね」

「徐福が連れて来た童男童女二百人は、統一された支那の有力者達の身内から、容姿端麗・頭脳明晰な子供らが集められました。

有力者達は取り立てがあるものと思い、こぞって選り抜きの子女を差し出しました。……皮肉ではありますが、これが大和の巫の人的な財産となり、後継者問題が解消される事になります。イワレビコには確かに、神の加護があったのかも知れませんね」

「ニニギはそれで大和王朝の不興を買ってしまいましたものね」

「ひとまず……これで高志から富士、伊豆に至る西日本に於ける大和王朝の礎は盤石なものになりました。しかしそれもセオリツヒメの威光が届いている間の事でした。

セオリツヒメが崩御すると、各地で天皇・イワレビコの地位に疑義が噴出します。恐れていた事が起きてしまいました。そこでイワレビコは『天皇とはオオミカミとヒミコを兼ね備える存在である』としたのです。よって、独立した『日巫子』という地位を廃しました。しかし、天皇自身に託宣の力がある訳ではありません。巫はどうしても必要でした。その役を担ったのが、我々、八咫烏なのです。つまり、トヨ様が現在の日巫子様にあらせられます」

またしても一同が膝を正し、トヨに深く座礼した。善達もトヨの方に向きを直し深く礼をする。

紗織も慌てて正座で一礼する。

善達が顔を上げ紗織に向き直ると、皆も顔を上げげて膝を崩す。

「紗織さんも膝を楽にして下さい」

「有難うございます」

元の雰囲気に戻る。

「しかしそれでも各地の反発は止みません。そこに至って仕方なく、天皇がアマテラスの直系であるとする為に『実は日巫子こそがアマテラスなのだ』という摩り替えが起きるのですこれは……アマテラスにもセオリツヒメにも大変に……不敬な事でした然し……！　日本を鎮める為には……必要な詭弁、いや、方便だったのです」

善達の顔が苦痛に歪む。

「………」

紗織にも、善達の忸怩《じくじ》たる想いが伝って来る。声が掛けられない。

「アマテラスを女性神に摩り替え……またそれは、セオリツヒメの存在を闇に葬る事を意味しました。セオリツヒメは形式上はアマテラスの『妻』の立場です。女神に妻がいては……都合が悪い……。

セオリツヒメはアマテラスの荒御魂とされ、その存在が隠され、後に編纂される事になる記紀にも、その名は現れません。イワレビコ以降の天皇は八咫烏の諜報、工作の能力と、その配下にある三嶋……この頃には『御島』と表記される様になります……、御島の巫覡《ふげき》の力を駆使して何とか国を保つのですが……打擲《ちょうちゃく》を受ける時が来ます」

「それぞれ、何が起きたのですか？」

「疫病です。十代・崇神《すじん》天皇の御世《みよ》に、大和の人口の半数近くが失われる災厄に見舞われます。崇神天皇が詔を発し、万世一系を謳った翌年の事でした。箍《たが》が緩んだのです。崇神天皇はアマテラスからニギハヤヒ、神武《じんむ》天皇（イワレビコ）、そして自分へと受け継がれた八咫鏡を見て、アマテラスとセオリツヒメ（代々）の祟りではないかと恐れ、天照大御神と倭大国魂神（ヤマトノオオクニタマノカミ）を宮中の外に出して祀る事にしました。天照大御神は豊鍬入姫（トヨスキイリヒメ）に、倭大国魂神は渟名城入姫（ヌナキイリヒメ）に祀らせたのですが、ヌナキイリヒメは髪が落ち痩せ衰えて祀る事が出来ません。疫病は一向に止まず、祭祀も悉《ことごと》く失敗します。すると、崇神天皇は己の功徳や信仰が足りないのか、神意を得る為に巫覡を集め託宣を集ります。その中の一人、七代孝霊天皇の皇女である倭迹迹日百襲姫（ヤマトトトヒモモソヒメ）が神憑り、大物主を祀るようにと告げました。大物主と言えばニギハヤヒです。だとすればこれは三輪山のオオクニヌシの時と同じく、その正体は大和のセオリツヒメです。崇神天皇はその通りに大物主を祀るのですが上手くいきません。半年ほど時が経ち、崇神は何が悪いのか自ら直接に神意を請おうと、神床《かむどこ》という祓い清めた床で眠ります。すると大物主が現れ、自分の子孫である大田田根子（オオタタネコ）という人物を探して祀らせる様にと告げました。次の日、倭迹迹日百襲姫《やまとととひももそひめ》ら三人が、同じ夢を見たと報告を上げて来ました。今回は祀り方が詳しく説明されていました。

崇神は首尾良く大田田根子《オオタタネコ》を探し出し、言われた通りに祀った処、疫病は止んだのです。この大田田根子ですが、古事記の表記は『意富多多泥古（オホタタネコ）』です」

「富士王朝の意を酌《く》むタタールが治める泥地を古とする者……ですか」

「お見事」

紗織の能力が歴史の流れに馴染んで来た。

「豊鍬入姫《とよすきいりひめ》の跡を継いでアマテラスを祀ったのは崇神の孫である倭姫（ヤマトヒメ）ですが、彼女は祭祀の場を探し求め、大和から伊賀、近江、美濃、尾張と巡り、結局、伊勢の度会《わたらい》、五十鈴川の上流へと辿り着き託宣を受け伊勢神宮内宮を創建しました。その時の託宣の言葉というのが『この神の風吹く伊勢の国は、常世の国からの波が重なり寄せ帰る国である。田舎の美しい国だ。私はこの国に在りたいと思う』というものでした。常世の国とは……」

「方丈の国、八丈島です」

「そう。八丈島なんです。日向族がアマテラスと繋がる為の母方の故郷とは……八丈島なんですよ、ニニギと結ばれた、神集島ではなくて……ね？」

「そういう事か……」

「この伊勢神宮のすぐ近くに、猿田彦神社もあります。倭姫《やまとひめ》がアマテラスだと思っていたのは……」

「大和の日巫女・瀬織津姫《せおりつひめ》……」

「はい。セオリツヒメは日向族の天皇の、アマテラスとカモノオオミカミ、そして歴史の陰に秘される『瀬織津姫』への畏敬の念を取り戻し伊勢の地に鎮座したのです。そしてここに八咫鏡は収められ……封じ込まれたのです」

「封じ込まれた？」

「そうです。結界が張られました。祟り神とならぬ様に。大物主《おおものぬし》を祀るという大田田根子《おおたたねこ》ですが、彼の子孫に安倍晴明《あべのせいめい》がいます。彼らはニギハヤヒの子孫なんですよ」

「安倍晴明がニギハヤヒの？　だからあれほど強力な呪術を……。だからオオモノヌシ……実はセオリツヒメ……は、大田田根子を指名したと」

「はい。二十年に一度、神宮式年遷宮がありますよね？」

「はい……え？　あれってまさか」

「結界を張り直しているんです」

「そういう意味があったんですか」

「禁足とは本来、『外出禁止』を意味するものです」

「立ち入り禁止ではないのですね？」

「ただね、結界の中には、こちらからも入れません。それをすれば結界は破れます。だから立ち入り禁止にもなる。結界は、中のものを護る事にもなるんです。後の雄略《ゆうりゃく》天皇の御世に、天照大御神は丹波から豊受大神（トヨウケノオオカミ）をお招きになります。豊受大神は五穀の神です。アマテラスは食の神トヨウケも結界の中に引き入れた……我が国の食も護ったという事です。自分の食事を作らせる為ではありませんよ。全く……何から何までセオリツヒメは……恐ろしいほどの先見の力です。平和とは『食』なのです」

「では結果的に、天照大御神や迦毛大御、瀬織津姫や豊受大神は結界によって護られていると」

「そうでしょう。そうでなければ私達は……」

「……」

「……」

「……」

何だ？　いきなり声が聞こえなくなったぞ？

あれ？　善達さん？　善達さん？


「善達さん？」という自分の声で目が覚めた。

寝言だ。

今まで周りにいた筈の人達がいない。一人きりだ。

何だか自分だけが置き去りにされた様な寂寥感に包まれる。

「何だ……オレ……一人だったのか……」

結界

「善達さん？」という自分の発した声で目を覚まし、一人である事の寂寥感に沈む私だったが、ハッと我に返り時計を見た。四時を少し回っている。『マズい、遅刻する』と思ったんだが、冷静に辺りを見回すと何だか妙だ。先ず、私はシャープペンシルを握っていた。周囲からも物音がしない。まさかと思ったが日記を付ける時に淹れたコーヒーを飲んでみた。……まだ仄かに温《ぬく》みが残っていた。確認の為にカーテンを広げる。暗い。念のために窓も開けてみる。やはり暗い。夜中だ。……という事は、あれだけの長い話がほんの三十分に満たない間に繰り広げられた事になる。夢とは一瞬の間に見るものだとは聞いていたが……今まさにそれを体感した。『邯鄲《かんたん》の夢《ゆめ》』の言葉が頭を過《よぎ》る。まぁ、内容は全く違うが、思い着いたのだから仕方ない。座ぶとんに座り直すと温《ぬる》いコーヒーを一口含み、煙草に火を点けた。

脳にニコチンが染み渡っていく。

暫くの間呆けていたが、私は荷造りに取り掛かった。薄い壁の隣の住人から文句を言われるだろうが構わない。今日は金曜日だが当日欠勤の罰金も払ってやる。今月の残りの金は……考えるのは止めにした。宿も取っていないが……何とかなる。今日、八丈島に行く。狼が私を呼んでいるのだ。

朝七時半の飛行機で羽田を発った。八丈島までは一時間にも満たない時間で到着する。婆ちゃんの時代とはエライ違いだ。婆ちゃんの時よりも少し早い、初夏の八丈島空港に着いた。伊豆七島最南端の島はやはり陽差しが違った。カッコつけの為のサングラスを掛けて来て良かった。私はトヨさんの家を目指す。

空港のロビーに出ると案内所があった。私は宿も取っていない。相談してみる事にした……が、どうやらレンタカーがあるらしい。最悪の場合、車中泊でもいいなと考えが変わる。何しろトヨさんの家を探さなければならない。頼りは夢の中の記憶だけだ。空から見た八丈島は、歩いて回れると思えるほどに小さかったが、島に降り立ってみれば、自分はそれより遥かに小さい存在なのだと思い知らされた。レンタカーを借りるのがベストだろう。空港からタクシーに乗る。

ものの五、六分でレンタカー屋に着いた。

先ずは八重根港《やえねこう》に向かう。そこからでないと道順が分からない。

だが私は不安に襲われた。景色が全然違うのだ。何しろ八十年経っている。土の路面は全て舗装され、三輪トラックなど走っていない。

私は夢を信じて強く念じた。『トヨさん、善達さん、神楽さん……達也です。八丈島に来ました』。神楽さんの名を加えたのは、代替わりを想定しての事だ。あれから八十年経っている。

八重根に着いた。随分と近代的にはなっているが、周囲の山の形から見て間違いない。ここだ、この場所で紗織は深呼吸した。私にとってはつい六時間前の記憶である。鮮明に思い出せる。

『良し、イケる』自信を得た私は車を今来た道へと向きを変えた。

坂道を登って行き、三叉路を右へ曲がる。暫くすると右側に海が広がる。大丈夫だ、夢の通りだ。だが夢の中では山際に沿った細い登り坂が真っすぐ立派な陸橋になっていた。まるで未来に来た感覚になる。

『大丈夫だ、玉石の浜で間違いない』

初めての土地で見る景色を記憶に照らし合わせて確認出来るというこの不思議な体験を、不思議とも思わず自然に私は受け入れていた。

トンネルを抜けるとそこは……『山道』だった。

『雪國』でなかったのは残念だが、現実はそんなものだ。

暫くすると民家や商店が現れ始める。そうだ、このカーブだ、この坂だ……現れては消える集落を幾つか抜け、そしてみつけた。トヨさんの家に通じる脇道の登り坂だ。反対側は海を見下ろせる下り坂、この道で間違いない。逸《はや》る鼓動を抑え、ハンドルを左へ切る。

だがあの家、まだあるのだろうか。幾ら旧家とはいえ、今は時代が違う。残っているだろうか。いや、あの家系は特別だ。ある筈だ。

結構な距離を登ると……あった。あの家だ。建物は新しくなっているが、構えはあの時のままだ。入口にはあの頃には無かったブロック塀が設《しつ》らえてある。表札がある。車を脇に停めて降り、表札の名前を確認しに行く。『唐須』と書いてある。………辿り着いた。

通りと敷地内を隔てる柵や門戸がある訳ではないが、勝手に敷地内に入るのは躊躇われた。映画ならここで神楽さんが出て来たりするの……出て来た。本当に出て来た。神楽さんだ。歳を取っていない。驚きだ。あの頃のままである。

夢の中で土間であった場所から現れた神楽さんが向かって来る。

「何かご用でしょうか?」

そう言われてもどう説明すればいいのか分からない。ええい、相手は八咫烏だ。こっちの心を読みやがれ。

「失礼します。ワタクシ、達也と申します。鍛治島達也《カジシマタツヤ》、オノウエサオリの孫になります。あの……………狼の……声を聞きました」

恥ずかしい……私は一体何を言っているのだ。

「……………」

神楽さん（仮称）が絶句している。やはり、時代が違うのだろうか？　もう、八咫烏などいないのだろうか？　そもそも、あの夢は夢だったのだろうか？　いや、夢は夢に違いない。私は何を言っているのだ。

「そうでしたか。どうぞこちらへ」

……話が通じた。やっぱりあの夢は夢じゃなかった。いや夢は夢だが、まぁいい、着いて行こう。……あ、車……。

「車はコチラで動かしておきます」

おぉ、やはり心を読んでくれるみたいだ。

「有り難うございます」私はレンタカーのキーを渡した。

夢と同じ場所ではあるが立派な造りになった玄関から家に入る。

玄関を上がると正面に障子が立っている。恐らく、今私が立っているこの板間の下が、紗織が見た靴脱ぎの為の大きな平たい玉石があった場所なのだろう。

正面の障子を開けて部屋へ入る。ここが客間の様だ。

私達が中に入ると同時に右脇の襖が開いて廊下から女性が入って来た。お盆に湯呑みが乗っている。

「こちらで少々お待ち下さい。どうぞ、明日葉茶です」

「恐縮です」

まるで私が来る事を知っていたかの様なタイミングだが、どうせ仮称神楽さんが念を飛ばしていたのだろう。ちっとも驚かない。

「あ、タツヤさん、膝はお崩しになって下さいませ」

「有り難うございます」

ほれ見ろ。何も言っていないのに私の名前を知っている。またバク……

「バク転なんかしませんよ、アハハハハ。あ、灰皿灰皿、どうぞ」

……やり易いのかやり難《にく》いのか分からん……。

五分ほどすると仮称神楽さんが戻って来た。どう見ても神楽さんだ。

「お待たせ致しました。神楽です」

やっぱり……。

「ただ、一般にはオノウエツヨシを名乗っています。『神楽』は父から引き継いだ名です。貴方がご存知の神楽は、父、善達です」

そういう事か。道理で若い訳だ。しかし良く似ている。

「改めまして、私、尾上紗織の孫、鍛治島達也《かじしまたつや》です。此の度は急な来訪、恐縮に存じます」

「いえ、お呼びしたのはコチラですので」

「ではやはり、あの狼の遠吠えは……」

「はい。不肖この私、神楽がやらせて頂きました。しかし驚きました。まさかこれほど早く応じて下さるとは……予想外でした。流石、紗織さんの血を引く方だと、皆が感心しております」

「いえ」

「しかし……失礼ながら驚いたのにはもう一つ、別の理由があります」

「別の理由？」

「はい。お歳の事です」

「少々……行き過ぎておりますかな？」

「誤解なさらないで下さい。達也さんが……身内ですので下の名前で呼ばせて頂きます」

「身内？」

「紗織さんの孫であると」

「はい。確かに……」

神楽さんが私の目の奥を探る。

「なるほど……そういう事ですか。子細は後ほど善達が伺います」

ほぉ……確かに私の心を読んでいる。

「達也さん、年齢故に貴方が不適格という事ではありません。

ただ多くの場合、この様な場面では若者に届くのです。それが今回、貴方の様なご年配の方が逸早《いちはや》くお見えになったので……つまり『適役』である方が年配の方であった事に驚いているのです。それはやはり、紗織さんの血が為せる業なのだろうと」

「なるほど、では私は来た甲斐はあるのですね？」

「勿論です。貴方が適役であればこそ声が聞こえたのですから」

「ふむ……」

その時、襖の向こうの廊下から声が聞こえた。

「失礼します。トヨさんがお見えです」

トヨさん？　私に緊張が走る。『ご存命であったか』。私は座ぶとんを外し、脇へ退いて面《おもて》を下げた。神楽……ツヨシさんも座を脇へ退く気配がする。

「あらやだぁ！　そんなに畏まられちゃあ、やり難《にく》いじゃないの、アハハハハ！」

私とした事が、思わず顔を上げてしまった。トヨさんじゃない。しかしこの女性、どこかで見覚えがある。

「あらあら、達也さん、どうぞおザブをお当てになって？　そんなに仰々しくされたら、私の方が緊張しちゃうわよぉ、アハハハハ」

私は呆気に取られてしまっている。

「どっこいしょ。ほらほら、座ぶとん、お当てになって？　初めまして、アヤと申します。丁度五十六代目、トヨをやらせて貰ってます。あれ？　全然『丁度』になってないわね？　アハハハハ！」

「ト……トヨ様」

ちょっと何だか分からないが、やっぱりトヨさんらしい。混乱して平伏してしまった。

「いやだぁ、アヤでいいわよ『綾』、表向きは綾なんだから」

『綾』という字が頭の中に飛び込んで来た。

「そう言えば私の名は『剛』です」

今度はツヨシさんから漢字が飛び込んで来る。

「ちょっとちょっと、達也さん、普通にして下さい。フツーに」

「は……はい」

この女性、私とあまり変わらない年齢に見えるが、これまでの経緯からするとかなり老女の筈だ。

「あら、老女とは失礼ね、アハハハハ！」

や……やり難い………。

剛さんが紹介してくれた。

「見覚えがありますか？　ははは。綾さんは結衣《ゆい》さん、つまり咲夜さんのお孫さんです」

「咲夜さんの？　道理で……そう言えば似ています。性格まで。と言うか、咲夜さんて結衣って名前だったんですか？」

『性格』までというのは黙っていようと思ったが、どうせ読まれてしまうのだから言葉にした。

その方が楽だ。

「咲夜もまた号であり、継承されるのです。日常では結衣という名で通っていました」

「はぁ、そういう事ですか」

「ところで達也さん、昨夜寝ていないようですね。眼孔に少し窪みが見られます」

何でも見透かされてしまうのだな。と言ってもこれは観察力の範疇になるが。

「はい。夜の仕事でして」

これだけ言えば、他は全て察してくれるだろう。

「なるほど夢を……それでそのままお見え頂いた……と」

こういう所は非常に楽だ。言葉にする必要がない。

トヨ……綾さんか……が、口を開いた。

「達也さん。出来るだけ俗塵は排したいと思います。お仕事柄、諸々に邪気に晒されている様ですね。それはともかく、俗信の呪《まじな》いを受けましたね？　……なるほど、そうですか。ここには卑しきものは入れません。表でウロウロしている物の怪は、念じた者に返しておきます。憐れな……。他人《ひと》の不幸を望む者は、己の悪意に憑かれるものを……」

それに神楽さんが続く。

「その他にも何か事情がお有りのご様子……霧掛かって見通せません。今清めの準備をさせております。ごゆるりと、体と心をお休め下さい」

「有難うございます」

そこまで見通せるのか……。あの夢を見ていなければ、到底信じられない進捗だ。

それから『トヨ』さんは『綾』さんに戻って暫《しば》し歓談に興じた。

不老不死の妙薬を飲みながら、煙草の煙を肺に送り込んでやった。

彼ら彼女らは誰も煙草を吸わないらしい。私が遠慮をしていると教えてくれた。その様な環境でも全く意に介さない訓練をするそうだ。

どれだけ酒を飲んでも酔う事はなく、しかし酩酊状態の演技も修得すると言う。試しにと、剛《つよし》さんが披露して見せてくれたが、見る間に顔が赤くなり目も充血して来た。そして『酔っていないフリをする酔っ払い』を見事に演じてくれた。真っ直ぐ歩いているつもりの酔っ払いだ。これには笑った。仕事柄、毎日見ている。


部屋の準備が出来たと言う。中央の廊下からではなく、縁側の回り廊下で畑の庭を見ながら案内された。太郎もケン太もいるなと思いながら歩いていると、剛さんが苦笑した。どうやら心は全て読まれる様だ。紗織が案内されたと同じ部屋が、私にも宛てがわれた。『清め』と言っていたが、確かに空気感が違う。澄んだ匂いがする。形容のしようが無い。透き通った匂いだ。

私の荷物はレンタカーから運び込まれていた。何日の滞在になるのか見当はつかないが、何かの為に新しい下着は買って来てある。

部屋の真ん中に蒲団が敷いてある。それ以外に一切何も無い。

『余計な事をせず、とにかく寝ろ』という事だと悟る。

少し迷ったが……私は旅行バッグからポケットウイスキーを取り出した。恐らく今夜、何かある。深い眠りを得る為だ、許されるだろうと思った。ウイスキーの小瓶に直接口を付け、半分の量を一気に飲んだ。いつもは裸で寝るのだが、そうもいくまい……準備されている寝巻に着替えて蒲団に入った。季節柄、掛け布団は極めて薄いのだが、蒲団カバーは上質な絹だ。汚しはしまいかと気にしている内に記憶はなくなった。

『達也様……』

耳もとで囁かれた声に驚いて飛び起きた。……誰もいない。

『夢か……』

そう思った瞬間「達也様」という同じ声が襖の向こうの廊下から聞こえた。さっきの声はどうやら頭の中に直接語り掛けられた様だ。これなら間違いなく一発で起きる。

「お食事の準備が整っております。ご都合に合わせてお越し下さい」

襖を開ける事も無く告げられた。

「有難うございます」

この様子では宿の心配は無さそうだ。

念の為にコンビニで買ったままの状態の袋を開け、新しい下着を穿いて身仕度を調え襖側の廊下に出た。

『はて……どちらに向かえば良いのか……』

そう思っている所へ脇から声がした。

「こちらへ」

『いたのか⁉　そこに？』

私から二メートルほど離れた場所に、廊下に正座する着物姿の若い女性がいた。昼間お茶を運んでくれた女性だ。どうやら気配を殺していたらしい。そう言えば、何となくそこに誰かいた様な気がする。

女性は立ち上がると私の前を歩き始めた。黄色地に左半身にだけ幅違いに配された薄茶色の縦縞が数本織り込まれており、焦げ茶に濃淡のグラデーションの縞が入る帯を締めている。これが黄八丈という着物なのだろう。

廊下を奥へと進む。台所の方角だ。すると私の頭の中に『藤穂』という文字が浮かぶ。『フジホちゃんか』……私も段々とコツを摑んで来た。

廊下の突き当たりはやはり台所、今で言うダイニングキッチンになっているがテーブルは無い。戸など無く廊下を一段下がった広間がそのままダイニングキッチンだ。板張りの広間の中央に四角い切り込みがあって嵌め板になっている。恐らく今でも囲炉裏として使える。そこを囲む様に膳が配されていた。量は少なめだ。

綾さんから家族を紹介された。ご主人の継司《けいじ》さん。長女の桜さん。次女の麻葉《あさは》さん。三女の藤穂さん。長男と次男は英国とウクライナに仕事に出掛けているそうだ。ウクライナと言えば猿田《サルタ》彦《ヒコ》の故郷である。何かあるのだろう。長男は観光業、次男は輸入販売の仕事だと言うが、本当は情報収集だろう。綾さんが丁度五十六代目の『トヨ』だと言うなら、この家族は魔耶化《まやか》しだ。『トヨ』が男性と交ぐわう事は無い。つまり子供達も養子の筈だ。血の繋がりだけが家族ではないが、ここにいる者達は『使命』を果たす為の集合体にしか過ぎない。三十歳前後に見える長女の桜さんが、恐らくは私と同じか、少し年上だろうと思う。

女性陣は黄、黒、茶、赤と皆艶やかな黄八丈を纏っているが、継司さんは山仕事終わりなのだろう風呂上がりの髪に甚平姿だ。

この女性陣の姿……やはりこの後、何かある。新しいパンツにして正解だった。

トビ魚の塩焼に里芋と人参とインゲンの煮もの、明日葉のお浸し、胡麻豆腐になめこと岩のりの味噌汁で和やかに食事を済ませた。

「達也さん、湯を浴びたらお部屋でお待ち下さい」

『湯を浴びる』……か、綾さんの言葉遣いにそこはかとない雅を感じる。……しまった。新しいパンツはこの段階で穿くべきだった。だが大丈夫。新品はあと二つある。靴下は……穴が空いてなきゃいいだろう。大丈夫だ、大丈夫。

風呂から上がり部屋に戻ると、一畳ほどの木のテーブルと胸から上が写る大きめの鏡、ドライヤーとヘアブラシと櫛と整髪料が置いてあった。高級旅館並みの気配りだ。だがそれらは全て、自前で準備してある。髭は風呂で剃った。鼻毛も処理して新しいパンツの袋を開けた。靴下は気にしない。念の為にトイレも済ませておく。私は食べると直ぐに便が出る。ここで気が付いた。これから長丁場になる。だから食事の量が少なかったのか。

トイレから戻り一服していると「達也さん」と剛さんの声がした。

「準備はお済みでしょうか」

「いつでも」

「では、お連れ致します」

玄関を出て母屋を左に廻る。太郎の牛舎を右に見た所で母屋の角を左に曲がると正面に田が見えて、その奥に神社に繋がる畦が伸びる。一段ずつが広い階段を登ると、夢の時より鮮やかに赤い鳥居が立っている。一礼して境内へ入ると、あの頃のままの拝殿があった。先へ進もうとする剛さんを……ここでは既に神楽さんと呼ぶべきか……制止し、神様に挨拶をする。多分……、天照大御神だろう。男性神の方だ。

「お待たせしました」

神社の右脇を抜けると、何と……今だに茅葺屋根の家がある。

『二十一世紀だぞ？』

驚きつつ、中の造作が気になった。……が、直ぐにその勘違いに気付く。あの頃も実は電灯は備わっていたではないか。すると逆に今度はその進化の度合いに興味が湧いた。

脇の木戸を開ける。どうやらこの家ではここが入口らしい。つまり玄関の役割だ。中に入ると今だに『土間』だった。地面である。だが造作自体は近代的になっている。雰囲気だけは古風にしてある感じだ。土間の右側の一段上がった板間に、神楽改め善達さんが座っていた。

立礼《りつれい》する。

「ようこそお越し下さいました。どうぞお上がり下さい。……あ、蒲団は当てて下さいね、ははははは」

「失礼します」

靴を脱いで板間に上がり、改めて座礼をすると『ではお言葉に甘えまして』と言って座ぶとんを当てた。

「ワタクシ、オノウエサオリの孫にて、カジシマタツヤと申します。此度は、ご子息神楽様の求めに感応し罷《まか》り越しました。お役に立てれば幸いです」

「シノビゼンタツです。いつぞやは、先代の善達が失礼を」

「いえ、とんでもございません。寧ろ、あの場でお相手して頂いた事を光栄に、そして不思議に思っております」

「しかし……あの時、本当に居られたんですね、達也さん」

「……と、言いますと？」

「如何に私共でも、未来は見えません。しかしあの時、イメージが湧いたのですよ。そして名前までも。未来は確定していないのです。あらゆる違った未来がある。それなのに、あの時あの場所にいたのは貴方でした。まぁ、貴方とは全く別の『達也』が私と会っている別の世界があるのでしょうけどね」

「はい。でもこの世界の達也は私です。お話……お伺いさせて頂きたく存じます」

新・善達さんが私を見据えている。『読んで』いるのだろう。

「なるほど……神楽（剛）の言う通り、霧掛かっている。記憶を消されている様ですね」

「……」

「記憶はいつから？」

「八歳からです。四月の三十日夜の九時頃、雨の降る中、ズブ濡れの状態で私は児童養護施設の玄関の灯りの下に立っていました」

「貴方は紗織さんの孫の筈ですが？」

「実は私は祖母を知りません。父母の記憶もありません。八歳の私が背負っていたリュックの中に、私と祖母が写っている写真だけが貼られたアルバムが入っていました。写真は古いが、アルバムは真新しく、写真ごとにその場の説明が書き添えられていましたが、それはまるで私の祖母の生い立ちを自然に説明しているかの様なものでした。私に関しても書かれてはいましたが、元気が良いとか犬好きなとか、どうでも良い事ばかりで、私の生い立ちに繋がる情報はありませんでした」

「紗織さんにも御両親にも、実際の記憶は無い……と」

「はい。リュックの中には手紙が入っていました。事情があって私を育てられない事、鍛治島達也という名前である事、金は当面の仕度金である事が書かれていました。リュックの中には開封されていないプラモデルの箱があり、その中にはプラモデルではなく三百万円の金が、まるでプラモデルの部品の様にピタリと合う窪みの中に収められていたそうです」

「場所は」

「千葉県の君津です」

「君津……」

「その後、私が中学を卒業するまで、毎年四月三十日に施設の口座に三百万円が振り込まれたそうですが、毎回、場所も名前も違う振り込み人であり、調べても該当する人物は実在しないという事でした。私が中学に上がる時、船橋の施設に移されたのですが、振り込みは移動した施設の口座に継続されました。私の動向は把握されていた訳です」

「ふむ……貴方が最初の施設に入った時、貴方には何か異常は無かったのですか？」

「一年間、喋る事が出来ませんでした。……と言うより、心神喪失とは言いませんが、放心状態の様でした。ただ、問題行動は無かった様です」

「神楽……」

「恐らく間違いないかと。神降ろしの後、捨てられた」

『捨てられた……？』

「達也さん、恐らく貴方は私と紗織さんとの娘の子……私の孫です」

「……善達さんの……孫？」

「貴方の父親は信州の諏訪一族でしょう。恐らく……貴方が三十歳を迎えても出番が無い為に保護対象から外されたのだと思います。貴方は二度捨てられたのですよ」

「解る様に説明して下さい」

「諏訪大社の神事です。神長（カンノオサ）という覡《おかんなぎ》が託宣を得る為に土地の精霊を呼び込み聖域を造る助けとするのですが、その精霊の依《よ》り代《しろ》を大祝（オオホオリ）と言い、それが八歳ぐらいの男の子なのです。その男の子は御屋《みや》の中に長期間監禁されその身に精霊を入れるのですが、異様な環境に精神を病んでしまう者もいるのです。そういう場合、役に立たないので昔は捨てられてしまいました。流石に現代ではそうもいかない為に、貴方の様な処置になったのでしょう」

「しかし、監視や金銭的な負担を考慮すれば、何も捨てる事は無いと思いますが……」

「神事の後、暫く様子を見たものの、回復の見込みは無いと判断されたのでしょうね。彼らも我らも、役目の為に生きている。役に立たない者を育てる様な無駄はしません」

「無駄？」

「無駄です」

「……………」

冷徹に言い放つ善達の目が私を圧する。

「では何故金を」

「金など幾らでも準備出来ます。しかし役に立たない者を育てる世話役など居ません。皆、そんな暇などありません。……神楽」

「はい」

神楽さんが私の後ろを回り、襖ならぬ木製の引き戸を開けて奥の部屋に消えた。それと機を一にして善達さんが座を脇に退いた。

黒を基調にした黄八丈に赤黒い帯の綾……いや、トヨさんを先頭に三人の娘達が土間から上がって来た。私はトヨさんの方に向きを変え座礼をすると、トヨさんが私の正面に立つ。すかさず藤穂さんが上質の座ぶとんを据えると、トヨさんがそこに座した。女達は私の右脇に縦に並んで奥から桜、麻葉、藤穂の順に座する。紗織の時と同じ構図だ。

私は頭を上げ、正面のトヨさんに向き直った。

「ご苦難を……召されましたね」

「いえ」

「善達との話の内容、承知致しました」

「は……」

「善達、続けなさい」

トヨさんは私と同年代に見え、善達さんは恐らく百歳を超えている。しかし呼び捨てで命令口調だ。……やっぱり恐い。

「は。達也さん……」

「達也とお呼び頂いて結構です」

「ふむ……それはまた、流れに従って……。達也さん、貴方のお婆様、紗織さんがこの島に来た夏、最後の夜に私達は結ばれました。その年の十二月八日、我が国はマレー半島とハワイに奇襲を仕掛けました。私は上京し、紗織さんの家を訪ねました。彼女の父親、潔さんとの連絡が途絶えていたからです。実は彼女の両親は米国に潜入していたのです。その時、紗織さんのお腹は膨らんでいました……私の子です。しかし彼女は何も言わなかった。だから私も余計な事を言わなかった。彼女も両親との連絡が途絶えている理由を察していました。その時点で……ご両親は亡くなっていたでしょう。

日系人の強制収容はその翌年からですが、米国の日系人スパイの摘発は、開戦の数年前から始まっていました。潔さん達のパスポートは偽造です。網に掛かってしまったのでしょう。我が国の宣戦布告が遅れた理由は、そこにあるかも知れません。我が国の大使館員達の目の前で……恐らく……ご両親は殺された。見せしめです。そうでなければ我が国の優秀な人材が言われている様なヘマをする訳がありません。しかもいつ開戦するかも分からない時期に、呑気な事をしている訳がない」

「それは私も感じていました。それで我が国が卑怯な騙し討ちの国家であるという体裁が整った」

「私は紗織さんにいつでも八丈を頼る様にと伝え、満洲に渡りました。ドイツが……同盟国である筈のドイツが国民党軍に軍事支援をしていました。そして彼らは私達の同族ユダヤ人を迫害していた。一応、その頃には表向きにはドイツの支那に対する支援は終了していたものの、私達の疑念は消えていませんでした。私達は軍とも政府とも無関係ですが、私は支那で『一仕事』終えました」

「やはり支援は続いていたのですか？」

「いやナニ、退役軍人の小遣い稼ぎに過ぎませんでした。そのドイツ人は女に浮かれて飲み過ぎて、崖の上で立ち小便していたところ、ウッカリ足を滑らせて落ちてしまった様です」

「それを『偶然』見ていた……と」

「……いや、聞いた話……です」

「………」

「スターリンは、満洲との国境にあるユダヤ自治州への移住でさえ我が同族に認めませんでした。そもそも我らの故地はカナンの地、本来戻るべき土地へ戻る運動が再燃しました」

「シオニズム運動の強化」

「英国にはそれぐらいやって貰わねば……割に合わないでしょう。バルフォア宣言など口先だけでしたからね。その上、自分達の戦争に我が国を巻き込んだのです。どれだけの日本人が命を落としたか……」

「米国ではなく？」

「英国です。米国の宗主国です」

「なるほど、ＥＵを離脱もする筈だ」

「何もしないチェンバレンから好戦的なチャーチルに替わったのは良かったが、我が国にとっては厄災の始まりでした。フランスは戦いもせず英国だけでドイツを倒すのは不可能だった。彼が執拗にルーズベルトに参戦を依頼した結果、我が国が欧州の戦争に巻き込まれてしまいました。チャーチルを支援した欧州ユダヤには、貸しを返して貰わねばなりませんね。……戦況は悪化し、東京が空襲を受けました。私は日本に戻りましたが、もう紗織さんの家はありませんでした。全てが焼けていた。紗織さんの行方も知れませんでした」

「八丈への連絡は？」

「ありません」

そこへ神楽さんが戻って来た。並んで座る女達の後ろに立ち『灯りを』と一言告げると私の後ろから回り込み、私の左正面、トヨさんの右側へ座った。善達さんはトヨさんの左側だ。

桜さんが部屋のアチラコチラ、柱や壁をトンと突くとその部分が回転して隠された燭台が現れた。何かカッコいい。近代的な古めかしさだ。そこに麻葉《あさは》さんが蠟燭を立てていく。続いて藤穂《ふじほ》さんが火を入れていった。その間、トヨさんに安座での座礼をして私に正対した神楽さんの顔を見て驚いた。赤黒く、ゲッソリとしている。

蠟燭の灯が勢いを増すと桜さんが電気の照明を落とした。

紗織の時と同じ環境になった。

神楽さんが疲れ切った顔で目を閉じている。大丈夫なのか……。

皆が沈黙している。静かな異様さの中、善達さんが言った。

「やはり」

どうやらこれは神楽さんの頭の中の情報を皆で共有する為の環境作りだった様だ。今度は神楽さんが語り始めた。

「達也さん、諏訪の森谷氏の確認が取れました。貴方は善達の孫になります。つまり、私の甥に当たります。貴方の本当の名前は森谷龍成《もりやたつなり》、そしてそこにいる咲夜……藤穂は貴方の実の姉です」

驚いて声を失なう。藤穂さんに目を向ける。目と目が合った。藤穂さんの目が潤んでいる。

「初めまして、森谷藤穂です」

深々と、私に礼をした。額の下に添えられた両手の指先が……微かに震えていた。

ハッとして私は藤穂さんに体《たい》を向け、正座に直り挨拶をした。

「初めまして…………姉上。鍛治島達也《かじしまたつや》こと、森谷龍成《もりやたつなり》です」

姉弟の初対面を終え、正面のトヨさんに私は向き直った。

神楽さんが語る。

「達也さん。空襲を受け、紗織さんは大怪我を負った様です。紗織さんに被さって泣く幼い娘の紬《つむぎ》ちゃんの声に避難する人達が気付き、母娘《おやこ》は助けられました。その、紗織さんを助けたのが静岡は掛川の人で、手当てを終えた紗織さん母娘《おやこ》は、その縁で周智郡に疎開したのです。終戦後、成長した紬さんは引き寄せられる様に諏訪との関係が重なっていき、そしてとうとう出逢ってしまいます。森谷一族の若者……貴方のお父上です。

森谷もベニヤミンですが、彼らは古くから富士王朝に帰属した者達です。建御名方《タケミナカタ》の一派ですね。彼らは製鉄と戦闘に特化した一族であり、部族内にレビ族を伴っておりませんでした。そこに現れた女性が、建御名方と出雲事代主《コトシロヌシ》の血を引き、八咫烏からの薫陶を伝授された紬さんです。紬さんは紗織さんの力を色濃く受け継いでいました。森谷氏は喜んで彼女を受け入れ、その母である紗織さんもまた迎え入れました。そして生まれたのが藤穂……今では三羽烏の一人、『咲夜』です。藤穂もまた紗織さんの能力を如何なく発揮していたのですが、森谷氏は昭和の時代に託宣の血が己の一族に無い不利を覚り、藤穂を唐須の家へ修業に出しました。藤穂が五歳の時でした。

しかしその剰りの才覚に、唐須は彼女を養子に求めました。五歳であれば、あらゆる事を仕込む事が出来ます。その後、達也さん、貴方が生まれました。貴方の能力も素晴らしいものでした。貴方が八歳の年、貴方は神降ろしの依り代に選ばれた。これは表向きの形式的な祭りの神事とは別の、本物の神事です。だが貴方の感応は鋭さが過ぎました。正に聖霊と一体化してしまい、神事が終わると聖霊はそのまま貴方と伴に帰ってしまいました。貴方の体は抜け殻になっていたのです。

一ヶ月ほど様子を見ましたが、貴方の魂は戻って来ませんでした。この様な場合、依り代は『廃棄』されるそうです。しかし江戸の昔でもあるまいしそれは出来ぬと……紗織さんの力で一切の記憶を消した上で、当時森谷の一族の者が市役所の課長を務めていた君津市の施設へ送り込んだという事です。その後、船橋で部長になった者がいたので何やら理由をつけて移動させた様です」

「私は……『廃棄』されたのか……」

「それは昔の話、貴方は三十歳まで手厚いサポートを受けていました」

「しかし！　いや、別に恨み言を言うつもりはありません。しかし、その後の私は平常に戻りました。何故、引き取らなかったのでしょう」

「無為自然、だよ」とここから善達さんが話を引き取った。

「無為自然？」

「そうだ。達也、お前はその様な境遇に陥った。何故だ」

善達さんの口調が変わった。

「それが……必要な事だったから……」

「そうだ。ならばそうしておくのが正解だ。お前は伊達に聖霊に見込まれ連れて行かれたのではない筈だ。必ず理由がある。そして森谷一族もお前を捨て措いた訳ではない。充分に一人立ちした後でさえ、お前の気付かぬ所で邪を廃除していた筈だ。廃棄されたのはお前ではなく、お前に対する禍いの方だ」

「そうか……」

「お前も人の心が読めるのだろう」

「……は……い」

「やはりな。相手の気持ちが分かってしまう。それで社会生活に軋轢が生じたか……」

「はい。その本人でさえ認識していない心の裏側が読めてしまうんです。しかし本人はそんな事は思っていないと信じている……。面倒な力です」

「しかしそれにも意味がある。……達也」

「はい」

「我らの祖先は苦難の道を歩んで来た。何故だ」

「それを以て成すべき事がある為かと」

「では、お前の苦難は何の為だ」

「同じ理由かと」

「そうだろう。だからお前はその歳になってやっと、呼び掛けに応じたのだ。今が……その時なのだ」

「やっと、やっと……お役に立てる時が……。私の人生は無意味ではなかった……」

「達也、誰の……役に立とうと言うのじゃ」

　トヨさんまでが私を呼び捨てにしている。私も尾族の端くれである。主筋のトヨさんからすれば当然だが、何しろ恐い……。

「日本の、世界のお役に立ちたいと思います」

「達也」

「はい！」

「ごお〜かぁ〜っく！」

「イエ〜イ!!」女達が叫んだ。

「は？」

「流石よね？　こんなオッサンになってからノコノコ来るだけの事はあるわ」（トヨ）

「そぉそぉ、トシの功ってヤツよね？　『日本の、世界の』って言った瞬間、アタシなんてウズいちゃったワよぉ」（桜）

「やだ、桜さん、アタシの弟にヘンな事言わないでよ、キャハハハ」（藤穂）

「あ〜、アタシがあと五十歳若かったらなぁ」（麻葉）

「あら、アンタ五十歳若くったって五十歳じゃない」（トヨ）

「失礼ね、トヨさん。ワタシまだ八十歳ですから！」（麻葉）

「おい！　神楽、大丈夫か？　よっぽど念を使ったな、何かもうブッ倒れそうになってるぞ？」

（善達）

「大丈夫、大丈夫、今、忍者の薬飲むから」（神楽）

『忍者の薬？』

「ナニ言ってんのよ、ただの梅干しじゃん」（藤穂）

「いや、今コレ、外国人に評判なんだってさ、忍者の薬って」（神楽）

――――何だコイツら？

今はチョッと感動する場面の筈なんだが、イキナリ大騒ぎになってしまった。……と思った瞬間、皆の動きがピタリと止まった。

皆が私を見ている。

『え？』

徐《おもむろ》に皆が元の姿勢に戻る。

「達也さん」トヨさんが口を開く。

「はい」

「感動しました」

ウソつけえっ！

「ここからは私がお話ししましょう。真面目な話です。咲夜……何を笑っている」

「いえ……ヒッ……な、何も……ヒック……ププププ」

咲夜って……代々キャラが決まっているのだろうか？

「……戦争が終わり……咲夜！」咲夜さんがまだ笑っていた。

「す、すいません。もう……大丈夫です」

姉さんの、咲夜さんの目が水の様に涼やかになる。恐ろしい豹変ぶりだ。場がシンと静まり返る。蝶の羽音でさえ聞こえそうだ。

「戦争が終わり、我が国に進駐軍が乗り込んで来ました。色々と話はあるのですがそれは別の機会に。進駐軍は、我が国の兵の強さに戦《おのの》いた。彼らはそれを、国民の無知と邪《よこしま》な宗教に拠る洗脳の賜だと決め付けました。しかし実際に彼らは不思議な現象も経験していました。数次に渡る伊勢神宮爆撃が全て失敗に終わっているのです。焼夷弾を落としても、まるでバリアが張られているかの様に宮から反《そ》れて落ちて行ったと言います。米国はこれが何かの新兵器かも知れないと疑ったほどの様です。そして彼らは禁足地に分け入った。中の者が外に出ぬ様に設《しつら》えた縄張りを、わざわざ外から壊してあげた様なものです。

女性神に変えられ隠されたアマテラスと、その妻という立場であるが故に、その存在を消されたセオリツヒメが、それでも鎮まって下さった聖域を、彼らは軍靴で押し入ったのです。もう結界は保ちません。遷宮は建造物の修理作業ではありません。結界に新たな念を張り替える作業なのです。そこに綻びが生じた。

綻びは徐々に広がるものです。間もなく結界は崩れます。

その時、この神州を創り上げ守って来た『日出る国』の祖神達は、今のこの堕落した日本人の精神性をご覧になり呆れ果てるでしょう。

日本人の惟神《かんながら》の心を取り戻す為に……この国の浄化に掛かるでしょう。焼いて篩《ふる》って晒って陽に当てる。日本人の半分は残る事は叶わないでしょう。日本人の心を持つ者だけが生き残ります。人種も国籍も関係ありません。日本で生まれ育とうと、日本人の心を備えぬ者は消え去ります。そこで、です。達也さん……いえ、森谷龍成、貴方の力を使ってたもれ。我が日乃本は龍の天に駆け昇る写し姿。頭上に雷《いかづち》を放ち口から火を吹く正に龍神。龍成、その名の示す如く龍を成せ。この国を世界をシラス国と成せ、龍成！」

「承知致しました。無為自然、あるがままに、神の、天の……その御心のままに生きる惟神の精神を我が日乃本の民に取り戻し、自然と先祖に感謝を捧げ、足るを知り施し、慈しみ助け合い伴に進み、笑い愉しみ喜ぶ命を世界に敷衍《ふえん》するその礎をこの国に啓けとの仰せ、一身を賭して邁進する所存にございます」

「龍成、見事じゃ。励め！」

「はっ」

スクと、トヨさんが立ち上がる。続いて女達も立ち上がった。

善達さんと神楽さんが面《おもて》を下げる。私も倣う。

トヨさん達が土間に下りた。四人が一列に並んで歩く。

入口の前まで来てトヨさんが歩みを止めた。

「龍成」

「はい」

「我らはこれよりぱりぱりないじゃ」

「?」

『ぱりない』とは何だろう?

土間の引き戸を横に開けトヨさんが出て行く。ここはトヨさんが自分で開けるんだなと思っていたら、最後に出て行く咲夜姉さんが戸を閉める為にコチラに体を向けた時、ウインクして親指を立てた。ぱりない……パーティナイトか!

ホントに……この一族はどこまでが本気なのだ……。

「おぉ〜行った行った。剛、電気を点けろ電気」
「おんよいよい、ゲッスリだら」(訳・あ〜あ〜あ〜、どっと疲れたよ)
「ういらぁ、飲みげぇ行ったたぁの?」(訳・アイツら、飲みに行ったたな?)
「そごんだら。あにしぃへびろぉ着たぁるかと思わんねぇが、そごんどぉ訳だぁ」(訳・多分そうだよ。何しに着物を着てんのかと思ったらそういうワケだったんだ)
八丈島の方言だ。全く意味が分からない。……と思ったら、頭の中に標準語の翻訳が飛び込んで来た。こりゃあ便利だ。……って、アイツらこの為に黄八丈を着て来たんじゃなかったのかよ。オレのおニューのパンツの立場はどうなる? 二枚も新しいの開けたんだぞ? トヨさん……「見事じゃ。励め、キリッ」とか言いながら、頭ん中はきっと「よし、これでパリナイ」とか思ってたな？　ゼッテーそうだ。何かクヤシイ。

「いえ、本当に見事でしたよ」

神楽……今はもう剛か……さんだ。

「あぁ、あれは見事だったよ」

座った姿勢で両腕を後ろに支柱にして立て、仰《の》け反《ぞ》り、右膝を立てたダラシない格好で善達さんも同意した。

「まるで俺達レベルで心を読んでいる様だったもんな」

「達也さん、いつアレほどの力を……？　やっぱり神降ろしの時ですか？」

「いいえ、心を読んだ訳じゃありません。斟酌《しんしゃく》しただけです」

「へえぇ、スゴイですね。ほぼほぼ聞きたい言葉が網羅されていましたよ？」

「そうですか、有難うございます」

「確かにアレをやられちゃあ、一般人は立つ瀬が無いですね。かなり嫌われたでしょう」

「そうですね……嫌われました。こっちが突っ込まないであげてるのに、調子に乗って責め立てて来るものでね。黙っていれば私の立つ瀬どころか、居場所が無くなりますから」

「ふうん……さっきの達也の宣言の中に全て含まれるよな。今の日本人、そんなのばっかりだよ」

「今の日本人、日本語喋れないもんね」……と、剛。

「あぁ、語彙は少ないワ、誤用するワ、アクセントは違うワ、イントネーションも違うワ……ズタボロだよ」

「戦争に……敗けたせいですかね？」私が訊く。

「……いや、……そうじゃない。それ以前からだ。あの、十七条憲法からだよ」

「い……うえっ？　そんなに逆上っちゃうんですか？」

「それも、元を遡ればイエスだよ。アイツが余計な事をした」

「イエス？　そう言えば、先代の善達さんも宗教の話になると機嫌が悪くなっていましたね？何かあるんですか？」

「大有りだね。アイツが余計な事をしたから、後の世にアイツの信者達が、アイツ自身を『神』として崇める様になってしまった。偶像も造り放題だ。神との契約はどこへ行ったんだ。神との契約に、旧も新もない。アイツが現れたから『キリスト教』なんていうのが出来てしまった。それが我が国にも入って来たんだよ。知っているだろ、聖徳太子だ。『厩戸皇子（ウマヤドノオウジ）』などと名付けられた。それはイエスに準《なぞら》えられているんだ。天皇の周辺に大陸からソグド人が入り込んでいた。彼らは我が国の精神性に多様性を生じさせてしまった。そのソグド人が持ち込んだ価値観に、キリスト教や仏教の概念が含まれていた。太子はその中から当時の『最新科学』である仏教を採用したんだ。

仏教自体は哲学であり科学であって宗教ではないが、結果的にそれが我が国の精神性に分断を起こした最初だった。そして第二次大戦後にはイエスの信者達が大挙して乗り込んで来て、我が国の『和の精神』をズタズタにしたんだ。個人の自由だの個性の尊重だのと聞こえのいい理屈を押し付け、助け合いの社会をサバイバル社会に変えてしまった。俺達が引き継いだ『大和』の心が……引き裂かれちまったんだ。俺達人類が我が物顔で暮らしていけるのは、皆が協力して助け合ったからだ。一人でライオンに勝てるか？　虎に勝てるか？　熊に勝てるのか？

狼も群で狩りをする。遠吠えで連絡を取り合う。だから生き残れる。水牛を知っているだろう。何でアイツらは肉食動物のエサになる？　あんなデカい図体して、立派な角を持っていて何故アイツらは食われるんだ？　皆で戦わないからだ。誰かが襲われていても誰も助けないからだ。あれだけの大群が七～八頭のライオンを取り囲めば、負ける事は無い。だがアイツらはそれをしない。だから食われるんだよ。だが人類は違う。角も牙も爪もない人類が地上の覇者になれたのは、『皆で協力し、助け合ったから』だ。それは我が国の伝統だった。新たな流入者がいても取り込み和合して互いの長所を活かして助け合って生きて来たのだ。戦国時代でさえ、イクサが終われば敵将を活用した。将棋と同じだ。しかし他の国は違う。敵は、滅ぼす対象でしかない。我が国の魂は滅ぼされたのだ。その始まりが十七条憲法の制定だった訳さ」

「それで善達さんは寺への改修やキリストという呼称をあれほど嫌った訳ですか……」

「キリストと言うのは『聖油を注がれし者』という意味だ。戦国時代、その『キリスト』の弟子だという者達がやって来た。だが彼らがやっていた事は、神の御心に沿うものではなかった。『天皇よりも神に従え、神の方が天皇よりも貴い』と吹き込み、危うく我が国も支配される所だった。それは仏教も同じだった。仏に仕える筈の者が民衆を誑《たぶら》かし、領主に反抗させせ、自らが王になろうとした。現に越前は坊主に乗っ取られた。だが神道はどうだ。一度でもそんな事があったか？　それが、我が国なのだ。イエスやシャカが悪いのではない。悪は……自分本位の人間の心に宿るのだ。達也、このまま進めば人類は滅びる。皆で協力し助け合う心を世界に根付かさせなければならない。世界は受け入れる筈だ。人類は元からそうして来たのだからな。この世界を変えなければならない。そして世界は変わる。それが『理《ことわり》』だからだ、だが誰がやる？　この資本主義という利己の概念に沈んだ世界で誰がそれをやる？　誰が出来ると言うのだ。

我々日本人以外に。

達也、日本に『大和』の精神を、大いなる和の心を取り戻せ。それが、お前が呼ばれた理由だ」

「私に……出来るのでしょうか？」

「出来るから来たのだ、聞こえたのだ、呼ぶ声が。それが我々狼の一族の特性だ。原日本人由来の能力なのだ」

「善達さんが……夢の中で先代の善達さんが……『そうでなければ私達は……』と紗織に言った所で目が覚めました。その後の言葉が今は分かります。そうでなければ私達は、大和王朝を受け継ぎ、アマテラスやセオリツヒメに姿を隠して頂いた申し訳が立たぬと……、大和の心を取り戻さねば、両神《もろがみ》を護ったとは言えず単に己の都合で封じ込めただけの所業となる……と、そういう想いに押し潰されそうになっていたのですね」

「そういう事だ。お前は自分にそれが出来るのかと訊いた。いいか、これは理《ことわり》なのだ。成るべくして成る。間も無く結界が崩れる。その時に、一人でも多くの大和心を生き残らせる様に、お前の力を使うのだ。シラセ、龍成。お前がその名を負うたのも、紗織が八丈ではなく諏訪に落ち延びたのも、全ては理だ。今までお前に声が届かなかったのも、お前が嫌われ蔑まれ疎まれ嵌められたのも、全ては今この時の為に敷かれた苦難だったのだ。故にそれは成る。ならば後はやれば良いだけだ。水を火に掛ければ湯になるのは『必然』なのだ。火に水を掛けるなよ？　消えるぞ、はっはっは」

物は言い様だと、改めて思った。

「そう言えばバァちゃ……祖母は、紗織はどうなったのでしょうか」

「神楽」

「はい。紗織さんは森谷の宮司の家系に口伝を継いだそうです。九十九歳まで生きて、安らかに眠りに就かれたそうです。森谷ではツクモ婆《ば》ぁと呼ばれているとか」

「それではほんの二十年前まで……では、私への監察が解かれたのは……」

「いえ、そうではありません。紗織さんからの依頼だったそうです。あの子はもう大丈夫だと」

「ば……婆ちゃん……」

「父ちゃん、紗織さん……生涯独身だったそうだよ？」

「な……!?」

剛さんに顔を向けた善達さんが固まった。三秒ほどして、顔の向きはそのままに視線だけが斜め下に逸れていく。視点が床の上に落ち着いた。二十秒は続いただろうか、沈黙の中、善達さんの震える呼吸の音が荒々しく聞こえていた。

善達さんはだらしのない姿勢から安座に直った。

顔は正面に向いたが、視線は落ちたままだ。

「……俺は……大陸から戻り、紗織さんの行方を追った。しかし行方は知れず、念を送っても応えは無かった。亡くなったのだと……思っていた。だがお前の話を聞いて、きっと良縁に恵まれ、御主人への遠慮から俺との念を絶っていたのだと思い直していた。……独り身……だったのか……。まさか、俺に操を立てて……」

そう言うと両の拳を膝の上に押し圧てた。沈黙が支配する。

「善達さん、紗織は八重垣の娘、姿を隠すのは倣いでしょう。それに娘の紬《つむぎ》は森谷の家に嫁いだ。紗織もそれに伴い森谷の食客……いや、紗織もまた森谷の家の者となったのです。夢で私が紗織の頭の中に入っていた時、尾上の家の躾の厳しさを窺い知れました。他家に入った者は実家とは縁を切る覚悟を持てと教育された筈。紗織はその教えに従っただけではないでしょうか」

勿論、今取って付けた理屈だ。だがそうでも言わなければ、善達さんの自責の念は消えないだろう。言ったところで消えない事もって分かっているが、何か言ってやらねば酷過《むご》ぎる。

「そうか……。達也くん、女達は飲みに行ってしまったし、剛は見ての通り疲労困憊《ひろうこんぱい》だ。何しろ長野まで念を飛ばした。しかも相手には念を使わせていない。送受信とも神楽の一人作業だ。そろそろお開きにしよう。神楽くん……いや、達也くんも飲みに行くなら女達に合流するがいい。このライターの店だ。タクシーは電話の所に番号が貼ってある。唐須と言えば分かる。あ、そうそう宿もレンタカーも心配するな、こっちで全て段取りする。

さぁて、私も寝るとするよ。島観光は明日話そう。じゃあ悪いが達也くん、失礼するよ？　神楽、後は頼む」

一気に捲《まく》し立てて善達さんが部屋を後にした。剛と言ったり神楽と言ったり、私の名前が『くん』付けになったり、挙げ句には『神楽』と呼び間違えている。志能備善達《しのびぜんたつ》ともあろう者が、ここまで心を乱すとは……婆ちゃん、愛されていたんだな。生涯で一度だけの操は間違っていなかった様だよ。……良かったな、婆ちゃん……。

剛さんのお世話は丁重にお断りして、私も少し紗織に倣って家の周りを散策する事にした。そして思うのだった。虫除けスプレーを買っておけば良かった……大量の蚊の餌食になった。

森谷龍成《もりやたつなり》

次の日、私は遅い目覚めを迎えた。昨夜は善達さんの言葉を反芻してなかなか寝付けなかった。辺りが白み始めた頃、半身を起こし、ポケットウイスキーの残りを飲《や》り始めた。……考えを廻らす。真理の所在を探す。そんなものは無い……だがそれは何処にでも在る。考えたところで答えが出るものではない……のだろう。

『ありのままにあれ』……か。ショットグラス一杯分ほどの残りのウイスキーを喉に直接放り込んだ。喉が焼ける。そのまま仰向けに寝転ぶと、一瞬で眠りに落ちたようだった。

　酒に因る体の火照りと、南の島の夏の気温の寝苦しさに目が覚めた。

　この部屋にクーラーは無い。スマホを覗くと九時五十分だ。そろそろ起きねば家の者の心象を悪くする。ペラペラのゆったりしたTシャツと七分丈の半ズボンに着替えた私は、障子を開け濡れ縁に出た……つもりだったが、濡れ縁は今では外側をサッシに囲まれていた。廊下を左に行けばダイニングキッチンだ。私は反対側へ進む。回り廊下の角を右に曲がった辺りの畑の奥に麦藁帽を被った剛さんがいた。背の高い緑色の壁はトマト畑だろう。剛さんが私に気付き右手を挙げた。私は軽く会釈を返し、牛舎の所で廊下を右に曲がる。チラリと地面に伏せるガードワンが見えた。そのまま玄関の方に進み、玄関の手前で右に伸びる中廊下へ入る。両側は襖戸になっている。正面のダイニングに一段降りる。藤穂さんがいた。

「おはようございます」

「あら、おはようございます。良く眠れましたか？」

「いやそれが、朝まで眠れなくて、はは」

「そうですか、ウフフ。お食事されますか？」

　ご好意に甘えて朝食を摂った。

「ごちそうさまでした……姉さん」

　照れもあり、少々躊躇もあったが、『姉さん』と呼び掛けた。

肩から力が抜けていく藤穂さんが少し間を置いて応えてくれた。

「達也……」そしてニッコリと笑って続けた。「おそまつさまでした」

私はもう、独りではなかった。


食事を終えて表に出た。剛さんのいるトマト畑の方へ向かう。

家屋から十五メートルほど離れた牛舎の前を通ると、伏せていたガードワンが立ち上がった。鎖には繋がれていない。「ブフッ」と口の中でだけ声を出して私の動きを凝視している。大丈夫だジョン君、私はあまり怪しくない。

キャベツや、何だか分からないものが植えられた畑を抜けて奥のトマト畑にいる剛さんに声を掛ける。

「おはようございます」

「おはようございます。今日は島を案内します。もうちょっと待っていて下さいね」

「いえ、今日の仕事に間に合う様に東京に帰ります。お世話になりました」

「いや、その必要はありません」

「は？」

「ゆっくりなさって下さい。お店の方には私どもの方から話をつけておきます。店に連絡を入れなくても結構です。店の方からも達也さんに連絡が来る事もありません」

私はこの言葉の意味を理解した。店を黙らせるという意味だ。

「いえ、それでは店に迷惑が掛かります。私は店に世話になっているんです」

「大丈夫です。迷惑にならない様に手配します。達也さんの替わりを三人ほど補充しておきます。今月の売上げも三割増しにしておきますよ」

「そんな所にまでコネがあるのですか？」

私は人材派遣会社の事を言っている。

「いえ、コネもありますが、今回は私の息子達が入ります」

「息子さんがいらっしゃるのですか？」

まぁ、いても当然だが剛さんも若く見えるので意外に思えた。

「昨夜、貴方の後ろに座っていた三人ですよ」

「私の後ろに？」

私は全く気付いていなかった。

「ほぉ……勘の鋭い達也さんが気付かないとは……息子達も一人前になったものです。はっはっは」

「あの……失礼ですが、剛さんはお幾つでいらっしゃいますか？」

「今年で丁度還暦です」

私より結構上ではないか。三十歳ぐらいにしか見えない。

「や……これは失礼。私よりかなり年長でいらっしゃる」

剛さんが視線を落とした。

「しかし……不思議なものです。以前、紗織さんがお見えになった時も、善達の代替わりの時でした。紗織さんへのもの語りは祖父の最後の仕事でした。貴方もご覧になったでしょうが、紗織さんに見せた映像で、祖父は最後の力を使い切った。私達は外見も肉体も若く保てますが、最期の時はいきなり訪れます。ある日突然死んでしまうのです。祖父にはその予感があったのでしょう。どうしても、紗織さんへの語りをしたかった様です。祖父には娘がいませんでした。孫への教育は親がやる。自分の口から娘に教える雰囲気を味わいたかったのだと思います」

「なるほど……分かります。私にも子がいない」

「達也さんにはまだチャンスがあるではないですか、はっはっは」

「私など相手にしてくれる女はいませんよ。それに、もうトシだ」

「大丈夫ですよ。貴方には狼の一族の血が流れている。その気になれば女は寄って来ます。これから貴方は世間のイヤラシサから解放される。角が取れるんです。貴方が纏っているその『他を寄せ付けない』オーラが外れれば、人付き合いは好転します」

「他を寄せ付けないオーラ？　私に……？」

「ええ。気付いていませんでしたか？　それこそ『結界』ですよ、はっはっは」

「そう……なんですか……」

「そりゃ嫌われますよ」

「……」

「レンタカーも返しておきました。少しのんびりしていて下さい。貴方の好きなジャワロブスタでも飲みながらね」

「ジャワロブスタがあるんですか？」

「取り寄せたんですよ。貴方がコーヒーを飲みたがっていたものでね？　しかし珍しい豆がお好きなんですね」

「いやこれは、有難うございます。普段は安いコーヒーしか飲めないもので」

剛さんの仕事の邪魔をしてもいけないと、早々に引き上げた。

部屋に戻ると藤穂さんがコーヒーを持って来てくれた。この豆はあまり市場に流通していない。三十年ぶりに野性味に溢れる味をタバコの香りとブレンドして楽しんだ。

コーヒーのお替わりを口実に私はキッチンに向かった。初めて知る『家族』との会話を楽しみたかった。部屋には戻らず姉さんと世間話をした。あの番犬は犬ではなく、純粋な日本狼らしい。とある無人島で秘かに繁殖させているそうだ。山羊もその島から野性のものを連れて来るのだそうだ。今は観葉植物のフェニックス・ロベレニーというヤシの木の畑の雑草駆除のお仕事中だそうだ。あっという間に食い尽くすと言う。あれから代々、ケン太とメイを襲名しているというから二人して笑い合った。

姉さんは私の人生を聞きたがったが……これと言って話す内容は無かった。話せば場の雰囲気が暗くなる。と言っても、頭に浮かぶものは全て読まれてしまっただろう。彼女は気付かないフリをしてくれた。

――剛さんが戻って来た。

軽くシャワーを浴びたら、ベンツで島を回ってくれるらしい。やはり相当カネがある様だ。普段着に着替えた剛さんに着いて行くと軽自動車が停まっていた。この車の名前が『ベンツ』だと言う。

どこまでも人をからかうのが好きな連中だ。

「この島で新車を買う人などいませんよ。潮風ですぐに錆びてしまいますからね。新車を買うのは余程の金持ちだけです」

その余程の金持ちがアンタ達だろう。神社の裏の家には地下室がある事に私は気付いている。裏手の森の中に巧妙に隠した大小のパラボラアンテナは何に使うのだ。地下は恐らく通信基地になっている筈だ。それにこの軽自動車、エンジンは改造してあるだろう。車体も重い。ガラスやボディも純正ではない筈だ。軽く防弾仕様にしてあるんじゃないのか？

善達さんの話で少し気になった事を訊きたかった。

「あの……」

「それはまた今夜」

「分かりました」

何も言っていないのに話が終わった。

島の案内と言うから観光気分でいたのだが、連れて行かれたのは乳人達の上陸地点やその後の縄文時代の基地、島の植生や地層を検分出来る場所、島の人間も知らぬ巫覡《ふげき》達の修業場、黄八丈の織元や島酒の蔵元の場所など、極めてコアな場所ばかりだった。その中で一番印象的だったのはクサヤの漬け場だ。こう言ってはナンだが……バキュームカーの……いや、止めておこう。

「先程の話ですが」唐須家へ戻る途中で剛さんが唐突に話題に上げた。

「今朝の話にも繋がります。紗織さんの時と同様、間もなく善達襲名の時が来るでしょう。父ももう百十歳を超えました。しかも昨夜の父の様子から慮《おもんぱか》るに、その時期は早まりました。紗織さんの生涯を聞いて、父は常人になってしまった。あれでは保ちません。常人の神経であれば、百十歳の年齢を支え切れません。貴方達は時代の転換期に現れる。私達の代替わりだけではない。紗織さんが帰った後、我が国は米国との戦争に突入しました。貴方もまた、これから大きく世界が変わる時に現れました。父、善達の心……今将《まさ》に消えんとする命の灯《ともしび》が発する、飾りの無い言葉と受け止めて頂きたい」

その夜。

『島寿司』というのを夕飯に頂戴した。島の女は皆、寿司を握れるのだと言う。予めネタを軽く醤油漬けにした寿司だが驚いた。独特の風味だと思っていたら、薬味にワサビではなく辛子が使われていた。ネタもノドグロや金目鯛など、珍しいものがあった。岩のりが乗った握りは衝撃だった。今では昔ながらの岩のり寿司は作られないと言うから貴重な体験だ。青ヶ島の芋焼酎も飲んでみた。サツマイモの強烈な香りが『ザ・乙類』を主張する。これも今では飲み易さに押され、麦焼酎に主流の座を奪われているらしい。酒に弱い私は猪口《ちょこ》一杯で遠慮した。

食後、『ジャバロブ』で精神を整えた私は、大神神社《おおかみじんじゃ》へ向かった。尾上《オノウエ》宅だ。

土間に入ると、右手の板間に白髪の老人が座っていた。善達さんだった。剰《あま》りの変貌ぶりに人違いを疑ったほどだ。昨夜と同じ服がダブつくほどに体も細く小さくなっている。チラリと私を見て微笑む顔は、昨夜の『お調子者ではあるが恐さを内に秘めた尾族の長である善達さん』とは全く違う好好爺《こうこうや》そのものである。

なるほど、これでは代替わりするのも已むを得ないだろう。

「こんばんは。今夜もお招きに預かりました。有難うございます」

「おぉ〜達也、座れ座れ」

そう言えばこの人も私の『家族』だった。だが恐ろしくて『爺ちゃん』とはとても呼べない。

剛さん……、イヤ、神楽さんが入って来た。

「達也さん、今夜は私がお相手をさせて頂きます」

「はっ。宜しくお願い致します」

どうも私の中では神楽さんが既に『善達』になってしまっている。

「貴方には儀式の必要はありませんが、後ほど善達が貴方に全てを伝えます。恐らく、これが最後の仕事になるでしょう」

「………はい………」

「宗教の話……でしたね?」

「そうです、そこです」

「宗教を考えるから分からないのです。宗教などありません」

「は？」

「宗教などというものは存在しないのです」

「……？……」

「それは学問であり哲学であり『諭し』です」

「それを宗教と呼ぶのでは？」

「親が子に教え叱り、人の道に導く事を宗教とは言いません」

「理解しました」

「それを人が利用しようとした時、宗教と呼ばれます。イエスもシャカもマホメットも、ただ……民に『人の道』を説いただけです。そしてその弟子達もまた、ただただ、民の為にそれを繋いでいったのみです。その証拠に彼らは皆、赤貧です。施しは受けても、要求する事はありません。

『教え』とは、与えるものなのですよ。与えるのはその本人ではなく、『天』です。彼らはその仲介者なのです。その彼らの徳を『得』に替えようとする邪《よこしま》な心が『宗教』を生み出すのです。そして我が国の神道には開祖もなく教典も無い。民がその地でその条件に従い互いに敬い協力し合って伴に生きて行く概念です。そこには感謝の念があるだけです。社《やしろ》はその恵みを与えてくれた天と、その恵みを遍《あまね》く行き渡らせる為に遣わされた神々への感謝を伝え、その神々と繋がる為の場です。天は恵みと伴に禍いをも齎《もたら》します。その禍いにも打ち勝つ努力を誓う場でもあります。神にねだり事をする場ではない。ねだるからそれが叶わなかった時に恨みの念が生じるのですよ。誓いを立てたのは自分自身の筈です。神が誓った訳ではありません。己の願いが叶わなかったのは、己の努力が足りなかったか、未だ機が熟していないのか、或いは……願いは叶っているのに本人が気付いていないからです」

「それでは何故、先代の善達さんも今の善達さんもイエスや仏教に怪訝を呈するのでしょう」

「イエスは我らの神との契約を変容させてしまったからです。彼の行いが後のキリスト教を生み出した。そのキリスト教徒は、己の欲の為に『宗教』を利用し世界中に争いを広げた。そしてその様《さま》は人の道とは掛け離れたものでした。

　こんな話を知っているでしょうか。子を亡くした母親の話です。悲しみに暮れる母親は子を生き返らせる薬を探し求めた。しかしそんな薬など有る訳がありません。しかしそこに『とんでもない聖者』が村を訪れているという噂を聞きつけます。その聖者なら子を生き返らせる薬を知っているかも知れないと、母親は聖者を訪ねます。その聖者がガウタマ……シャカです。シャカはその願いを聞き入れ、薬を作ると約束しますが、条件がありました。

『その薬の材料である芥子《ケシ》の実を、貴女が自分で準備する事、しかしそれは今まで一人も死者を出した事がない家から貰ったものでなければならない事』でした。喜んだ母親は村中を駆けずり回りました。しかしそんな家は一軒もありませんでした。そして母親は悟ります。『人は皆死ぬ。そして皆がその悲しみを乗り越えて生きているのだ』。シャカは『方便』を使ったのです。その母親を悲しみから救う為でした。そしてそれはまた、人が生き返る事はない事も示しています」

「そこか……。そしてイエスのそれは民を救う事が目的ではなく、己の神格を見せつける為だった」……これはイエスの『復活』の事を指している。

「それが彼自身を『神』と崇めさせる事になってしまったのですよ。

　イエス自身は自分を神であるとは言っておらず、彼以外の者も等しく神の子であると言っているのに、です」

「それは我々も同じですよね？　我々も神の子である筈だ」

「そうです。しかし我が国も過ちを犯した。天皇『自身』を神であるとしたのです。イエスにも大日本帝国にもそうするだけの理由は確かにあった。しかしそれが虚偽なのか方便なのか……そこで道は分かれるのです」

「では仏教は」

「根底部分が同じです。厩戸皇子《うまやどのみこ》……聖徳太子は周りに支那のキリスト教徒……景教徒がおり、自らをイエスに準らえられながら、国家の基幹に仏教を据えた。仏教は最新科学であり人生哲学であったからです。宗教としてではありません。神道には明文化された国家理念はありませんからね。それも時代の潮流です。だがその事が我が国の内部に仏教勢力という新たな対立構造を生み出してしまいました。彼らもまた、己の欲の為に仏教を利用したのです。そこから『大いなる和』の精神は崩れ始めました。仏教が『宗教』になってしまったのです」

「ならば『宗教』とは」

「天の意志に人間が己の理念を上書きしたものです」

「あるがまま……か」


「父上……」神楽さんが善達さんを見遣る。

にこやかに微笑んだままの善達さんが立ち上がった。

「達也さん、父、善達の後に続いて下さい」

神楽さんに目礼を返して私も座を立った。神楽さんは居残るようだ。

土間から表に出る。社に向かうようだ。手水舎《ちょうずや》で手を清め、口を濯《すす》ぐ。拝殿で挨拶を済ませ、社の中に入る。小さな社殿だから十歩も歩けば正面に本殿がある。真ん中から左右に開く二枚扉の前に立ち善達さんが不思議な動きをしている。何かブツブツ言っている。

両手で二枚扉の取っ手を引いて開ける。白い布が掛けられた台の上に、紫色の布に包まれた長方形の箱らしきものがある。結構な大きさがある。家庭用のクーラーを入れる箱ぐらいはあるだろうか。中央が金色の紐で留められている。

その箱の前で善達さんは畏まると座り込んだ。

数秒後、『ドン！』と、安座の善達さんの体が一瞬、宙に跳ねた。

善達さんの肩が窄み、背が丸まり小さく屈み込む。

一体どうしたのかと眺める。刹那、ヨボヨボの善達さんに生気が漲っていくのが背中越しにでも分かった。

善達さんは振り返り、躰《たい》を廻《めぐ》らし私に正対した。……別人だ。

目が、異様な力に満ちている。

「達也と言ったな?」

「はい」

「お前の垣根を解《ほど》いてやる」

私はこの時、『垣根』という語の意味を理解した。私の記憶は八重垣の向こうの根の国に閉ざされていた。

「はい」

善達さんの体から、グニャリと歪んだもう一人の善達の姿が飛び出し私の眉間から入って来た。

『何だこれは。この感覚、前にも経験した事がある』

善達さんが私の脳の中を動き回っている。或る場所で止まり、また別の場所で止まっては蠢いている。私の脳に、鮮やかな景色が蘇って来る。あぁ、そうだった、あの道だ、そうだ、あの石垣だ、そうだここが私が育った家だ……お母ちゃん!

思い出した……これが私の母親だ。私は彼女を『お母ちゃん』と呼んでいた……。

全て思い出した。あの日、私は白い着物を着せられて御屋《みや》へと連れて行かれた。

どれだけ時間が経ったか分からない。御屋の中の室《ムロ》へは僅かな食料と水だけが定期的に供えられた。糞小便は室の隅で、した。トイレなど無い。理由は後で分かった。暫くすると糞など出なくなった。糞が出るほど食っていない。水ですら食事の時に出される湯呑み一杯だけだ、いや、食事などと言いたくない。一欠片の練りものだけだった。昼も夜も分からない。真暗な室《むろ》の中、小さな出し入れ口で蠟燭だけが入れ替えられた。私は動く事を止めた。動けば体力を消耗する。何より水分を失うのが恐かった。あの練りものもいつ提供が止まるか分からない。じっと横たわっていた。何日が経ったのだろう、やがて意識が朦朧として来た。人の話し声が聞こえる。だがそこには誰もいない。居ない筈の少女が二人、私の横でママごとをしている。……無論、居るワケがない。現れては消え、聞こえては静寂に戻る。いつしか、何も起こらなくなった。絶望の無が広がった。

蠟燭の炎が揺らいだ気がする。揺らぐ訳が無い。風など無い。空気さえ動かない。……揺らぐ訳が無い……。

屋根と、壁の継ぎ目から、白い大蛇が現れた。バカらしい。隙間も無いのにあんな大きな蛇が入って来れるものか。第一、この蛇、頭だけでも二トントラックほどはある。ソイツが上から下りて来た。私は気にしない。どうせコイツも本当はここにいない。

ソイツはウネウネと私の周りを這いずり回る。私の事をアチコチ舐め回す様に観察している。私の目の前、数センチまで顔を寄せて来た。目が合ったがすぐに背けた。目が合ったと言っても、コイツの目は私の体ぐらいある。食うなら食え。ただ、痛くない様にしてくれ。ソイツは私の足の方に回った。体を丸くして、折り曲げて腹に寄せた私の足の爪先をツンと突ついた。

『え？』

驚いた。コイツは触覚にまで関与出来るらしい。

『き・に・い・っ・た』

鐘の中で響き渡る様なゴワン・ゴワンとした低い声が私の脳内に広がった。

私は飛び起きた。

室一杯を埋め尽くす……と言っても首の辺りだけなのだが……ソイツの白い体に色が現れる。鱗がミシミシとゴツく、ぶ厚くなっていく。大人の腕ほどの太さがある髭が伸び、幾つかに枝分かれした角が生えた。


龍だ。


ソイツは屋根まで頭を擡《もた》げ私を見下ろすと……一気に私に向かって突進して来た。『食われる！』と思ったがソイツは細い光の筋と化し、私の額から頭の中に入って来た。これだ、この時の感覚だ、今、善達さんが同じ様に私の脳の中に入って来た。しかしこの時の龍は私の脳から胸、肺から腸から尻の穴、足の指の先まで動き回った。……食われた。

そこからの意識は無い。

「龍成《たつなり》……」

婆ちゃん、紗織の声で意識が戻った。私は紗織の家にいた。立ったままで意識を取り戻した。紗織が何か話し掛けて来るのだがどうでも良かった。頷くか首を横に振るかで意志表示はするが、答えるのがとんでもなく億劫だった。どうせ答えても何がどうなる訳でもない。コイツらは所詮人間でしかない。この世の事がどう動こうが、それはコイツらの問題でしかないじゃないか。『ボクには関係ない』、そう思った。

紗織が諦めた様な顔で私を見つめていた。

紗織が外に出て誰かと話している。私は屋根に残る雪が溶け、陽の光を集めながら軒から滴り落ちる粒の様子を眺めていた。

粒を通して見える向こう側の世界が、上下逆さまになっているのが面白かった。そこまで感覚が研ぎ澄まされていた。

私は外を眺めていた。鳥が飛び、蝶が舞い、花が開いた。

「龍成。お風呂に入っておいで」

或る雨の日、まだ夕刻だと言うのに紗織がそう言った。

私は立ち上がり、言われるままに風呂場に向かった。

風呂から上がり、パジャマを着ようと思ったが、脱衣所に準備されていたのは普段着だった。私はそれを着た。

「龍成、こっちにおいで」

言われるままに着いて行く。

茶の間に入ると父母が居た。母の名は紬《つむぎ》、父の名は瑞気《ずいき》だ。

母が立ち上がる。覚束ない足取りで私に近付くと、「たつなり……」と言って私を抱き締めた。

父は、何も言わず俯いていた。

母が私から離れる。

「そこに座って」

茶卓を背にして紗織の前に正座した。

「龍成」

祖母、紗織の両手が私の両頬を包む。薄らと、目に涙が浮かんでいる。私の両頬に添えられた手が、頭の両側へと移動した。

「大丈夫だからね、龍成……」

それが最後に聞いた、私の家族の声だった。


私の頭上で電球が点灯した。周りはすっかり暗くなっていた。

寒い。

季節外れのジャンパーを着てはいるものの、私はビショ濡れだった。

「なに、あなた……どこの子？」

ここからが私がこれまで持っていた記憶だ。私の人生が、これで繋がった。

ハッと我に返る。

私の中から、煙の様な、霧の様なもの……『もう一人の善達』さんが本体へとゆっくり収納されていく。『それ』が善達さんに吸い込まれて終《しま》った時、ギラギラとした目で歯を剥き出しにした善達さんの表情が穏やかに戻った。

「今のは」

「龍神だ。瀬織津姫命《せおりつひめのみこと》のお力をお借りした」

「善達さんも神降ろしが」

「いや、力を借りるだけだ」

「力を」

「お前の記憶の封印は紗織さんの業《わざ》だ。並の者では解《と》けん。紗織さんは巫《かんなぎ》にこそならなかったが、その力は強い巫覡《ふげき》と変わらん。そしてお前を連れ去ったのはソソウ神と交ぐあい龍となったミシャグジ神だ。ただ封印を解いたところで記憶が戻るだけでお前の本体は脱けたまま……お前を連れ戻さねば、その記憶は単なる映像に過ぎん。相手が龍では、人間には太刀打ち出来ん。龍神にお縋りするしかない。昼間、神楽が御神体をこの社に移した。そして先程、臺與《とよ》様がこの御神体に龍神を降ろしておかれたのだ。あの頃のお前の本体と伴になな」

「では、あの修業場から……もしやこの御神体とは」

「ヴァジュラだ」

ここで『バジェラ』とボケを噛ますかと思ったが、その余裕は無い様だ。

「バカな事を言うな。ここはお前がボケる所だ。俺の方こそツッコミ損ねたわ」

「す……すいません」

「見たいか？」

「是非！」

「断る」

余裕、有り余ってるじゃねぇか！　食い気味に断りを入れやがった。

「もう一仕事だ。お前には紗織さんの様な儀式は要らん。ただ、歴史だけを流し込む。だが覚醒状態のままなのでな、少々時間が掛かる。なに、三時間もあれば済む。頭と心を空《から》にしろ。出来るな？」

「はい」

ここで謙遜など意味はない。何より、今の私には、龍に連れ去られた本体が戻って来ている。造作も無い事だ。

三時間か。尻の位置と背骨の角度を調整せねば保《も》たない。

頭の重みを背骨の並びにバランス良く乗せた。後はゆっくりと呼吸を深くし心を清め、脳の中心の一点に意識を絞り込む。

………無。

「………良し。行くぞ、受け取れ……」

足が太く長く発達した直立二足歩行のトカゲがいる。尻尾を入れて三足か……。デカイ。見つかった。ヤツらが向かって来た。襲われる。私の周りには人間の様な生き物がいる。似ているが結構違う。後頭部が突き出して……目がデカイ。そして殆ど白目の部分が無い。乳人か。だとしたら、アッチは卵人か。

乳人達が逃げ出す。卵人達が途中から四足歩行に切り替えた。速い。乳人達の一部が急に立ち止まった。何だ？　どうした？　乳人達はオタオタしてある地点から先へ進まない。そうか、集団催眠か。なるほど、この時代、卵人の幻惑術は未だ完成されていないのか。

乳人に卵人が追い付いた。酷たらしく喰い殺されていく。

次々と時代が進む。乳人も卵人も服を着ている。住み別けも為された様だ。文明が生まれ、発達し、乳人は氷の無い南極大陸へ移動。そして珊瑚礁大陸へ移住。そこから全てを捨てて北上、日本『半島』へ逃れ……そして巨大隕石の襲来。それぞれの時代のそれぞれの地域の出来事が、同時進行で俯瞰出来る。何度も氷河期を超え、やがて現生人類が現れた。

紗織の夢で見た情景が、更に殊細《こと》かく繰り広げられた。

先日見た夢が途切れた後の子細も同時多発的に流れ込んで来る。

鍛治島とは、瀬戸内海の島の古名か。四国を賜ったユダ族の製鉄コロニーがその名の由来だ。日向に移って廃れたか。成程、大和と一宮、熱田、諏訪、富士、伊豆の中間点に鍛治島の一族を移住させたか。

御肇国天皇（ハックニシラススメラミコト）・崇神天皇よりは、天皇が自ら巫覡《ふげき》の役を演じた為に、託宣は八咫烏が担う事になったのか。故に『裏天皇』と称されると……。つまりそれがトヨさんだと。

秀吉は猿田彦の末裔、小六はベニヤミンの石工、道理で土木が得意な訳だ。信長は支那を平らげ天皇を支那に、自らが日本を、それで秀吉が……やはり秀吉だったか。インカが滅んだか。

フェリペ二世がポルトガルを併合、ルター派が、イェルマークが、ダライ・ラマが、ヌルハチが、マテオ・リッチが、おぉ、少年使節団が教皇に謁見したか……世界中が俯瞰されて頭の中に流入して来る。

『スゴい』

……あっと言う間に現代に至った。三十分も掛かっていないだろう。

脳内の景色が消えていく。ゆっくりと目を開けた。グッタリとする善達さんが目の前にいる。

「善達さん、大丈……」

言い終わる前に善達さんが崩れ落ちる。

さっと善達さんを抱え込む青年が現れた。

『どこにいた？』

思う間も無くもう一人、そしてもう一人現れる。

三人で善達さんの様子を窺っている。最初に現れた一人が立ち上がり、私の前で片膝を着いた。

「こちらへ」

返事を待つ事もなく立ち上がると彼は社の入口へと向かった。私もその後へ続く。社の入口の戸を開けると振り向いて、本殿に向かい一礼して境内へ降りた。私もそれに倣った。本殿に向かい振り返ると、閉鎖された空間である筈の社内に、六人ほどの人間が善達さんを囲んでいた。

『ほど』と言うのは、何人なのか分からないからだ。四人に見えたり六人に見えたりしている。

『どこから涌いて出たのだ』

考える事は止めにして、一礼して私も境内へ降りた。

私を先導する若者は尾上《おのうえ》宅に向かっている。

『八咫烏か……』先導という単語から、ふとそういう感慨が湧いた。

この若者とあと二人、彼らの衣裳がイカしている。全身にピタリとフィットした黒装束だ。現代日本にも忍者はいると、全世界に向け発表したくなった。

「ダメですよ？」と言って若者がクスリと笑った。

「承知しています」私も笑った。

尾上宅へ向かう途中、そこかしこに人の気配がする。草木の陰に隠れ、ジッと動かずにいるが、危険な気配だけが充満している。

『なるほど、さっきまでとは違い、敢えて殺気を放っている訳か。他者をここに寄せ付けない為か』

考えてみればこの社殿には、今日はヴァジュラが在る。厳戒態勢にもなるだろう。という事は……気配を消している者が他にもかなり潜んでいるだろう。善達さんの心配を措いて、何だか時代劇の中にいる様でワクワクして来た。

蠟燭の灯りに照らされ空気が揺れる板間に戻った。

神楽さんが上座の中央に座している。

私が神楽さんの正面に座ると、若者は私の右正面、神楽さんの左隣に座った。

「お疲れ様でした」神楽さんが私を労う。

「いえ、一瞬の様な気がします」

私は安座の両膝の脇に握った拳の親指を立て頭《こうべ》を低くして尋ねた。私の仕草もなかなか堂に入って来た。

「善達様でいらっしゃいますか？」

「いや、私は名代《みょうだい》です」

「失礼」

「この者達は私の息子です」

『達？』

すると私の後ろに気配が生じた。二人いる。私の三メートルほど後ろに座っている。ゾッとした。いつからいたのか……。振り向かずとも分かる。さっきの二人だ。

「この者は紫苑《しおん》、次の『神楽』です」

「紫苑です。尾上守《おのうえまもる》を名乗ります」

互いに座礼を交わす。

「お前達も来なさい」

私の左側を通って、二人が神楽さんの右隣に並んで座った。

「尾上聡《さとし》です」

礼を交わす。

「尾上拓《ひらく》です」

礼を交わした。

直ぐに『護る』『諭す』『啓く』という文字が送られて来た。

成程そうかと納得した。しかし三人ともピッチピチの衣裳を着ているので体の線がハッキリと判る。細く見えるが筋肉隆々だ。筋骨ではない。骨格は細い。筋肉のたるんだ己の姿が恥ずかしい。

神楽さんが口を開く。

「達也さん、貴方は三十分程度だと思っている様ですが、実際には三時間半ほど経っています」

「え？」

「善達は余程貴方に感心した……いえ、貴方の潜在能力に驚いた様です。予定を大幅に超えた情報を貴方に託しました。あれでは身が保ちません。実質時間で例え三十分であっても念を送り続けるのは相当な体力と精神力を消耗します。嬉しかったのでしょうね。今の世にこれほどの力を有する一族の者が居た事が。己の残りの命を全て貴方に……」

その時、皆の顔色が変わった。

「今……亡くなりました」

「………」

私にも分かった。顔色が変わった瞬間に、皆から体臭が発せられた。今まで無かった事だ。それは『死』を感じさせる臭いだった。

「では続けましょう」

「いや、善達さんが、貴方のお父上が、オレの爺ちゃんが」

「役目を終えた……それだけの事ですよ」

　嘘だ……幾ら平静を装っても皆が一斉に体臭を放った。今まで体臭など感じた事は無かった。だから存在を摑めなかった。普通なら、気配は消しても臭いは消せない。それが一切彼らには無かった。私の嗅覚を見縊《みくび》るな、自分でも不思議だったが今なら分かる、私は狼の一族の末裔だったのだ。その私の嗅覚から逃れるほどの彼らが、体臭のコントロールを失ったのだ。動揺している筈だ。


「龍成《たつなり》……」

　急に私への呼び方が変わった。口調の声調も違う。

「はい」

「これよりは私が善達である。父はお前に全てを注いだ。これよりは、お前も尾族の者としての役目を果たせ。君津の施設の前に立っていた、あの雨の日から今日今までのお前が鍛治島達也だ。記憶も魂も取り戻した今のお前は、尾上と森谷を繫ぐ血の鎹《かすがい》、森谷龍成だ。父、オノウエタケシこと、大神武《おおかみたける》の血を宿した紗織さんは、その血を娘に織り込んだ。娘の紬《つむぎ》はその名の通り、尾上の血と森谷の血を紡いだ。名は体を現すのだ。龍成、お前は語《かた》り部《べ》だ。己が龍に成る事はない。ならばその名は何とする」

「我が国を、この日の本を『龍と成す』ことかと」

「相違なかろう。龍成、現代の日本人は詞《ことば》を失なってしまっている。相手の意志を読み解く能力を失なった現世人類は、言語に拠ってそれを行わなければならない。であれば、言語を大事にしなければならないのは必然だ。だがその言語が、日本語が……蔑ろにされ、崩れ始めている。戦後の日本が急速な復興を成しえたのは、人々の努力の賜ではあるが、その陰には相手の心を読み、その心に報いようとする精神があったからだ。その『奉仕』の精神があればこそ、戦う事なく発展した。だが戦えば強い。……我々がいる。

かつて、己の分を忘れ驕《おご》り、神に近付こうとした人類は神の怒りに触れ、言葉をバラバラにされてしまった。言語の分断……意志の疎通が出来なくなる事こそが……人類への最大の罰、人類最大の不幸なのだ。斯《か》くして人類は力を失なった。龍成、今の我が国はその状況にある。……滅ぶぞ？」

「滅ぼしません！」

「どうする？」

「取り戻します。日本の心を」

「どうやるのだ」

「歴史を著します。皆が、平和に、豊かに暮らしていた頃の我が国の精神を、我が同胞に呼び覚まし、それを世界に拡げます」

「うむ……。共通の言語を失なったホモ・サピエンスの歴史は、文化で統一し、軍事で滅びる歴史だった。互いに分かり合えぬ民は……愚かなのだ。歴史は忘れてはならない乗り越えるのだ。

歴史を知った上で互いに理解し合い、水に……流すのだ。それを司るのが水の神、川の神、龍神……瀬織津姫命だ。

おお、丁度今、瀬織津姫命の使いの龍神がお帰り遊ばされた。トヨ様がお見えになる。神降ろしの儀でお疲れであろうに、神を戻された直後に参らせられる。期待されているな……ふふ」

そう言うと神楽……いや、善達さんが主座の左脇へ退いた。

静かに、蠟燭の炎が揺らいでいた。

土間の戸が開いた。

その場の一同が頭《こうべ》を垂れる。私もそうする。

シュシュシュと衣擦《きぬず》れの音がする。顔を伏せた私の視界の左側に、白い袴の裾が見える。それが私の前に……いや、後ろを通った。次に二人、それも私の後ろを通るが三人目が私の左側から正面へと進む。最初の一人がぶ厚い座ぶとんを据えた。藤穂だ。巫女の衣裳を着ている。……が、全身が白である。そこに最後の一人が座る。これがトヨだろう。残り二人の巫女は私の右側に横向きで縦に並ぶ。いつもの形だ。最後に、一番手前の位置に藤穂が座った。

男どもが顔を上げる気配がある。私はそのままにしている。

「龍成、直りませ」

「はっ」

声がいつもと違う。静かだが物凄い威圧感だ。

顔を上げてギョッとした。なんて化粧だ。目の周りは広く真黒に塗られ、目尻が角の様に額の両側の生え際まで伸びている。口の周りもまるで幼な児が食べ汚したかの様にベッタリと赤く塗られ、口角の部分がキュッと吊り上がっている。ピエロの様だ。そして驚くのはそれだけではない。いけないとは思いつつもこのトヨの衣裳を値踏みしてしまった。ヘタすると四桁になるだろう。勿論、単位は『万』である。恐ろしいほどの気品に溢れた絹だ。それが幾重にも重なり一番上に薄衣《うすぎぬ》を纏っている。この薄衣を『紗織《さお》り』と言う。

トヨが語る。

「歴史から学ばぬ者は歴史を学んでも意味は無い。歴史を活かせぬ者は、歴史に生き残れぬ。龍成、我らは簒奪者ではない。我らは……我らこそが『日本人』なのだ。大いなる和の心を世界に広める事で、それを証明してみせる。我らは……古の神の血を受け継ぐ正統なる『神州の民』である。だが時が下り、日の本の民はその記憶を忘れた。その記憶を持たぬ者ばかりであったのだ。……我らは……簒奪者ではないのだ……。歴史を、書き換えるしかなかった。そして今、我が国の民衆もその事を知らず、詞《ことば》も失ない、神の心を、和の精神を失なった。そんな国民では、我らの働きも理解せぬであろう。だからお前に、その準備を任せたい。神州の民が我らの働きを理解する礎を築いて欲しいのだ龍成。お前の苦難はその為にあった。事実を民に伝える為に人の心の裏側を覗き見る必要があった。どう伝えれば届くのか、それを知る必要があったのだ龍成。そして、神州の民にも苦難は必要だった。あの戦争は敗けるべくして敗けたのだ。その敗戦からその歴史から学ぶ為の……必然だった。日の本を、この列島だけではなく、この星を、地球全てを『神の国』にする為の試練だったのだ。我らの苦難もその為にあった。人類は今また、傲慢に陥りつつある。己の欲得の為に好き勝手に振る舞っておる。感謝も畏れも忘れ、思うままに増え続け、為に自然を壊している。これでは保たぬ……。

龍成、平和とは食なのだ。故に、天照大御神と瀬織津姫は伊勢に大宜都比売（オオゲツヒメ）を呼び寄せた。日本書紀ではオオゲツヒメを保食神（ウケモチノカミ）と表した。国を護るとは、食を保つ事なのだ。食と、水である。オオゲツヒメとセオリツヒメは、国を保つ柱である。思うままに増殖し、住む為に森を開き、欲の為に地下水を、川を、海を汚して人類が、この星が保つと思うか」

「思いません」

「人が増えれば食い物が要る。分を超える増殖と拡大が戦《いくさ》になる。分を弁えるとは、生きて行けるだけの人口に止《とど》めるという事なのだ。

人口を抑える最良の手は、皆を豊かにする事だ。餓えを失くす事、病に倒れぬ事だ。その為には生産技術を進展させ、医学を進歩させ、文明を発展させる事だ。龍成、人類の進歩の源は何であった？」

「欲です。楽をしたいと願う心です。そして残念ながらその多くは戦争の為の技術開発が担って来たのが実情です」

「そうだ……平和の実現に必要な条件は、戦争が生み出して来たのだ。皮肉な事実だ。だが龍成、幸せになるには、苦難が必要なのだ。苦難があればこそ、幸せを知る事が出来る。苦難が無ければ、人は幸せとは何かを知る事が出来来ぬ。有って当たり前としか思わない。幸せに気付く事が出来ぬのだ。しかし、もういいだろう。人類は多大な授業料を払って来た。過去を見れば、歴史を知れば、苦難を経ずとも、人は己の幸せに気付く事が出来る。もう終わらせよう、この星には、これまで幾多の人類が生まれ、数多の文明が興り、そして滅びて来た。その繰り返しであった。ホモ・サピエンスも乳人も、最初の人類ではない。皆、失敗したのだ。

乳人はあと少しの所まで来ていた。だから滅びなかった。そしてサピエンスと伴にこれまで歩んで来た。悪は善と同量である。悪は善と裏表なのだ。悪は滅びない……善がある限り。そして、悪無くしては善も無い。ならば、受け容れようではないか。悪はそこに在って良い。在って良いのだ。ただ……そこにソッとしていれば良い。悪を呼び覚ますのは……我々の心だ。我々がそこに手を伸ばさぬなら、悪はそこに在るだけだ。そっとしておこう。

新たな人類の発生は起こさせぬ。我々で最後にしよう。地球の命が尽きるその時まで、我々が平和に暮らしていこう。今度こそ成功させるのだ。神の、天の願いに沿った……宇宙の理《ことわり》に背かぬ人類に、我々は……成ろうぞ」

一気に言い終えた。スクと立ち上がり二歩、三歩と進んだ所でトヨがよろける。瞬時に聡と拓がトヨの両脇に侍《はべ》る。

「下がれ！　………大事《だいじ》ない………」

聡と拓は元の位置に戻る……が、片膝は立てたままである。

背すじを伸ばしたトヨが土間に降りる。三人の巫女も土間に降りトヨを先導して去って行った。残された男どもは頭を垂れそれを見送る。

土間の戸が閉まった時、聡と拓が安座に戻った。善達さんが首座に返った。

「余程……お疲れのご様子だ。そんな中、お前に会いに来た。伝えおくべく無理をした。確《しか》と
……受け取るのだぞ……龍成」

「はい。承知……致しました」

「よし、それでは祝いじゃ、飲むか！」

皆の顔が綻ぶ。

『祝い？　私の事などどうでも良い。先代の善達さんが亡くなったのだぞ？』

そう思う私の気持ちに剛さんが言葉にして応えた。

「何を言っている。お前の事ではない、父、尾上武《おのうえたけし》……大神武《おおかみたける》の人生を祝うのじゃ」

『善達さんの死を祝うのか……』

「ええい、間怠《まどろ》っこしい。森谷龍成ともあろう者が、何を錯乱しておる。戻り越せ、龍成！」

この一言で意味が解けた。鍛治島達也は消え失せ、私は完全に森谷龍成を取り戻す。

あぁ……人生を、先代善達の業績……イヤ、行跡を言寿ぐのか。

「これは愛《め》でたい！」思わず口に出た。

「そうじゃろう、はっはっは！　酒じゃ！　飲み明かすぞ！」

剛さんの語尾が年寄り染みているが、『善達』になったのだ、そういうものなのだろうと愉快
になった。だが剛さん、オレは酒が弱いんだ。

『良い良い。何でも良い。お前も飲め。なぁ……儂《わし》の孫、龍成……』

私の右肩に誰かの手が触れ、左肩までその腕が回り、私の左に座った。先代の善達さんだった。

巻き尺

一週間後、私は東京の街にいた。

色々と揃えなければならないものがある。不思議と、揃えるべきものが自然に頭に浮かぶ。何故それが必要なのか分からないものまで買い揃えた。

都心でなければ手に入らないものもある。その日、私は特殊な巻き尺、メジャーを買っていた。

電車に乗って住み処に帰る。

『これ……一体、何に使うんだろう……』

夕方、まだ空いている電車のシートに座り、そのメジャーを手に取り繁々と眺めていた。ふと、視線を感じた。顔を向ける。そこには見知った顔がある。彼女は店のナンバーワンだ。左の斜向《はす》かいに座っていた彼女が立ち上がりこちらに向かって来た。

「タッちゃん?」

「おぉ、マキ」

「やっぱり……タッちゃんどうしてたの? みんな心配してたよ? オーナーはタッちゃんの事何も言わないし、タッちゃんがいなくなったら急に新しい人が三人入って来たし、そしたら次の日にはサトシがトンじゃうし……」

「トンだ？　サトシが？」

『トブ』と言うのは急に出勤して来なくなる事だ。業界ではよくある事なのだが、それだけに対策が施されている。トンだ者はほぼ一ヶ月分の給料を捨てる事になる。給料は働いた分の翌々月に支払われるのだ。従業員は給料を質に取られるわけだ。

「うん。それで、店長がサトシの家に行ってみたの」

これも珍しい事だ。普通ならトンだ奴の事など誰も気にしない。ヘタに関わると、犯罪に巻き込まれる恐れがあるからだ。従業員が陰で何をしているか分かったものではない。だからお互いに私生活には関わらない。私がサトシの本名を知らないのもその為だ。

「へえ、そうなんだ……珍しいね」

「何かさ、タッちゃん……ヤバイ人と繋がってんの？」

「えぇ？　まさか」

「でも、何かオーナーがさ、タッちゃんの事には触れるなって言って……その次の日にはサトシが居なくなって……心配になったみたいなんだよね」

オーナーも人がいい。それこそ犯罪に巻き込まれそうじゃないか……と笑ってしまった。

「三日経ってもサトシが来ないからさ、オーナーが見に行けって。そしたらサトシがいなかったんだけど……」

「どうしたの？」

「サトシさ、サトシじゃなかったんだよ」

「どういう事？」

「サトシの部屋に住んでた人、名前が違うの。で、その人もいなくなってて、不動産屋に行って確認したら、やっぱりサトシなんだよ」

「え？　ナニナニナニ……どういう事？」

「写メ見せたら本人で間違いないんだって。でもその人、モリヤジュンヤって人らしいの」

「モリヤ？」

「でもさ、ウチの店、サトシを雇う時、免許証で本人確認してたんだって。不動産屋も免許証で本人確認したって言うし、どうなってんの？　タッちゃんとサトシって……仲間？」

森谷氏は……オレを見捨てていなかったのか……。

「あぁ、事情は分かった。オーナーに心配は要らないと伝えてくれ。達也がそう言っていた……と。それでオーナーには伝わる筈だ」

「そうなの？　どういう事なの？」

「いや、いいんだ。何も心配は要らない。みんな上手く行く。マキも安心していいよ」

「だから、どういう事なの？」

「マキ……実はこれは宇宙連邦と銀河独立同盟の争いが元でだな」

「分かった、もぉいい。ワタシ、次で降りるから。じゃあ心配しなくていいんだね？　オーナーに伝えとく。じゃあタッちゃんも元気でね」

そう言うと、マキは可愛らしく微笑んで手を振りながら電車を降りて行った。

私は動き出した電車から、ホームを歩くマキを追い越しざまに手を振った。

手許のメジャーを見つめる。

『マキが事情を説明してくれた。マキの釈明……巻き尺か……』

巻き尺自体が必要だったのではなく、ここでマキに会い、この説明を受ける為に、こんな特殊なメジャーを私は買いに行かされた訳か。

三つ先の駅で私も電車を降りる。私の住む町は東京の外れにある。ここから私鉄に乗り換える。

大きな駅の人混みに流されながら、階段を昇って行く。私の右側を急ぎ足の人達が追い越して行く。

トンと、私の右肩に誰かがぶつかった。その人物と目が合う。彼がニコリと微笑んだ。……拓《ひらく》だ。

拓はそのまま階段上まで上がって行った。私が階段を昇り終えるとコンコースに拓が待っていた。私が拓の許へ歩み寄る。

「おや達也さん、偶然ですね」

「偶然のワケあるかい。どうした」

「ちょっと場所を変えましょうか。ここで一旦、外に出ましょう」

「分かった」

改札を出て地上階へ降りる。少し歩くと小さな公園があった。

公園の端に少し引っ込んだ一角がある。

「ここならタバコ吸えるでしょ」

有り難い事に人目に触れない。公園の敷地内という訳でもない。

私は携帯灰皿を取り出し、タバコに火を点けた。

「私ね、アメリカに行くんですよ、グランド・キャニオン観光です」

「アメリカ？」

コイツらがのんびりと観光などする訳がない。

「まぁね。……青人からね、念が送られて来ました」

「青人？　生き永らえていたか？」

「ええ。その様です。もう一つ、重大ニュースがあります」

「卵人が？」

私も相手の心を読む能力が復活していた。

「はい。数は減らしたものの、かなり人間界に浸透している様です」

「レプティリアンか……」

「それを受けて綾さん、大忙しですよ。託宣を得るのに……ね？」

「綾さん……トヨ様」

「ホモ・サピエンスが卵人の性格を有していれば、青人は乳人の能を有していました。今、卵人は世界を乗っ取ろうとしています。青人は世を捨て地下に潜り、己の為だけに生きた為、宣を託されなくなったとの事。しかし一万年の時を経て、託宣が下ったそうです。皆が、人類の全てが力を合わせ、神の世を創造せよ……と」

「水か……そりゃあ地下生活でも水は必要だろうな。外界との関わりを断った青人も水を必要とする。水を媒介として龍神が宣を下したという訳か。しかし何故、今頃になって……む、結界か！　結界が崩れ始めたのだな？」

「成るべくして為る……ですね。私が行って準備に入ります。その準備が整い次第、我が民族にも決断が迫られます。魂の……選別が行われます。急いで下さい。少しでも多くの『日本人』を残す為に、一人でも多くの『日本人』を救う為に」

「半分が、失われるのか……」

「達也さん、いえ、龍成さん、貴方……諏訪へ行こうとしていますね？」

「うむ……せめて」

「何の為に⁉　今更、何をしようと言うのです。行って何になる。貴方には既に役目が下りている。感傷など、森谷龍成には無用。あの晩に、貴方はそれを知った筈だ。貴方が完全に能力を回復出来ぬのは、そこに原因がある。断ち切れ、親の為に生きるな、子孫をこそ思え。我らは皆、子には頼らぬ。青人もまた、己の為に生きればこそ、託宣を失ったのだ。己を捨てよ、民の為に働け！……と、綾さんが申しておりました」

分かっていた。感じていた。未だ、私は完全に復活してはいなかった。

だが私も人間だ、感情を捨て切れるのだろうか。

「龍成さん、紬さんが繋いだのは森谷の血だけではありません。尾上の……狼の血族の血も、紡いだのです。貴方は、大神龍成《おおかみたつなり》でもあるのですよ？　そして貴方も、八咫烏なのです」

「オレが……八咫烏」

「貴方にも、戸籍が無いでしょう？」

そうだった。鍛治島達也の戸籍は作った。だが……森谷龍成は……この世に存在しない。

「そうか……そうだったのか。私は、この世に『いない』のか」

「龍成さん、これ、私のパスポートです。旅行に行くんでね」

そう言って見せられたパスポートには拓の顔写真と『岩谷渡』の名が記載されていた。

「私の本当の目的地は、ホピ族の地『メサ』でね、広大な岩の台地です。まるで岩の田でね、岩の田に渡るんでイワタニワタルです。シャレてるでしょ」

そう言って拓は笑うが、彼もまた自分というものが無い。彼はこの名前で渡米し、有りもせぬ経歴を語り、岩谷渡に成り切るのだ。

「参ったな」

自分の息子ほどの歳の拓にすっかり啓《ひら》かれてしまった。

「龍成さん、お分かりの事とは思いますが、日本語は謂わば魔法のツールです。言葉にすればそれは成る。それを取り戻した日本人なら世界を導く事が出来る。貴方の、森谷龍成、そして大神龍成の力で、それを成し遂げて頂きたい。そしてそれを世界に敷き拡げる……惟神《かんながら》の精神で世界を覆う。最良にして最強、そして最大の戦略は『同化』です。世界の民を『日本人化』するのです。

それは仕掛けられた側にとっては最恐の戦略です。己の歴史を失うのですからね。しかし奪われた歴史で無いのなら、彼らが望んで受け容れるなら……彼らの歴史は我らと融合するのみです。地中に張り巡らされた根が根本で一つに纏まり太い幹となり天に枝葉を伸ばす様に、我々人類は、一つになるのです」

「ふふふ。進化は分裂し、そして収斂するか。かつての乳人の様に」

「ええ。ＵＦＯに乗っている人達、アレですね。アレが私達の未来の姿です。アレ、地球人ですからね」

「うん、そうだよな、オレも思ってた。しかし……トヨさん、何でもお見通しなんだな、はっはっは。目が覚めたよ。有難うな拓、気を付けてお役目を果たしてくれ」

「有難うございます。龍成さんも最善をお尽くし下さい」

「分かった。……あの不思議な夢が、ここに繋がるとは……人生とは……この世とは、不思議に満ちているな」

「では、私はこれにて」

「うむ、気を付けて」

私の目の前を通り去って行く拓の背中を見送る。私の指の間で勝手に燃え尽きてしまったタバコを携帯灰皿の中に入れた。

「龍成さん」

「うん？」

拓が立ち止まり私の方を向いている。

「目が覚めた……と、仰いましたね？」

「え？」

「本当に目が覚めたのでしょうか？」

「あぁ、大丈夫だ」

「本当に？　貴方は未だ、夢を見ているのではないでしょうか？」

「……………」

「これが『現実』の出来事であると……何故、判るのですか？」

「な……に？」

その瞬間、拓の姿が消えた。

今までそこにいた拓が、忽然と消えた。

『夢？　これも夢？　全てが自分が創り出した世界？』

私は鍛治島達也ではないのか？　森谷龍成か？　大神龍成なのか？　それとも……目が覚めたら全くの別人なのか。拓が岩谷渡を演じるように、私はこの世界で私を演じているのか……。

待てよ？　この光景……どこかで見た事があるぞ？　いつだ、どこでだ……。

私は、一体誰なのだ？　この世界は、実在しているのか。

完

《著者プロフィール》

受天夢（じゅてんむ）

1962年生まれ。
東京都八丈島出身。

ユダヤ 神州日本への帰還

2024年5月29日　第1刷発行

著　者　　受天夢

発行人　　大杉　剛
発行所　　株式会社 風詠社
〒553-0001 大阪市福島区海老江5-2-2 大拓ビル5-7階
Tel 06（6136）8657　https://fueisha.com/
発売元　　株式会社 星雲社（共同出版社・流通責任出版社）
〒112-0005 東京都文京区水道1-3-30
Tel 03（3868）3275
装　幀　　2DAY
印刷・製本　シナノ印刷株式会社

ISBN978-4-434-33843-4 C0093